# 小孤独

林少华 著

作家出版社

图书在版编目（CIP）数据

小孤独 / 林少华著. —北京：作家出版社，
2017.7
ISBN 978-7-5063-9493-2

Ⅰ.①小… Ⅱ.①林… Ⅲ.①散文集-中国-当代
Ⅳ.①I267

中国版本图书馆CIP数据核字（2017）第107969号

# 小孤独

作　　者：林少华
监　　制：高　路　华　婧
责任编辑：丁文梅
策　　划：宋迎秋
特约编辑：秋　子
营销编辑：陈佳迪
封面设计：天行云翼·宋晓亮
运营统筹：张　瞳
出 品 方：北京中作华文数字传媒股份有限公司
出版发行：作家出版社
社　　址：北京农展馆南里10号　　　邮　编：100125
电话传真：86-10-65930756　（出版发行部）
　　　　　86-10-65004079　（总编室）
　　　　　86-10-65015116　（邮购部）
E-mail:zuojia@zuojia.net.cn
http://www.haozuojia.com　（作家在线）
印　　刷：三河市紫恒印装有限公司
成品尺寸：130×185
字　　数：195千
印　　张：10.75
版　　次：2017年7月第1版
印　　次：2017年7月第1次印刷
ISBN　978-7-5063-9493-2
定　　价：42.00元

# 说一下孤独

说一下孤独。大孤独，小孤独，不大不小的孤独。

未必所有人都会感到孤独。但感到孤独的人一定不喜欢孤独。古希腊哲学家、科学家亚里士多德尝言："喜欢孤独的人不是野兽便是神灵。"神灵是否孤独，不是神灵的我们自然无从知晓。而就野兽来说，看电视荧屏上的"动物世界"，老虎的确是孤独的。或独步于荒原，或独啸于林海，或独眠于月下。除了短暂的发情期，连公母都不在一起。但人不是老虎。住则小区，行则组团，吃则餐厅，玩则球场，学则校园。节假日西子湖畔人山人海固然烦人，而若山海之间只剩你一人，你肯定巴不得有人来烦你，哪怕那个人是当年活活撬走你女朋友或给你戴"绿帽子"的坏小子。

是的，亚里士多德是对的，没有人喜欢孤独。

举个名人为例吧，比如山东高密的莫言。莫言二〇〇〇年在美国斯坦福大学演讲，讲的题目倒是叫《饥饿和孤独是我创作的财富》，似乎喜欢孤独，实则不然。例如他讲自己小学期间就辍学放牛了，在村外几乎只见草不见人的空旷的野地里放牛。"我知道牛的喜怒哀乐，懂得牛的表情，知道它们心里想什么。在那样一片在一个孩子眼里几乎是无边无际的原野里，只有我和几头牛在一起。牛安详地吃草，眼睛蓝得好像大海里的海水。我想跟牛谈谈，但牛只顾吃草，根本不理我。我仰面朝天躺在草地上，看着天上的白云缓慢地移动，好像它们是一些懒洋洋的大汉。我想跟白云说话，白云也不理我。天上有许多鸟儿，有云雀，有百灵，还有一些我认识它们但叫不出它们的名字。它们叫得实在是太动人了。我经常被鸟儿的叫声感动得热泪盈眶。我想与鸟儿们交流，但是它们也很忙，它们也不理睬我。"在学校老师不理，在家里父亲不理，放牛时狗理不理不知道，但牛不理鸟不理白云不理则是事实。够孤独的吧？但莫言到底是莫言：哼，让你们都不理俺，俺拿个诺贝尔文学奖看你们理还是不理！星移斗转，夏去秋来，二〇一二年莫言果然拿了诺奖。那么拿了诺奖之后的莫言是不是大家就都理，而不再孤独了呢？那也未必。同年十二月七日莫言再不放牛了，忽一下子飞去斯德哥尔摩在瑞典学院发表演讲："我获得诺贝尔文学奖后，引发了一些争议。……我如同一个看戏人，看着众人的表演。我看到那个得奖人身上落满了花朵，也被掷上了石块、泼上了污水。"

喏，你看，无论是小时候光着屁股在荒草甸子放牛的莫言，还是像模像样身穿燕尾服面对瑞典国王时的莫言，照样有人不理他，孤独照样存在。我倒是认为——莫言本人都未必认为——有没有人理不重要，重要的是，孤独的时候是否仍会为什么"感动得热泪盈眶"，亦即是否怀有激情，是否具有感动与被感动的能力。有，孤独便是财富；没有，孤独则可能导致无聊。

捎带着说一下我。事业成就和声望我当然远远比不上莫言。但在孤独经历这点上，和他颇有相似之处——如何孤独绝非诺奖得主的专利——莫言没念完小学，小五都没念完；我没念完初中，只念到初一就因"文革"而"停课闹革命"。闹了一阵子就回乡干农活了。薅地、锄地、割地，日出日落，风里雨里，累得都不知什么叫累了。说实话，当时我很羡慕放牛的同伴。你想，骑在牛背上吹着柳笛，那岂不美上天了？也正因为放牛是这样的轻巧活儿，所以轮不到我。我只能跟几十个大人们一起"修理地球"。而我又与人寡合，上下工基本独来独往。孤独得已经不知道什么叫孤独了。或者莫如说孤独都已经是一种奢侈。就在那样的环境与心境中，收工回来路上不知有多少次独自爬上路过的小山冈，坐在冈顶上遥望西方天际或气势磅礴或一缕横陈的火烧云。有时豪情满怀，有时黯然神伤。而后扛起锄头，迈动打补丁的裤管沿着下行的山路走向自家那座茅草房。几年后，我放下锄头，迈动没打补丁的裤管奔赴省城一所高等学府。在某种意义上，是孤独中的感动拯救了我。或者说和莫言同样，即使在孤独中也没有失去感动或被感动的能力。也许，只有在这个意义上，孤独才会成为一种财富。

容我拐大弯说一说古代。古代文人中，最孤独者莫如屈原："举世皆浊我独清，众人皆醉我独醒。""国无人莫我知兮，又何怀乎故都？"全国了解自己的人一个也没有，何其孤独！其他可信手拈来的，如陈子昂："前不见古人，后不见来者，念天地之悠悠，独怆然而涕下。"如李白："大道如青天，我独不得出。""众鸟高飞尽，孤云独去闲。相看两不厌，只有敬亭山。"如杜甫："亲朋无一字，老病有孤舟。戎马关山北，凭轩涕泗流。""江汉思归客，乾坤一腐儒。片云天共远，永夜月同孤。"如辛弃疾："落日楼头，断鸿声里，江南游子，把吴钩看了，栏杆拍遍，无人会，登临意。"

现代文人中，最孤独者莫如鲁迅："在我的后园，可以看见墙外有两株树，一株是枣树，还有一株也是枣树。"谁都知道，这是鲁迅《秋夜》里的话。表面上描写的固然是后园风景，但我宁愿解读为心境、心中的风景：除了自己，还是自己；除了鲁迅，还是鲁迅。一代史学大师陈寅恪的孤独也格外令人动容："一生负气成今日，四海无人对夕阳。""家国旧情迷纸上，兴亡遗恨照灯前。"

当下的我们当然也孤独。但孤独和孤独不同。我们的孤独大部分已不再是屈原等古人问天问地忧国忧民的孤独，也不同于鲁迅、陈寅恪"虽千万人吾往矣"的孤独——这样的孤独不妨称之为大孤独。甚至不同于莫言那种特殊社会环境或特殊个人语境中的不大不小的孤独。相比之下，我们的孤独，尤其大多数城里人的孤独似可称之为"小孤独"。它或许来自汹涌澎湃的科技浪潮对个人存在感的稀释，或许来自各种监控摄像镜头对个人主体性的质疑，或许来自物质主义消费主义对诗意栖居的消解，或许来自城镇化的快速推进对赖以寄托乡愁的田园风光的颠覆，或许来自西方强势文化对民族文化血脉和精神家园的冲击，或许来自碾平崇高的喧哗众声对理想之光的揶揄，甚至来自身边亲人对手机的全神贯注如醉如痴……这样的孤独，似乎虚无缥缈又总是挥之不去，似乎无关紧要又时而刻骨铭心，似乎不无矫情又那样实实在在。说极端些，这样的小孤独正在钝化以至剥离我们对一声鸟鸣、一缕夕晖的感动，正在扭曲以至拒绝我们拥有感动或被感动的权利和能力。

而我的这本名叫《小孤独》的小书，一个不自量力的主题，就是想协助你、也协助我自己修复这样的感动和感动的能力，用一声鸟鸣、一缕夕晖、一朵牵牛花、一棵狗尾草……

　　最后我必须坦白交代的是，书中大部分文章近两年来都在报纸上发表过。因此，我要向热情鼓励我写这些小稿的《齐鲁晚报》吉祥君、《新民晚报》殷健灵女士、《渤海早报》纪佳音君致以由衷的谢意。同时感谢这本书的策划编辑宋迎秋女士，没有她毅然决然不屈不挠的搜寻和催讨，这些篇什不大可能这么快就像模像样集结在"小孤独"麾下。这让我倏然记起村上就《没有女人的男人们》说过的话："感谢过往人生中有幸遇上的许多静谧的翠柳、绵软的猫们和美丽的女性。如果没有那种温存那种鼓励，我基本不可能写出这样一本书。"

林少华

二〇一七年三月三日于窥海斋

时青岛迎春花开红梅正艳

目录
Contents

Chapter I 村上春树与"小孤独"

## Chapter II 写作与翻译

# ChapterIV 乡愁，诗和远方

Chapter **I**

村上春树与"小孤独"

## 01

# "小孤独"与"大孤独"

看这标题，任凭谁都要诧异吧？以为我哗众取宠。不然，这的确是我前不久的一次实际经历，一次切身感受。

说起来，我这人有些厚古薄今。较之今人，很多时候，我更愿意把自己心底的敬意留给古人。比如外出讲学，每到一地，但凡可能，我必去当地古贤那里参观学习。成都，杜甫草堂；杭州，岳飞庙；济南，稼轩祠。不过说实话，与其说为了向他们表达敬意，莫如说是为了给自己打气。琐碎的日常生活，平凡的校园晨昏，细腻的日本文学——生息其间，每每觉得自己身上少了男人气，少了英雄气，少了浩然之气，而正在沦为一个蝇营狗苟叽叽歪歪恓恓惶惶的小男人。故而亟须去古贤面前接受熏陶，打打气，提提神，充充电。

济南的稼轩祠（辛弃疾纪念祠）是前不久去的。第一天

晚上在山东大学发表了一场演讲。翌日应《齐鲁晚报》和上海译文出版社之邀，预定在品聚书吧讲村上文学，重点讲我参与翻译的村上最新短篇集《没有女人的男人们》——活动主题为"《没有女人的男人们》新书分享会"。下午两点活动开始，上午难得地空了出来。机不可失，一大早我就跑去大明湖找稼轩祠。初夏清晨的大明湖到底让人心旷神怡。花红柳绿，云淡风清，湖光潋滟，鸟鸣啁啾。昨天演讲夜归的困倦，连日奔波的疲劳，就像阳光下的冰淇淋一样悄悄融入花丛，融入湖中。如此徜徉多时，稼轩祠果然出现在我的面前。

看完实物和图片展览，我静静地站在辛弃疾立身雕像前。一度任我校人文社科研究院院长的当代画家范曾特别推崇辛弃疾，认为古往今来能与之比列的英雄仅三五个而已。"有苏秦、徐尚之智，有乐毅、齐明之谋，有廉颇、赵奢之威。他身上集中了智略、识见和勇气，凛凛然大丈夫也。"并称稼轩词为"大丈夫之词"。是啊，"醉里挑灯看剑，梦回吹角连营，八百里分麾下炙，五十弦翻塞外声"，这是何等昂扬激越的大丈夫胸怀！即使孤独，也写得高远恣纵荡气回肠："落日楼头，断鸿声里，江南游子，把吴钩看了，栏杆拍遍，无人会，登临意"——喏，孤独也是大丈夫的孤独，国士的孤独，悲壮的孤独！相比之下，八百五十年后的我们却在辛弃疾的故乡"分享"一个外国作家笔下的《没有女人的男人们》，相差何止十万八千里!

而另一方面,这也可能是很正常的。毕竟,我们所处的不是烽火连天山河蒙尘的征战年代,而是轻歌曼舞花好月圆的和平岁月。较之挑灯看剑,较之吴钩看了,我们注定更要看男女之间琐碎的情感涟漪。较之落日楼头断鸿声里的大孤独,更要品尝"失去女人的男人们"的小孤独。一句话,较之辛弃疾,读得更多的是村上春树。幸也罢不幸也罢,反正这大约是我们的宿命,谁都奈何不得,全然奈何不得。

但不管怎样,稼轩祠给了我一个不大不小的心理冲击。这么着,走进品聚书吧的我实在无法让自己心安理得地进入男人女人这个预定话题,转而谈起翻译。翻译与男女情事无关。也许果真从辛弃疾身上获得了些许男人气,不觉之间,我竟以前所未有的激昂语气对要我译出百分之百原汁原味村上作品的批评者反唇相讥,大声告诉并不在场的批评者:在译本中追求百分之百原汁原味,不仅客观上不可能,而且主观上或潜意识里还可能有仰视外语文本、视对象语为优势语言的自卑心理甚至"自我殖民"心理。不妨这样设想一下,假如对象语是柬埔寨语老挝语,那么会有几个批评者像对待英语法语德语和日语文本那样要求译者追求所谓百分之百呢?不仅如此,从学术角度看,如果过于执拗地追求"百分之百",译文本身的价值就被屏蔽了,翻译家的作用和价值就被抹杀了。听听莫言怎么说

的好了："我不知道英语的福克纳或西班牙语的马尔克斯是什么感觉，我只知道翻译成汉语的福克纳和马尔克斯是什么感觉。所以从某种意义上说，我受到的其实是翻译家的影响。"梁晓声索性断言：翻译家笔下的翻译文体"乃是一种文学语言的再创造，必自成美学品格"。具体到我这个翻译匠，知名学者、北师大王向远教授早在十五年就果断地给予正面评价："可以说，村上春树在我国的影响，很大程度依赖于林少华译文的精彩。"

　　如此这般，我这只一向忍气吞声的"弱股"终于"牛"了一回，终于气壮如牛地从"原著"这个紧箍咒中冲杀出来。假如没有事先参观稼轩祠，我肯定不至于如此气壮如牛气冲牛斗。感谢辛弃疾！同时感谢济南那么多热情的读者——即便我如此"牛"，他们也一动不动地听得那么专注，并时而报以自发的掌声。要求签名的队伍甚至排出门外排了很长很长——到底是辛弃疾故乡的读者！会后有人告诉我济南美女真多啊，我这才陡然意识到这次读书会的主题……

2015年6月20日

## 02

# 村上春树的局限性

幸也罢不幸也罢，情愿也罢不情愿也罢，我这辈子算是同那个名叫村上春树的人捆在一起了。这不，《新民晚报》"夜光杯"开场第一杯就是品村上。不过就写文章来说，我还是情愿品谈村上的。毕竟捆在一起二十五年了，想不品出点滋味也难。而若让我避开村上而品谈井上川上河上，那反倒是个麻烦。有谁喜欢麻烦呢？不过今天不想谈村上如何好，而是想谈谈他如何不好。准确说来，谈谈他的局限性。他的好，他的独特性，我谈得太多了，讲课也罢讲学也罢讲座讲演也罢序跋论文也罢，不知谈了多少。以致有读者打抱不平，一次悄悄提醒我："人家村上可是从没说过你的好哟！"我略一沉思，辩解道至少见面时他亲口对我说"翻译了我这么多书，辛苦了，谢谢！"这位漂亮得直晃眼睛的读者再次提醒"那可是礼节性

寒暄话哟！又是日本人的寒暄话……"说得我一时无语。脸上的笑容不知暂且收起来好还是就那样挂着好。得得！不过我今天想说他的不好，倒不是出于赌气或意气用事。说得堂皇些，是出于学者的责任：在大多数人不以为然的时候，要强调他的好，烧把火升温；而当大家已经趋之若鹜，就要指出他的不好，泼冷水降温，以求取某种平衡。或者借用村上的说法，把世界的钟摆调到适当位置。

言归正传。那么村上如何不好呢？不妨先听听陈希我的说法。八月中旬我去广州在南国书香节老生常谈，继续谈村上如何好。谈罢对谈时陈希我在礼节性表明村上是他读得比较早和比较喜欢的作家之后，迫不及待地讲起村上的不好。概而言之就是：村上作品通俗性强于文学性，修辞好过思想，长篇不如中短篇。尤其缺乏驾驭思想性强的长篇的能力。除了《奇鸟行状录》，长篇基本都有一种"空的感觉"。这位在大学教比较文学的中年作家认为，村上最出色的能力是"灰色感受力"，即对灰色地带、中间地带的感受能力。村上小说经常采用回忆式，回想当年怎么样当初怎么样，把过去统统打去灰色地带，让过去成为美好回忆。村上是比较懂得营造这种气氛和韵味的作家。这在文学修辞上是很成功的。

我赞同陈希我的说法。尤其欣赏"灰色感受力"这一个性表达方式。这有可能来自一个作家对另一个作家的作家式感受力。我不是作家，只好退而求其次，以硬邦邦的学术性文体概括村上文学的局限性——当然是我这个中国学者眼中的局限性——自不待言，社会转型是当今中国面临的一大主题，转型成功与否直接关系三十多年改革开放的成果的存废和中国的未来走向。社会转型的目标之一就是建立一个以自由、理性、个人权利与责任以及公共道德、文明秩序为支撑的现代价值观。而村上不少作品在积极诉求个人自由、尊严和权利的同时，又较多含有后现代元素。如对宏大叙事、宏大目标或者理想主义的无视和挪揄，对意义、价值、体制和秩序的解构或消解。而没有在制度安排和个人尊严即"高墙与鸡蛋"之间摆出一张对话的圆桌。挪用陈希我的修辞方式，没有在"墙""蛋"之间开辟出足够广阔的灰色地带。更没有在这一地带竖起理想主义坐标，甚至没有提供现实性出口。在"坚固的高墙与撞墙破碎的鸡蛋"之间选择站在鸡蛋一边，作为政治态度固然无可厚非，但事情并非总是非墙即蛋那么简单。

应该说，村上有其局限性也很正常。任何人、任何作家——无论多么风流倜傥才华出众——也都有其局限性。除了宇宙，我一时还找不出没有局限性的存在。

也是因为直接相关，主持人最后问正在一唱一和的我俩：村上今年能否得诺贝尔文学奖？我说就影响来说，诺贝尔文学奖不给村上是有失公正性的；而若真给了他，又有可能失去另

一种公正性。你想，作为作家，村上捞得的东西已经足够多了：声望、影响、作品销量、其他各种奖项。至于银两就更不消说了，白花花光灿灿不知有多少。如果再把诺奖桂冠扣在他头上，让他去斯德哥尔摩体味他朝思暮想的"雪云散尽、阳光普照、海盗称臣、美人鱼歌唱"那美妙的场景，岂不太不公正了？别人还活不活了？陈希我说得更逗：如果村上得诺奖，那肯定是因为诺奖评委会"神经搭错弦了"。

也快，今年的诺贝尔文学奖又要出炉了。是不是"太不公正了"，谁"神经搭错弦了"，不妨拭目以待。

2015年8月31日

# 03

# 《挪威的森林》：你选谁

去年快结束的时候，我通过微博做了一项"微调查"：作为理想的婚恋对象，《挪威的森林》中你选谁？选项有直子、绿子、玲子、初美和渡边、木月、永泽、"敢死队"。

"评论"很快达148人次，其中明确表态者122人。122人中，男性组选绿子70人，选初美11人，选直子8人，选玲子6人。女性组，选永泽12人，选渡边8人，选木月4人，选"敢死队"3人。显而易见，绿子遥遥领先。作为译者也好作为男性也好，对此我不感到意外。颇为意外的是女孩们的选择：永泽票数居然超过渡边。须知，永泽可是有人格和道德污点的人啊！那么女孩们喜欢他什么呢？概括起来，A喜欢"他对自己事业的态度"；B喜欢他"活得明白"；C喜欢他那句名言："不要同情自己，同情自己是卑鄙懦夫干的勾当"。甚至有人

说曾用这句话鼓励自己度过人生艰难阶段。

相比之下，喜欢绿子的理由丰富得多也有趣得多。例如率真自然、热情奔放、生机勃勃，"简直就像迎着春天的晨光跳到世界上的一头小鹿"。再如，"活泼可爱能干，关键是还很漂亮"，"身上汇集着一个少女所有的乐观、好奇、调皮的生命力"，"这个活泼可爱的妹子在无聊的生活中点亮了我"。还有的说得那么感性，简直让人看得见他的笑脸："选绿子啊，那么暖洋洋的姑娘！"不过也有男孩相对理性："绿子那个状态，如果放在三十过后的人身上，就不合适了，有点儿二百五。二十多岁的残酷，就在于不得不去直面人生黑暗的现实，无人能免。绿子的洒脱有赖于旺盛的性欲、充沛的体力和不怕死的闯劲儿。渡边是早熟的，他早看清了青春迟早要挥霍一空，因而提前进入中年人的静观静思状态。"喏，这个男孩是不是快成渡边君了？作为老师，我觉得这样的男孩似乎就在自己身边——说来也怪，每级学生中必有两三个这样的男孩。他们稳重、沉思，喜欢独处，倾向于看历史、哲学、文学等"闲书"，平时沉默寡言，问到时侃侃而谈。我见了，每每为之心动，甚至不无感伤，暗暗祝福有一个喜欢他的女孩跟他一起走向远方。祝福之余，偶尔也会不期然想起自己远逝的青春岁月。

是的，我也曾有过青春岁月。但在那至关重要的若干年时间里，没有人——全然没有——问我喜欢哪个女孩，没人问我喜欢绿子还是直子。现在却有人问了。这不，在上面这则微博"评论"中，有一位反问我："其实我更想知道，您会选谁？"我选谁？说起来，翻译《挪威的森林》时还多少拖着一小截青春的尾巴。可是即使那时候我也没考虑过选谁的问题，毕竟有远为现实而严峻的问题要我考虑。至少要考虑怎样把这本书尽快译出来好多少填充不到月底就见底了的钱包。

不过这一问，倒是勾起一段往事。四五十年前的事了。一九六八年，"文革"进入第三年，我名义上初中毕业，回乡务农。由于年小体弱，不能和男劳动力一起出工，便被派到妇女堆里，和她们一起蹲在垄间薅地，薅谷苗中的杂草。妇女中有七八个女孩。其中有一个是我上小学时操场旁边一家农户的女儿，小我两岁，足够漂亮。红扑扑的脸蛋，水汪汪的眼睛，清亮亮的声音。唱歌尤其唱得好，"六一"演节目的时候听过她的独唱，歌声像上下课摇响的一串串铜铃声似的在山谷间的沙土操场上回荡。干活也手脚麻利，薅草总是薅在前头。好几次薅到垄头后回头帮我——四五十人里边只我一个男孩，也只我远远落在后边——我往前薅，她往后薅，四只薅草的手快碰上的时候，她看我一眼，我看她一眼：红扑扑的脸蛋在草帽下更红了，挂满晶莹的汗珠。我们都还十几岁，都没说话，默默对视一下，抹一把汗，直腰站起，一起走去垄头大家说说笑笑

歇息的树荫下。

有这样一个场景我记得分外真切。夏天一次雨下得很大，村头平时踩石头可过的小河涨水了，涨得厉害。中午我从村外要进村干活的时候，见她正和两个同伴蹚水过河。裤腿挽得高高的，一直挽到大腿根那里。水深了，一下子漫过大腿根；水浅了，陡然露出两条白花花丰腴而苗条的大腿，在夏日阳光和河水波光的辉映之间，一闪一闪跳动着耀眼的光。而她全然没有在意，只管和同伴嬉笑着过河。实不相瞒，那是我生来第一次目睹年轻女性的裸腿。我好像有些眩晕，倒吸一口气，呆呆站在河一边一动不动——是的，一个全新的水晶般的世界忽然出现在我的眼前。

这一场景在我翻译《挪威的森林》译到绿子时似乎晃了晃，但未能整个闪出。后来翻译川端康成《伊豆舞女》时译到小舞女洗澡的场面："连毛巾也没带，一丝不挂。小舞女！望着她那双腿如小桐树一般笔直的白皙裸体，我觉得仿佛有一股清泉从心头流过"——就在这一瞬间，心间倏然闪出当年裸腿过河的那个女孩、那个夏日场景。不错，正是这种感觉。

几年后我悄悄离开那座山村，独自进省城上了大学。第一年暑假回乡，听说她和我家邻院一个男孩好了。我分明觉出一丝妒意。但我能说什么呢？自始至终我们之间连一句话都没说过的！几十年后我回乡度假时还打听过她：她实际嫁去了二三十里外的一个小镇。

　　说不定，我曾经喜欢以至憧憬的，既不是绿子又不是小舞女，而是介于两人之间那样的女孩……

2015年1月3日

# 第一次见到的村上春树：为了灵魂的自由

据我所知，中国大陆可能只有两个人见过村上春树这位日本作家。一位是南京的译林出版社前副社长叶宗敏先生。另一个就是我了。其实我也只见过两次。一次是二〇〇八年十月底，借去东京大学开"东亚与村上春树"专题研讨会之机，和同样与会的台湾繁体字版译者赖明珠女士等四人一同去的。另一次是二〇〇三年年初我自己去的。村上四九年出生，二〇〇三年他五十四岁。两次相见还是第一次印象深，感慨多，收获大。因此，这里想集中谈谈第一次见村上的情形，和由此引发的我对村上、对村上文学的认识和思考。

村上春树的事务所位于东京港区南青山的幽静地段，在一座名叫DENMARK HOUSE的普普通通枣红色六层写字楼的顶层。看样子是三室套间，没有专门的会客室，进门后同样要脱鞋。我进入的房间像是一间办公室或书房，不大，铺着浅色地毯，一张放着电脑的较窄的写字台，一个文件柜，两三个书架，中间是一张圆形黄木餐桌，桌上工整地摆着上海译文出版社大约刚寄到的样书，两把椅子，没有沙发茶几，陈设极为普通，和我租住的公寓差不多。村上很快从另一房间进来。尽管时值冬季，他却像在过夏天：灰白色牛仔裤，三色花格衬衫，里面一件黑T恤，挽着袖口，露出的胳膊肌肉隆起，手相当粗硕。山东出身的中国作家莫言，我没见过人，见过照片。从照片上看，较之作家，更像是村党支部书记。村上虽没有那么玄乎，但形象无论如何也很难让人想到作家两个字。勉强说来，颇像年纪不小的小男孩。头上是小男孩发型，再加上偏矮的中等个头，确有几分"永远的男孩"形象。就连当然已不很年轻的脸上也带有几分小男孩见生人时的拘谨和羞涩。对了，村上在《终究悲哀的外国语》那本随笔集中，指出男孩形象同年龄无关，但必须符合以下三个条件：1. 穿运动鞋；2. 每月去一次理发店（不是美容室）；3. 不一一自我辩解。他认为第一条自己绝对符合，一年有三百二十天穿运动鞋。第三条至少可以做到"不使用文字为自己辩解"。差就差在第二条。至于怎么个差法，有兴趣的请查阅那本书。书上写得明明白白，我就不饶舌了。

言归正传。见面的时候村上没有像一般日本人那样一边

深鞠躬一边说"初次见面，请多关照"，握完手后，和我隔着圆桌坐下，把女助手介绍给我。村上问我路上如何，我笑道东京的交通情况可就不如您作品那么风趣了，气氛随之放松下来。交谈当中，村上不大迎面注视对方，眼睛更多的时候向下看着桌面。声音不高，有节奏感，语调和用词都有些像小说中的主人公，同样一副若有所思的神情。笑容也不多（我称赞他身体很健康时他才明显露出笑容），很难想象他会开怀大笑。给人的感觉，较之谦虚和随和，更近乎本分和自然。我想，他大约属于他所说的那种"心不化妆"的人——他说过最让人不舒服的交往对象就是"心化妆"的人——他的外表应该就是他的内心。

我下决心提出照相（我知道他一般不让人拍照），他意外痛快地答应了。自己搬椅子坐在我旁边，由女助手用普通相机和数码相机连拍数张。我给他单独照时，他也没有推辞，左手放在右臂上，对着镜头浮现出其他照片几乎见不到的笑意。我问了他几个翻译《海边的卡夫卡》当中没有查到的外来语。接着我们谈起翻译。我说翻译他的作品始终很愉快，因为感觉上心情上文笔上和他有息息相通之处，总之很对脾性。他说他也有同感（村上也是翻译家），倘原作不合脾性就很累很痛苦。闲谈当中他显得兴致很高。一个小时后我说想要采访他，他示意女助手出去，很认真地回答了我的提问。不知不觉又过去了

半个多小时。最后我请他为预定四月底出版的中译本《海边的卡夫卡》、为中国大陆读者写一点文字,他爽快地答应下来,笑道:"即使为林先生也要写的!"(林先生のためにも書きますよ)

我起身告辞,他送我出门。走几步我回头看了他一眼。村上这个人没有堂堂的仪表,没有挺拔的身材,没有洒脱的举止,没有风趣的谈吐,衣着也十分随便,即使走在中国的乡间小镇上也不会引起任何人的注意。但就是这样一个人在这个文学趋向衰微的时代守护着文学故土并创造了一代文学神话,在声像信息铺天盖地的多媒体社会执着地张扬着语言文字的魅力,在人们为物质生活的光环所陶醉所迷惑的时候独自发掘心灵世界的宝藏,在大家步履匆匆急于向前赶路的时候不声不响地拾起路旁遗弃的记忆,不时把我们的情思拉回某个夕阳满树的黄昏,某场灯光斜映的细雨,某片晨雾迷蒙的草地和树林……这样的人多了怕也麻烦,而若没有,无疑是一个群体的缺憾以至悲哀。

回到寓所,我马上听录音整理了访谈录。其中特别有启示性或有趣的有以下四点。

第一点关于创作原动力。我问他是什么促使他一直笔耕不辍,他回答说:"我已经写了二十多年了。写的时候我始终有一个想使自己变得自由的念头。在社会上我们都不是自由的,

背负种种样样的责任和义务，受到这个必须那个不许等各种限制。但同时又想方设法争取自由。即使身体自由不了，也想让灵魂获得自由——这是贯穿我整个写作过程的念头，我想读的人大概也会怀有同样的心情。实际做到的确很难。但至少心、心情是可以自由的，或者读那本书的时候能够自由。我所追求的归根结底大约便是这样一种东西。"

让灵魂获得自由！是啊，村上的作品，一般没有铁马冰河气势如虹的宏大叙事，没有雄伟壮丽振聋发聩的主题雕塑，没有循序渐进无懈可击的情节安排，也没有指点自己走向终极幸福的暗示和承诺，但是有对灵魂自由细致入微的体察和关怀。村上每每不动声色地提醒我们：你的灵魂果真是属于你自己的吗？你没有为了某种利益或主动或被动抵押甚至出卖自己的灵魂吗？阅读村上任何一部小说，我们几乎都可以从中感受到一颗自由飞扬的灵魂。可以说，他笔下流淌的都是关于"自由魂"的故事。任何束缚灵魂自由的外部力量都是他所警惕和痛恨的。二〇〇九年五月十七日他就下一部长篇的主题接受《每日新闻》采访时明确表示："当今最可怕的，就是由特定的主义、主张造成的'精神囚笼'"，而文学就是对抗"精神囚笼"的武器。这使我想起二〇〇九年年初他获得耶路撒冷文学奖时发表演讲时说的一句话："假如有坚固的高墙和撞墙破碎的鸡蛋，我总是站在鸡蛋一边。"他还说："我写小说的理由，归根结底只有一个，那就是为了让个人灵魂的尊严浮现出来，将光线投在上面。经常投以光线，敲响警钟，以免我们的灵魂被体制纠缠和贬损。这正是故事的职责，对此我深信不疑。不断试图通过写生与死的故事、写爱的故事来让人哭泣、让人惧怕、让人欢笑，以此证明每个灵魂的无可替代性——这就是小说家的工作。"应该说，为了"让灵魂获得自由"是贯穿村上作品的一条主线。

第二点，关于孤独。交谈当中我确认他在网上回答网友提问时说的一句话："我认为人生基本是孤独的，但同时又相信能够通过孤独这一频道同他人沟通，我写小说的用意就在这里。"进而问他如何看待和小说中处理孤独与沟通的关系。村上回答："是的。我是认为人生基本是孤独的。人们总是进入自己一个人的世界，进得很深很深。而在进得最深的地方就会产生'连带感'。就是说，在人人都是孤独的这一层面产生人人相连的'连带感'。只要明确认识到自己是孤独的，那么就能与别人分享这一认识。也就是说，只要我把它作为故事完整地写出来，就能在自己和读者之间产生'连带感'。其实这也就是所谓创作欲。不错，人人都是孤独的。但不能因为孤独而切断同众人的联系，彻底把自己孤立起来。而应该深深挖洞。只要一个劲儿地往下深挖，就会在某处同别人连在一起。一味沉浸于孤独之中用墙把自己围

起来是不行的。这是我的基本想法。"

前面说了，村上作品始终追求灵魂的自由，但由于各种各样的限制——囚笼也罢高墙也罢——实际很难达到，因此"总是进自己一个人的世界"，即陷入孤独之中。但孤独并不等同于孤立，而要深深挖洞，通过挖洞获得同他人的"连带感"，使孤独成为一种富有诗意的生命体验，一种审美享受，一种心灵品位和生活情调。正因如此，村上作品，尤其前期作品中的孤独才大多不含有悲剧性因素，不含有悲剧造成的痛苦，而每每表现为一种带有宿命意味的无奈，一声达观而优雅的叹息，一丝不无诗意的寂寥和惆怅。它如黄昏迷蒙的雾霭，如月下缥缈的洞箫，如旷野清芬的百合，低回缠绵，若隐若现。孤独者从不愁眉苦脸，从不唉声叹气，从不怨天尤人，从不找人倾诉，更不自暴自弃。在这里，孤独不仅不需要慰藉，而且孤独本身即是慰藉，即是超度。在这个意义上，不妨说村上作品中的孤独乃是"深深挖洞"挖出的灵魂深处的美学景观。

第三点，关于中国。我说从他的小说中可以感觉出对中国、中国人的好感，问他这种好感是如何形成的。村上回答说："我是在神户长大的。神户华侨非常多。班上有很多华侨子女。就是说，从小我身上就有中国因素进来。父亲还是大学生的时候短时间去过中国，时常对我讲起中国。在这个意义上，是很有缘分的。我的一个短篇《去中国的小船》，就是根

022

据小时——在神户的时候——的亲身体验写出来的。"最后我问他打不打算去一次中国见见他的读者和"村上迷"们,他说:"去还是想去一次的。问题是去了就要参加许多活动,例如接受专访啦宴请啦。而我不擅长在很多人面前亮相和出席正式活动。想到这些心里就有压力,一直逃避。相比之下,还是一个人单独活动更快活。"

其实,村上并非一次也没来过中国。一九九四年六月他就曾从东京飞抵大连,经长春、哈尔滨和海拉尔到达作为目的地的诺门罕——中蒙边境一个普通地图上连名字都没标出的小地方。目的当然不是观光旅游,而主要是为当时他正在写的《奇鸟行状录》进行考察和取材。说起来,《挪威的森林》最初的中译本是一九八九年七月出版的,距他来华已整整过去五年。但那时还不怎么畅销,村上在中国自然也谈不上出名。因此那次中国之行基本没引起任何人的注意。我看过他在哈尔滨火车站候车室里的照片,穿一件圆领衫,手捂一只钻进异物的眼睛,跷起一条腿坐着,一副愁眉苦脸可怜兮兮的样子。为这入眼的异物他在哈尔滨去了两次医院,两次都不用等待,连洗眼带拿药才花三元人民币。于是村上感慨:"根据我的经验,就眼科治疗而言,中国的医疗状况甚是可歌可泣。便宜,快捷,技术好(至少不差劲儿)。"

关于中国,村上提得最多的作品就是短篇集《去中国的小

船》中的同名短篇。其中借主人公之口这样说道："我读了很多有关中国的书，从《史记》到《西行漫记》。我想更多一些了解中国。尽管如此，中国仍然仅仅是我一个人的中国。……（我）坐在港口石阶上，等待空漠的水平线上迟早出现的去中国的小船。我遥想中国街市灿烂生辉的屋顶，遥想那绿接天际的草原。"

关于中日关系，在同一部小说中村上借中国老师之口表达出来的是："中国和日本，两个国家说起来像是一对邻居。邻居只有相处得和睦，每个人才能活得心情舒畅……两国之间既有相似之处，又有不相似之处，既有能够相互沟通的地方，又有不能相互沟通的地方。……只要努力，我们一定能友好相处。为此，我们必须先互相尊敬。"遗憾的是，两三个月前日本做的一次调查显示，超过八成的日本人对中国、对中国人不怀有亲切感。尊敬恐怕也很难谈得上。

自不待言，村上的中国观或者之于村上的中国没有这么单纯。对于他，中国有历史层面的中国、有文化层面的中国、有体制层面的中国。这需要进行学术性研究才能得出结论，三言两语说不清楚。但至少有一点是清楚的，那就是村上的历史认识，也就是对于日本侵华历史的认识是很明确的、正面的，这点主要体现在他的长篇巨著《奇鸟行状录》中。其中在审视和追问日本"国家性暴力"的源头及其表现形式时尤其显示出不妥协的战斗姿态和人文知识分子的担当意识。二〇〇八年十月他当面对我说："历史认识问题很重要。而日本的青年不学习历史，所以我要在小说中提及历史，以便使大家懂得历史。并且也只有这样，东亚文化圈才会有共同基础，东亚国家才能形成伙伴关系。"不言而喻，假如在这方面有任何右翼倾向，他在中国的"人气"都将顷刻间土崩瓦解。

第四点，关于诺贝尔文学奖。那时候就有人谈论村上获诺奖的可能性了。我问他如何看待获奖的可能性。他说："可能性如何不太好说，就兴趣而言我是没有的。写东西我固然喜欢，但不喜欢大庭广众之下的正规仪式、活动之类。说起我现在的生活，无非乘电车去哪里买东西、吃饭，吃完回来。不怎么照相，走路别人也认不出来。我喜爱这样的生活，不想打乱这样的生活节奏。而一旦获什么奖，事情就非常麻烦。因为再不能这样悠然自得地以'匿名性'生活下去。对于我最重要的是读者。例如《海边的卡夫卡》一出来就有三十万人买——就是说我的书有读者跟上，这比什么都重要。至于获奖不获奖，对于我实在太次要了。我喜欢在网上接收读者各种各样的感想和意见——有人说好有人说不怎么好——回信就此同他们交流。而诺贝尔文学奖那东西政治味道极浓，不怎么合我的心意。"

显而易见，较之诺贝尔文学奖，村上更看重"匿名性"。为此他不参加任何如作家协会那样的组织，不参加团体性社交

活动，不上电视，不接受除全国性严肃报纸和纯文学刊物（这方面也极有限）以外的媒体采访。总之，大凡出头露面的机会他都好像唯恐躲之不及，宁愿独自歪在自家檐廊里逗猫玩，还时不时索性一走了之，去外国一住几年。曾有一个记者一路打听着从东京追到希腊找他做啤酒广告，他当然一口回绝，说不相信大家会跟着他大喝特喝那个牌子的啤酒。我想，这既是其性格所使然，又是他为争取灵魂自由和"深深挖洞"所必然采取的行为方式。恐怕也正因为这样，他的作品才会有一种静水深流般的静谧和安然，才能引起读者心灵隐秘部位轻微而深切的共振。纵使描写暴力，较之诉诸视觉的刀光剑影，也更让人凝视暴力后面的本源性黑暗。有时候索性借助隐喻，如《寻羊冒险记》中背部带星形斑纹的羊、《奇鸟行状录》中的拧发条鸟，以及《海边的卡夫卡》的入口石等等。在这个意义上，不仅村上本人有"匿名性"，他笔下的主人公也有"匿名性"。事实上《挪威的森林》之前的小说主人公也连名字都没有。

话说回来，客观上村上获诺贝尔文学奖的可能性到底有多大呢？我看还是很大的。理由在于，他的作品在很大程度上体现了作为诺奖审美标准的"理想主义倾向"。如他对一个时代的风貌和生态的个案进击式的扫描；他追问人类终极价值时体现的超我精神；他审视日本"国家暴力性"时表现出的不妥协的战斗姿态和人文知识分子的担当意识；他在拓展现代语境中的人性上面显示的新颖与独到，以及别开生面的文体等等。事实上，他也连续入围好几年。同样作为事实，年年入围年年落得个所谓陪跑下场。二〇一二年败给中国作家莫言；二〇一三年败给加拿大女作家爱丽思·门罗；二〇一四年败给法国作家帕特里克·莫迪亚诺；二〇一五年败给白俄罗斯女作家斯维特兰娜·阿列克谢耶维奇。这倒也罢了，毕竟以上四位都是作家。然而今年不同，今年败给了一位歌手：美国民谣歌手鲍勃·迪伦。这又是为什么呢？也巧，前几天就此写了一篇题为《鲍勃·迪伦和村上——村上为什么没获诺奖》的随笔。更巧，这篇文章就在这本小书里面，这里就不重复了。

2016年12月17日

# 第二次见到的村上春树：鲁迅也许最容易理解

十一月初，东京大学中文系教授藤井省三先生主持召开"东亚与村上春树"国际学术研讨会。借赴会之机，我于十月二十九日见了村上春树。二〇〇三年年初我们见了一次，这次是第二次。但不是我一个人去的，是同台湾的村上作品主打译者赖明珠、马来西亚的村上作品译者叶惠以及翻译过村上部分文章的台湾辅仁大学张明敏三位女士一同去的——在不同地区以不同风格的汉语共同翻译村上的四个人同聚一堂就不容易，而一同去见村上本人就更非易事。加之村上本来就不轻易见人，所以这次会见在某种意义上不妨说是历史性的。

村上事务所年初搬了家，但仍位于南青山这个东京黄金地段，在一座不很大的写字楼里面。周围比较幽静，不远就是村上作品中不时出现的神宫球场、青山大道和青山灵园（墓地）。虽然时值晚秋，但并无肃杀之气。天空高远明净，阳光煦暖如春，银杏树郁郁葱葱，花草仍花花绿绿，同女性的裙装相映生辉。

按门铃上楼，一位举止得体的年轻女助手开门把我们迎入房间。女助手也换了，不是几年前我戏称为208或209女孩了。房间不很宽敞，中间有一道类似屏风的半截浅灰色隔离板，前面放一张餐桌样的长方形桌子，两侧各有两把椅子，我等四人分别坐在两侧。女助手很快去里间请村上。很快，村上春树从"屏风"后面快步走了过来。一身休闲装：深蓝色对襟长袖衫，里面是蓝色T恤，蓝牛仔裤。他仍然没有像一般日本人那样和我们鞠躬握手，径直走到桌头椅子坐下，半斜着身子向大家点头致意。我看着他。距上次见面已经五年半多了，若说五六年时间没在他脸上留下任何痕迹，那并不准确——如村上本人在作品中所说，时间总要带走它应带走的东西——但总的说来，变化不大，全然看不出是年近六十的人（村上四九年出生）。依然"小男孩"发型，依然那副不无拘谨的沉思表情，说话时眼睛依然略往下看，嘴角时而曳出浅浅的笑意，语声低沉而有速度感。整个人给人的印象随意而简洁，没有多余的饰物，一如房间装修风格。

交谈开始了。作为他的作品的译者和读者，最感兴趣的，自然是他的下一部小说。他强调了两点，一是篇幅十分之长，

比译成中文都长达五十万言的《奇鸟行状录》还长，有《海边的卡夫卡》的两倍。已经差不多写了两年，眼下正在一遍又一遍仔细修改，大约明年夏天分两三卷在日本出版。虽然长，但很有趣。二是以第三人称写的。村上小说的主人公大多是"我"，采用第三人称的迄今只有《国境以南 太阳以西》（一九九二）和《天黑以后》（二〇〇四）。而这回要在前两次"试验"的基础上进一步转变为第三人称这一叙事方式。询问主题，他则显出不解的神情："主题是什么来着？我也不知道。"我想起几个月前他在接受《每日新闻》（五月十七日）采访时的谈话内容。作为新作背景，他谈及自己对冷战结束后的混沌（khaos）状态的认识，认为其征兆是一九九五年相继发生的阪神大地震和地铁沙林毒气事件，而"九一一"事件是其显在反应。他认为"当今最可怕的，是由特定的主义和主张造成的'精神囚笼'"。——当我就此确认时，他没有否认，但表示实际上主题并不止此一个，而有"很多很多"。主题很多很多？这一说法颇有吊人胃口意味，不过这也是他一贯的风格，他的确很少直接谈其作品的主题。

自一九七九年发表处女作《且听风吟》以来，村上已差不多勤奋写作了三十年。"三十年间我有了很大变化，明白自己想写的是什么了。以前有很多不能写的东西，有能力上所不能写的。但现在觉得什么都可以写了。写累了，就搞翻译。写作是工作，翻译是爱好。一般是上午写作，下午搞翻译。"他又一次强调了运动和写作的关系，说他天天运动，"今天就去健身馆打壁球来着。但跑步跑得最多。因为不久要参加马拉松比赛，所以现在每天跑两个小时左右。写作是个体力活，没有体力是不行的，没有体力就无法保持精神集中力。年轻时无所谓，而过了四十岁，如果什么运动也不做，体力就会逐步下降。过了六十岁就更需要做运动来保持体力"。去年十月他专门为此出了一本书：《当我谈跑步时，我谈些什么》。我请他为这本书中译本的出版给中国读者写点什么，他爽快答应下来："短的可以，因为正在忙那部长篇。"

问及东西方读者对他作品的反应有何差异，他说差异很大，"欧美读者接触加西亚·马尔克思等南美文学的时候，感觉自己读到的是和英语文学完全不同的东西，从而受到一种异文化冲击。读我的作品也有类似情况，觉得新鲜，有异质性。这点从读者提问也看得出来。欧美读者主要关注我的作品的写法本身和后现代元素，亚洲读者的提问则倾向于日常性，接受方式更为自然"。另一方面，他也承认自己的创作受到美国当代作家的影响，"从他们身上学得了许许多多，例如比喻手法就从钱德勒那里学到不少"。他在接受《每日新闻》采访时也说自己对钱德勒的文体情有独钟，"那个人的文体具有某种特殊的东西"。

话题转到《挪威的森林》拍电影的事。媒体前不久报道《挪》将由美籍越南导演陈英雄搬上银幕，村上说确有此事。"就短篇小说来说，若有人提出要拍电影，一般都会同对方协商，但长篇是第一次，因为这很难。不过《挪》还是相对容易的，毕竟《挪》是现实主义小说。"他说《挪》此前也有人提出拍电影，他都没同意。而这次他同陈英雄在美国见了一次，在东京见了两次，觉得由这位既非日本人又不是美国人的导演拍成电影也未尝不可。至于演员，可能由日本人担任。"将会拍成怎样的电影呢？对此有些兴趣。不过一旦拍完，也许就不会看了。以前的短片都没看，没有那个兴趣。"

说到"东亚与村上春树"这一议题时，我说我认为他对东亚近现代历史的热切关注和自省、对暴力的追问乃是村上文学的灵魂，村上说有人并不这么认为。他说历史认识问题很重要，而日本的青年不学习历史，所以他要在小说中提及历史，以便使大家懂得历史，并且也只有这样，东亚文化圈才会有共同基础，东亚国家才能形成伙伴关系。

这里想特别提一下村上对鲁迅的看法。

村上的短篇集《遇到百分之百的女孩》中有一篇叫《完蛋了的王国》，其中的男主人公Q氏是一家电视台的导演，衣装整洁，形象潇洒，文质彬彬，无可挑剔，任何女性走过都不由得瞥他一眼，可以说是典型的中产阶级精英和成功人士。耐人寻味的是，藤井省三教授在这样的Q氏和鲁迅的《阿Q正传》中的阿Q之间发现了"血缘"关系：其一，"两部作品同有超越幽默和凄婉的堪称畏惧的情念"；其二，两个Q同样处于精神麻痹状态。也就是说，作为鲁迅研究专家的藤井教授在村上身上发现了鲁迅文学基因。作为中国人，我当然对这一发现极有兴趣。这次有机会见村上本人，自然要当面确认他是否看过《阿Q正传》。村上明确说他看过。学生时代看过一次，十几年前在美国普林斯顿大学当驻校作家时结合讲长谷川四郎的短篇《阿久正的故事》（日语中，阿久同阿Q的发音相同）又看了一次，"很有意思"。问及他笔下Q氏是否受到鲁迅的阿Q的影响，他说那是"偶然一致"。但他显然对鲁迅怀有敬意："也许鲁迅是最容易理解的。因为鲁迅有许多层面，既有面向现代的，又有面向国内和国外的，和俄国文学相似。"

回国后赶紧翻阅他对《阿久正的故事》的品评，里面果然涉及对《阿Q正传》的评价："在结构上，鲁迅的《阿Q正传》通过精确描写和作者本人截然不同的阿Q这一人物形象，使得鲁迅本身的痛苦和悲哀浮现出来。这种双重性赋予作品以深刻的底蕴。"并且认为鲁迅的阿Q具有"'一刀见血'的活生生的现实性"。

不用说，一个人能够理解另一个人——何况认为"最容易理解"——无非是因为心情以至精神上有相通之处。所以，村

上的Q氏同鲁迅的阿Q的"偶然一致"，未尝不是这一意义上的"偶然一致"。

2008年11月19日

## 村上语言的诗性

想必也是因为我作为翻译匠长期处理文体的关系，较之小说的故事性、人物塑造以至历史感等因素，我感兴趣的更是其个性化文体，或者说是其独特的语言风格，尤其语言的诗性。应该说，在这个信息化时代，在海量图文信息和网络文学的冲击下，语言逐渐失去了严肃性、经典性和殿堂性，文学语言亦随之失去鲜明的个性和诗性。用复旦中文系教授郜元宝的话说，"开放的社会最不缺的东西，或许就是语言了……语言太多了，好语言太少了"。不妨认为，中国小说之所以在长达半个多世纪的时间里鲜有小说文本进入经典化殿堂，除了意识形态等政治因素，一个很重要的原因就在于文体或语言缺乏个性和诗性，尤其缺乏个人化诗性。而村上的小说之所以到处攻城略地并开始显露经典化倾向，依照村上本人的说法，一是

因为故事有趣,二是因为"文体具有普世性渗透力"。而他的志向就是"想用节奏好的文体创造抵达人们心灵的作品"。至于"普世性渗透力"究竟指的是什么,一下子很难说清,但至少离不开诗性因素——没有诗性,没有"润物细无声"般的诗性渗透力,所谓普世性渗透力也好,本土性、地域性渗透力也好,恐怕都无从谈起。而这样的语言或文体,其本身即可叩击读者的审美穴位、心灵穴位而不屑于依赖故事性。

下面就请让我从《没有女人的男人们》中我译的《驾驶我的车》和《恋爱的萨姆沙》这两个短篇中信手拈出几个比喻句为例,一起静静体味一下。

1. 双耳又宽又大,俨然荒郊野外的信号接收装置。

2. "喜欢手动挡。"她用冷淡的语声说。简直就像铁杆素食主义者被问及能否吃生菜一样。

3. 相邻车道的拖车如巨大的宿命阴影一样或前或后伴着萨博。

4. 两人久久地相互对视。并且在对方的眸子里发现了遥远的恒星般的光点。

5. 自己的太太被别的男人抱在怀里的场景在脑海里挥之不去,总是去而复来。就好像失去归宿的魂灵始终贴在天花板一角监视自己。

6. 走廊空无人影，四周鸦雀无声，如深海的底。

7. 餐桌变得惨不忍睹。就好像一大群乌鸦从大敞四开的窗口飞扑进来，争先恐后把那里的东西啄食得一塌糊涂，而后就势飞去了哪里。当他大吃特吃后好歹喘过一口气时，桌上的东西几乎荡然无存。没有动过的只有花瓶里的百合花。

8. 羽绒被中煦暖如春，简直像钻进蛋壳里一样舒心惬意。

9. 女孩以令人联想起熄掉的柴火般麻木的声音说。

10. （女孩）兴味索然地把嘴唇扭成中国刀一般遒劲而冷静的形状……

怎么样，这些比喻够有诗性的吧？够好玩的吧？汪曾祺说过写小说就是写语言。而比喻无疑在语言或文体中有独特的作用。余光中甚至说"比喻是天才的一块试金石。（看）这个作家是不是天才，就是要看他如何用比喻"。那么，村上是如何用比喻的呢？仅就这里的例子来说，至少有一点不难看出，村上用来比喻的东西起码有一半是超验性的，因而同被比喻的经验性的人或物之间有一种奇妙的距离，而诗性恰恰蕴含在距离中。如拖车同宿命阴影、眸子同遥远的恒星、妻子跟人上床的场景同失去归宿的魂灵、走廊同深海的底、声音同熄掉的柴火，以及嘴唇同遒劲而冷静的中国刀……后者有谁实际见过、感受过、经验过呢？也就是说，从经验性、常识性看来，二者

之间几乎毫无关联。而村上硬是让二者套上近乎，缩短其距离，从中拽出一丝陌生美，一缕诗性。在小说中，诗性有时候也可理解为意境和机趣、情趣、风趣。必须说，这正是村上文体或语言风格的一大特色。

带有诗性或机趣的比喻，中国小说中当然不是没有。但两相比较，超验性的似乎不多。举两对例子，例如同样比喻太阳，莫言说"赤红的太阳……好像一个慈祥的红脸膛大娘"，村上则说"新的太阳好像从母亲腋下出生的佛陀一样从山端蓦然探出脸来"；同样比喻月亮，莫言说"那天晚上的月亮……像颜色消退的剪纸一样，凄凄凉凉地挂在天上"，村上则说"可怜巴巴的月亮像用旧了的肾脏一样干瘪瘪地挂在东方天空的一角"。

不言而喻，较之"红脸膛大娘"和"剪纸"，"佛陀"和"用旧了的肾脏"显然是超验性的，非日常性的。有一种大跨度想象力生成的新颖而睿智的诗性和机趣。

2015年5月23日

# 村上的柳树和我的柳树

　　村上显然是个喜欢树的人，名字就叫"春树"。那么喜欢什么树呢？和济南人一样，喜欢柳树。喏，小品文合集《村上广播》里面有一篇题为《柳树为我哭泣》："喜欢柳树吗？我可是相当喜欢。一次我找到一棵树形端庄的柳树，请人栽进院子。兴之所至，搬一把椅子在树下悠然看书。冬天到底寒冷，但春天到夏初时节，纤细的绿叶迎风摇曳，沙沙低语，令人心旷神怡。"文中还比较了英美日中语境中柳树印象的差异："美国老歌有一首《柳树为我哭泣》（Willow weep for Me）。比莉・霍丽戴唱得优美动人。歌的内容是一个被恋人抛弃的人对着柳树如泣如诉。为什么柳树要为谁哭呢？这是因为英语圈称'垂柳'为weeping willow之故。而weep一词，除了'啜泣'这个本来含义之外，还有树枝柔软下垂的意思。因此，

在英美文化中长大的人一看见柳树，脑海难免浮现出'啊，柳树别哭哭啼啼的'这样的印象。相比之下，在日本，一提起柳树，就马上想起'飘飘忽忽'的妖婆。"那么中国呢？文章最后写道："据说过去的中国女性在即将和所爱的人天各一方之际，折下柳枝悄然递给对方。因为柔软的柳枝很难折断，所以那条柳枝中含有'返=归'的情思。够罗曼蒂克的，妙！"

概而言之，同是柳树（垂柳），对于英美，是哭哭啼啼的鼻涕鬼；对于日本，是飘飘忽忽的老妖婆；对于中国女性，是缠缠绵绵的盼归情思。不用说，鼻涕鬼烦人，老妖婆吓人，唯独中国女性的情思动人，妙！

至于是否果真如此和何以如此的学术性理由，村上没做深入研究。毕竟小品文不是论文，村上也并非比较文化学者。作为我，欧美从未涉足，日本住过五年。回想起来，日本房前屋后尤其自家小院，确乎鲜有柳树身影。是啊，谁家喜欢"飘飘忽忽的妖婆"呢？尤其深更半夜，影影绰绰飘飘忽忽，把小孩吓哭怎么办？大人也不至于乐不可支嘛！村上所以说他相当喜欢，大概一是因为村上没有小孩，二是因为村上深受西方影响，本来就不是平均线上的日本人。说绝对些，较之日本人，可能更是柳树让他"心旷神怡"。

我也喜欢柳树，相当喜欢。也许因为在小山村长大之故，我从小就喜欢树，尤其喜欢柳树。小山村的村口有一口辘轳井，井旁有一棵歪脖子柳树——对了，较之"树形端庄"的柳树，我分外中意歪脖子柳树，一看见歪脖子柳树我就歪起脖子看得出神——三伏时节，我和弟弟在柳树荫下将黄瓜和偶尔偷来的西瓜投进井里。估计凉透了，便用桶打捞出来，在柳树荫下迫不及待地"咔嚓"一口。一口就从脑门儿一直凉到脚后跟，那才叫痛快，才叫爽。这么着，柳树荫、辘轳井和"咔嚓"一口，构成了儿时的我对幸福最初的感受和理解。

及至小学三四年级，我和弟弟时不时提着大肚玻璃瓶或推着手推车去十里外的小镇打豆油、领粮或者磨米。走过一个几百人的大村庄，路旁有一棵同是垂柳的柳树，脖子同样有点儿歪，又粗又高，离很远就看见了，知道路走完一半了，精神顿时为之一振，脚步随之加快。到了树下，我们就像到了家了似的歪在树荫下擦一把汗。春天树刚发芽的时候，弟弟会拧一支柳笛吹一阵子。声音嘹亮悠长，给我们以小小的欢乐和鼓舞。

想起来了，一次弟弟拧柳笛时，我扯了两条拇指粗的树枝，回家插在院门旁边低些的地方。发芽后一阵又一阵猛长，等我上初中的时候，已经有两个我高了。我当然没柳树长得快，但我当然不是柳树，已经约略懂得"月上柳梢头，人约黄昏后"的微妙意味了，每每在月下对着婀娜的柳梢让自己的思绪跑得很远很远。可以说，是柳树给了我最初的审美遐想和贫苦生活中的罗曼蒂克……令人痛心的是，十年前老院门这棵柳

树和井口那棵歪脖子柳树，连同老屋被采石场整个埋在了山一般高的废石渣下。路旁那棵又粗又高的柳树也已没了踪影。

这么着，几年前的暑假我在小镇边上买得一处农家院落后，转年春天就在院门外栽了五棵柳树。现在已有碗口粗了，个头比房脊还高。此刻我正面对着五棵柳树写这篇小稿。柳树真个风姿绰约，仪态万方。清晨，一身玉露；傍晚，满树夕阳；入夜，月上梢头。碧空如洗，它勾勒无数优美的弧形；烟雨迷离，它幻化出缠绵悱恻的梦境。在城里，每当我想起乡下这五棵柳树，心底就静静涌起难以言喻的满足和欣喜，甚至成了乡愁的载体和凭依。也是我喜欢去"家家喷泉户户垂柳"的济南一个不大不小的理由。

这就是我的柳树，之于我的柳树。比之村上的柳树，至少有一点是相同的：我们都喜欢搬一把椅子在柳树下看书。而差异也至少有一点：他看英国作家布莱克伍德的小说《孤岛柳林》，我看陶渊明的《五柳先生传》。五柳先生之人格境界固然遥不可及，唯其"好读书，不求甚解；每有会意，便欣然忘食"或可约略近之。

2016年7月24日

## 08

# 村上的生日和我的生日

今天忽然说起生日，并非因为我今天过生日，而是出于这样两个原因。一个是国家要放开二胎了，我的左邻右舍，年纪相当大的说要再抱一个孙子；年纪不怎么大的说要再生一个儿子，而且都要赶在明年猴年。想着无数个小孙猴子在即将到来的猴年某个阳光灿烂的日子蹦跳到这个世上来，我一时不由莞尔。

说起生日的第二个原因是我参与翻译的《生日故事集》前不久出版了。《生日故事集》是村上春树编选的，选了雷蒙德·卡佛等十二位美国当代作家写的生日题材短篇小说。选完编完，村上意犹未尽，于是提笔自己写了一篇《生日女孩》。写完依然意犹未尽，于是写了一篇序言。序言中他首先写了他自己的生日：

先说一下生日，关于我个人的生日。

我来世上接受生命是在一九四九年一月十二日，属于"婴儿潮"一代。旷日持久的大规模战争终于结束，好歹活下来的人四下张望一番，然后深吸了口气，结婚，接二连三生儿育女。不出四五年，世界人口史无前例地膨胀开来。我也是那些无名、无数孩子中的一个。

我们降生于剧烈轰炸后的焦土上，在东西冷战中和经济发展同步成长，一年必长一岁，很快迎来春暖花开的思春期，接受了六十年代后半期反文化的洗礼。我们满怀理想主义激情，向因循守旧的世界提出异议，听大门乐队和亨德里克斯（请安息吧）。而后接受了——情愿也罢不情愿也罢——很难称为多么富于理想主义、多么摇滚式的现实人生。如今已年过半百。人生途中也发生过类似人类登月、柏林墙倒塌等戏剧性事件。理所当然，当时觉得那是具有关键意义的事件。实际上那些事件也可能给我的人生以某种影响。但是现在这样重新回头看来，若问那些事件是否使得自己人生的幸与不幸、希望与失望的平衡多少有了变化，老实讲，并不认为有值得一提的变化。哪怕过的生日再多、哪怕目睹和体验的事件再大，我也永远是我。归根结底，自己不可能成为自己本身以外的任何存在，我觉得。

引文有些长了，抱歉。下面让我以多少模仿村上的语气说一下我的生日和出生后的一段人生轨迹。

我比村上小三岁。一九五二年最后一个季度"来世上接受生命"。听母亲说，我性子急，接生婆没来我就来了，母亲就在灶前柴草堆上拿一把剪刀蘸一下大铁锅里烧开的水，自己剪断婴儿脐带。于是我彻底离开母体，当日凌晨时分降生在关东平原一个满地星光和银霜的冷飕飕的普通村落，成为中国一亿五千万"婴儿潮"中的一个。合作化、人民公社化、大跃进——在东西冷战中和革命大潮同步成长，简直就像一年必长两岁似的长得飞快。也在某种意义上和村上同样接受了六十年代后半期反文化或者"文化大革命"的洗礼，向所谓因循守旧的世界发起冲击，听八个样板戏唱《东方红》。人生途中同样发生过例如加加林登月、柏林墙倒塌、苏联解体等戏剧性历史性事件。如今也已年过半百——至此为止，除了部分BGM（背景音乐）以外，人生轨迹大体相同。不同的主要是后来。村上说他所经历的事件未必致使他人生的幸与不幸、希望与失望的平衡发生多少值得一提的变化，断言自己不可能成为自身以外的任何存在。而这样的结论如果用在我身上，那恐怕是要打个问号的。

这里只说一点：假如我六十年代后半期和七十年代前半期没有经历"文革"，那么我的人生会怎样呢？学习成绩一直不

错，上大学是有可能的。但作为专业，由于作文一直得到老师夸奖，十有八九学中文。学日文绝无可能，绝无可能成为日文翻译家。然而事实是，听八个样板戏和唱《东方红》的自己翻译了听大门乐队和亨德里克斯的村上春树，而且据说翻译得相当不坏。就此而言，是不是可以说"文革"这一事件使得我成了自身以外的另一存在？确定性中的不确定性？不确定性中的确定性？抑或确定性和不确定性的平衡发生了变化？

说回生日。在这本书中，村上针对自己创作的《生日女孩》所写的点评中，说他清楚记得自己的二十岁生日：一九六九年一月十二日那个冷飕飕的半阴不晴的冬日，他在酒吧里打工，当侍应生。因为找不到打替班的人，想休息也休息不成。结果那天直到最后都一件开心事也没有，并且觉得"那似乎在暗示我日后整个人生的走向"。但实际上村上日后整个人生的走向绝对不赖——成了全球飘红的大作家，财源滚滚，声名赫赫，身体棒棒，就差没捞得诺贝尔文学奖。若问是不是开心，这个别人倒是不好判断。

至于我，关于生日的记忆，大多集中在上小学和初中期间。每次过生日那天早上，母亲就把一个热乎乎的煮鸡蛋悄悄放在我枕边或直接塞进被窝。鸡蛋少，孩子多，不能每个孩子都分得一个。母亲悄悄地给我，我悄悄地吃——瞒着弟妹们缩进被窝深处悄悄剥开皮，一小口一小口悄悄咬着鸡蛋清、鸡蛋黄，悄悄体味那近乎眩晕的香味。

后来离开母亲去省城上了大学。上大学后尤其在得知我出生的情形后，我几乎再没过生日。二十岁生日也罢，五十岁生日也罢。我是母亲的第一胎。开头说了，生我那年，母亲自己刚满二十岁，刚刚过完二十岁生日。如今二十岁的女孩正欢天喜地上大二兴高采烈玩手机，而母亲却在东北乡下一间四面泥巴墙的农舍里生下了我——在土灶前的柴草堆上手拿剪刀蘸一下大铁锅里的开水，而后亲手剪断婴儿和自己身体之间的脐带。那是怎样的场景、怎样的眼神、怎样的感受和心境啊？母亲的人生也由此进入不断生儿育女和日夜操劳的艰苦岁月。少女时代或曾有过的梦幻永远压在了箱底。你说，我如何忍心吹蜡烛吃蛋糕庆祝自己的生日？尤其在母亲永远离开这个人世、离开我之后，我更没了那份心绪。但生日我是记得的，记得母亲生我的那个日子，那个对于我们母子再重要不过的日子。

2015年11月11日

# 迪伦老了，村上老了，我老了

　　二〇一六年度诺贝尔文学奖前不久揭晓，摇滚歌手鲍勃·迪伦意外获奖，文学写手村上春树意外没获奖。这个结果倒是印证了村上文学的一个主题：人世间充满不确定性、偶然性以至荒谬性，充满幽默式反讽或反讽式幽默。

　　村上对迪伦绝不陌生。比如他在即使获诺奖也毫不令人意外的长篇杰作《世界尽头与冷酷仙境》中一再提及迪伦："鲍勃·迪伦开始唱《像一块滚石》。于是我不再考虑革命，随着鲍勃·迪伦哼唱起来。我们都将年老，这同下雨一样，都是明白无误的。"

　　我也不再考虑革命，随着村上考虑年老——"我们都将年老"。"我们"指谁？想必首先指迪伦和主人公"我"或村上本人。迪伦一九四一年降生，今年七十五岁，老了。老了的迪伦没白老，得了诺奖，老有所得，可喜可贺！村上一九四九年来到人世，也老了，六十七。老到七十五岁时没准也能拿得诺奖。"我们"的另外所指，应该是泛指了，指所有的你我他——"我们都将年老"。

不过总的说来，村上小说很少写老，主人公一般不超过四十岁，超过三十的都很少。他有一部短篇《游泳池畔》（收于短篇集《旋转木马鏖战记》）倒是专门写老，可主人公才三十五岁。三十五岁的主人公假定自己活到七十岁，turning point（转折点）即三十五岁——"至此已过完一半"。于是主人公"我"彻底脱光衣服，在大镜子前仔细检查已进入转折点另一侧的自家身体："由于运动和计划性饮食，腹部比三年前明显收敛了，就三十五岁而言成绩相当不俗。然而侧腹至背部的赘肉却是半生不熟的运动所难以削除的。横向看去，学生时代那宛如刀削的腰背直线已杳无踪影。阳具倒没什么变化，比之过去，作为整体诚然少了几分生猛，但也有可能是神经过敏的关系。……但他慎之又慎的目光绝没看漏缓缓爬上自家身体的宿命式衰老的阴影。"如此这般，最后得出的结论是："我正在变老。"主人公随即感叹：再怎么挣扎，人也是无法抗拒衰老的。和虫牙是一回事。努力可以推迟其恶化，问题是再怎么推迟，衰老也还是要带走它应该带走的部分。人的生命便是这样编排的。年龄越大，能够得到的较之所付努力就越少，不

久变为零。

我的三十五岁呢？也巧，我三十五岁那年正在主人公"我"或村上所在的日本。三个中国留学生合租大阪市住吉区一座日式平房，一人一个房间，除了天花板和榻榻米几乎一无所有，借用村上的俏皮话，整洁得活像太平间。没有大镜子，一年间几乎忘了自己长什么样。也没什么钱去游泳池。一星期才去一次日语叫"御钱汤"的大澡堂，不得不在前台一个风韵犹存的老板娘面前脱得光光的，洗完赶紧在老板娘面前提上裤子落荒而逃，汗都出来了。哪有心思在大镜子——大镜子那里倒是有——面前上上下下仔细检查身体所有物件呢？那就是三十五岁时的我。你说这日本也真是的，老板娘的丈夫干什么去了？何苦偏让三十五岁和非三十五岁个个老大不小的中日男性在自己老婆面前脱得一丝不挂？安的什么心？

一晃儿三十年过去，如今正向六十五岁进军。自家有洗澡的空间了，没有在日本"御钱汤"女老板面前脱光亮相的尴尬了。可惜年老随之而至。即使长命百岁，不，就算百岁外再奖给二十岁，六十五也足以是转折点了。意识到也罢没意识到也罢，乐意也罢不乐意也罢，都必须面对一个难以撼动的事实：我正在变老。No，我已然年老！人家迪伦七十五岁拿了诺奖，自己七十五岁时这种可能性无疑是零；村上六十五岁时已"陪跑"好几年，而自己连"陪跑"的资格都没有。"陪跑"的

"陪跑"？得得！

偶有年轻人羡慕我的年老，尤其羡慕我即将告老还乡：老了多好啊！没有房贷没有"国考"没有小孩入托没有小三干扰没有……果真？不是寻我开心？别急，甭急，不用急。老是每个人必然参与的一个节目。哪怕再风流倜傥，也总要步履蹒跚；哪怕再花容月貌，也总要满脸皱纹；哪怕再像一块滚石，也总有一天化为泥土；哪怕再迪伦再村上，也总要被时间平等地掀翻在地。但另一方面，假如没有老，没有老的最后一步，人世间恐怕也就没了哲学，没了文学，没了神学，没了艺术，没了信仰和理想。幸而，"我们都将年老"，这和我们绝大部分人同诺奖无缘一样，都是明白无误的。

但不明白的地方也是有的：村上为什么听了迪伦唱的《像一块滚石》就不考虑革命而考虑我们都将年老了呢？

2016年10月25日

# 翻译家村上：爱与节奏

作为作家的村上，几乎无人不晓。而作为翻译家的村上，知晓的人大概就不多了。其实就数量来说，村上的译作同他的创作不相上下。也就是说，村上不但是个名闻遐迩的作家，还是个分外勤奋的翻译家。

相对于作家出身于母语文学专业的占少数，翻译家则出身于外国语文专业的占多数。盖因母语可以自学，而外语自学绝非易事。村上两种出身都算不上。高考初战失利，转年一九六八年考入早稻田大学"映画演剧科"，即电影戏剧专业。他的英语基本属于自学成才。不知什么缘故，父母都是中学国语老师的他自小喜欢英语。上高中就能七七八八看懂英文原版小说了。不过英语考试成绩不怎么好。他日后回忆说英语考得好的人全是压根儿读不懂英文原版小说的人。以致他自始至终对日本的英语教育持怀疑和鄙夷态度。一次他不无得意地说，假如当年教他的英语老师知道他后来翻译了那么多英语小说，那么会做何感想呢？

村上确实译了很多。独自洋洋洒洒翻译了卡佛全集且不说，还至少翻译了钱德勒《漫长的告别》、塞林格《麦田守望者》和菲茨杰拉德《了不起的盖茨比》等诸多美国当代文学作品。甚至把专门以生日为主题的美国短篇小说搜集在一起译了，结集出了一本《生日故事集》。说来有趣，最初翻译的，却是他自己的作品《且听风吟》。这部日文不到八万字的处女作，他利用自营酒吧打烊后的深更半夜吭哧吭哧写了半年。写完怎么看怎么看不上眼。于是找出英语打字机改用英语写。写出大约一章的分量后译成日语。结果奇迹发生了：这回笔下的日语不再是令他生厌的老牌纯种日语，而是带有英文翻译腔的混血儿！村上暗自庆幸，索性用这种混血文体长驱直进，结果歪打正着，打出了一片新天地。事实上，你可以不欣赏村上笔下神神道道的故事，但你不能不佩服他独树一帜的异质性文体。或许有人要问那么你这个翻译匠是怎么翻译出来的呢？也混血了不成？Yes！不信你看，我的译文跟任何人译出的任何日本作家都不是一个味的吧？

话说回来，尝此甜头，村上始终对翻译情有不舍。创作之余搞翻译，翻译之余搞创作，彼此兼顾，齐头并进。还和东

京大学一位名叫柴田元幸的英文教授合写了上下两本《翻译夜话》。书中专门谈翻译，谈翻译经验。前不久出版的超长随笔《作为职业的小说家》也不忘捎带翻译一笔。

应该说，翻译经验这东西大多是老生常谈。无论谁谈，谈起来都大同小异，无非侧重面和表达方式有所不同罢了。那么村上侧重谈的是什么呢？两点。

第一点，爱。村上在《翻译夜话》中谈道："翻译是某种蛮不讲理的东西。说是蛮不讲理的爱也好，蛮不讲理的共鸣也好，或者说是蛮不讲理的执着也罢，反正没有那类东西是不成的。"后来在《翻译与被翻译》那篇随笔中强调指出："出色的翻译首先需要的恐怕是语言功力，但同样需要的还有——尤其文学作品——充满个人偏见的爱。说得极端些，只要有了这点，其他概不需要。说起我对别人翻译自己作品的首要希求，恰恰就是这点。在这个不确定的世界上，只有充满偏见的爱才是我充满偏见地爱着的至爱。"在《作为职业的小说家》中他又一次强调："即使出类拔萃的译者，而若同原作、同作者不能情投意合，或者禀性相违，那也是出不了好成果的，徒然落得双双心力交瘁而已。问题首先是，如果没有对原作的爱，翻译无非一场大麻烦罢了。"（P290）不言而喻，爱的最高境界就是忘我，就是进入如醉如痴的忘我境地。再次借用村上的说法，就是要把自己是作家啦、要写出优美自然的母语啦等私心杂念统统抛开，"而只管屏息敛气地跟踪原作者的心境涟漪。再说得极端些，翻译就是要舍生忘死"。

与此相关，村上还提到敬意（respect）："关键是要对文学怀有敬畏感。说到底，如果没有对先行作家的敬意，写小说写文章就无从谈起。小说家注定是要学别人的，否则写不出来。翻译也一样，没有敬意是做不来的，毕竟是很细很细的活计。"（《思考者》P83）

爱和敬意，含义当然不同，但在这里区别不大：前者讲的是"充满偏见的爱"，后者是怀有敬意的爱。说起来，大凡爱都是带有偏见的。没有偏见，爱就无以成立。换言之，大凡爱都是偏心，都是偏爱。即所谓情人眼里出西施（日语说"麻子坑也是酒窝"）。同样，如果不心怀敬意甚至瞧不起对方，爱也很难成立。也就是说，偏见和敬意都是爱赖以产生的前提。事关翻译，就是要爱翻译，要对翻译本身、对原作一见钟情一厢情愿一往情深。这是第一点。

村上谈的第二点：节奏（rhythm）。村上认为写文章的诀窍在于把握节奏，翻译也不例外。他说："创作也好翻译也好，大凡文章，最重要的都是节奏……文章这东西，必须把人推向前去，让人弓着身子一路奔走。而这靠的就是节奏，和音乐是同一回事。所以，翻译学校如此这般教的东西不过是一种模式，而必须使之在译文中实实在在化为有生命的东西才行。

至于如何化，则是每个人的sense（感悟）问题。"（《翻译夜话》P66）出于这一认识，翻译当中村上总是想方设法把原文的节奏置调换成相应的日语。他曾这样描述翻译塞林格《麦田守望者》时的感觉：此人文章的节奏简直是魔术。"无论其魔术性是什么，都不能用翻译扼杀。这点至关重要。就好像双手捧起活蹦乱跳的金鱼刻不容缓地放进另一个的鱼缸。"（《翻译夜话2》P53）

那么，村上的节奏感从何而来呢？来自爵士乐。村上说他上小学就喜欢听摇滚乐，长大后开的酒吧又是整天播放或现场演奏爵士乐的爵士酒吧，节奏感自然而然同身心融为一体。至于一般译者，他建议通过多写多练来"用身体记忆"。（《翻译夜话》P45）

讲到这里，可能有人想说你别老是喋喋不休说人家村上的翻译了，说你自己的翻译好不好——说说你用来翻译村上文体节奏的节奏感是从哪儿淘来的。也好，我就如实交代几句。刚才说村上的节奏感来自爵士乐。而我全然不知爵士乐为何物——村上摇头晃脑听爵士乐的时候，我正在农村广阔天地汗滴禾下土，正扯着嗓门大唱"东方红太阳升"。那么我的节奏感、我的译文节奏来自哪里呢？除了"东方红"——"东方红"当然也有节奏——主要来自古汉语。人所共知，古汉语对韵律极为讲究，有可能是世界上最具音乐性（music）的语言。而韵律也好音乐性也好，当然都离不开节奏，或者说其本身即是节奏。古人落笔，无论诗词曲赋，亦无论长篇短章，甚至一张便条都注意韵律修辞之美。平仄藏闪，抑扬转合，倾珠泻玉，铿锵悦耳，读之如御风行舟，又如坐一等座京沪高铁，给人以妙不可言的节奏性快感。非我趁机显摆，我小时候也和村上一样喜欢看书，喜欢看唐诗宋词，背过《千家诗》中的"笠翁对韵"。天长日久，自然对文章的节奏较为敏感，心领神会。一篇文章，哪怕用词再华丽，而若没有节奏，读起来也条件反射地觉得不畅快。因此，在用汉语演奏传达村上文体节奏这方面，感觉上还是颇为得心应手的。容我说得夸张些，同样翻译村上，别人译出的可能是故事，我译出的多是节奏；别人译出的村上可能是不错的小说家，我译出的更是出色的文体家。且让我从《挪威的森林》和《一九七三年的弹子球》中拈出两例为证：

飞机完全停稳后，旅客解开安全带，从行李箱中取出皮包和上衣等物。而我，依然置身于那片草地之中。呼吸着草的芬芳，感受着风的轻柔，谛听着鸟的鸣啭：那是一九六九年的秋天，我快满二十岁的时候。

飛行機が完全にストップして、人々がシートベルトを外し、物入れの中からバックやら上着やらをとりだし始める

まで、ぼくはずっとあの草原の中にいた。僕は草の匂いをか
ぎ、肌に風を感じ、鳥の声を聴いた。それは一九六九年の秋
で、僕はもうすぐ二十歳になろうとしていた。

　　喜欢听人讲陌生的地方，近乎病态地喜欢。……他们简直
像往枯井里扔石子一样向我讲各种各样——委实各种各样——
的事，讲罢全都心满意足地离去。有人讲得洋洋自得，有人则
怒气冲冲，有人讲得头头是道，有人则自始至终不知所云。而
讲的内容，有的枯燥无味，有的催人泪下，有的半开玩笑信口
开河。然而我都尽最大努力洗耳恭听。

　　見知らぬ土地の話を聞くのが病的に好きだった。……彼
らはまるで枯れた井戸に石でも放り込むように僕に向かって
実に様々な話を語り、そして語り終えると一様に満足して帰
っていった。あるものは気持ち良さそうにしゃべり、あるも
のは腹を立てながらしゃべった。実に要領良くしゃべってく
れるものもいれば、始めから終わりまでさっぱりわけのわか
らぬといった話もあった。退屈な話があり、涙を誘うもの哀
しい話があり、冗談半分の出鱈目があった。それでも僕は能
力の許す限り真剣に、彼らの話に耳を傾けた。

　　不难看出，这两段不很长的文字几乎容纳了村上文体几乎

所有要素。节奏明快，一气流注，而又峰回路转，摇曳生姿。韵律、简约和幽默联翩而出，日本式抒情和美国风味浑然一体。没有川端康成低回缠绵的咏叹，没有三岛由纪夫叠床架屋的执着，没有大江健三郎去而复来的滞重，没有村上龙无法稀释的黏稠——确如村上所说，"日本语性"基本被"冲洗"干净，了无"赘疣"，从而形成了在传统日本文坛看来未尝不可以说是异端的异质性文体——来自日语又逃离日语，是日语又不像日语。而村上作品之所以成为国人阅读视野中一道恒常性迷人风景线，之所以从中学生放学路上偷偷交换的"涉黄"读物跃入主流文坛和学术研究范畴，一个重要原因，就在于其文体别开生面的异质性，尤其在于其文体特有的节奏感和微妙韵味。读村上，明显有别于读以往的日本小说及其同时代的日本文学作品，却又和村上师承的欧美文学尤其美国当代文学不尽相同。而作为中文译本，无论行文本身多么力求纯粹，也并不同于中文原创，不混淆于任何中国作家。近乎王小波的知性，但比王小波多了一分绅士般的从容；近乎王朔的调侃，但比王朔多了都市人的优雅。

　　而我这个译者的决定性贡献，有可能就是用中文塑造和移植了村上文体，进而促使中文生发外语异质性，丰富了汉语文学语言的"语料库"，为国人提供了对世界的另一种感悟方式和表达方式。在这个意义上，未尝不可以说是一个了不起的

贡献。令我可惜甚至耿耿于怀的是,极少有学者表彰我这个贡献。以至本来就不知谦虚为何物的我终于在这里按捺不住,只好自卖自夸一下。抱歉抱歉!

2016年3月6日

# 11

# 白昼之光，岂知夜色之深

　　村上处女作《且听风吟》，里边有一位名叫哈特费尔德的虚拟的美国现代作家。出现在开篇第一章，可惜出现就死了：

　　文章的写法，我大多——或者应该说几乎全部——是从哈特费尔德那里学得的。不幸的是，哈特费尔德本人在所有意义上却是个无可救药的作家。这点一读他的作品即可了然。行文诘屈聱牙，情节颠三倒四，立意浮浅稚拙。然而他是少数几个能以文章为武器进行战斗的非凡作家之一。纵使同海明威、菲茨杰拉德等与他同时代的作家相比，我想其战斗姿态恐怕也毫不逊色。遗憾的是，这个哈特费尔德直到最后也未能认清敌手的面目，这也正是他的所谓无可救药之处。

　　他将这种无可救药的战斗锲而不舍地进行了八年零两个

月，然后死了。

死于非命。按照他的遗嘱，墓碑上引用尼采这样一句话："白昼之光，岂知夜色之深。"

白昼之光，岂知夜色之深——我所以特别注意二十多年前自己翻译的这句话，是因为前不久南昌科技师范大学一位日语同行来信，信上说她正以拙译为例给研究生上翻译课。当她让学生翻译"昼の光に、夜の闇の深さがわかるものか"的时候，大部分学生套用那首歌名，译为"白天不懂夜的黑"。相比之下，"您的译文真个超凡脱俗，朴实中透出豪华"！

可惜我这个人全然谈不上"超凡脱俗"。听人批评就恼，听人夸奖就喜。这次喜得心花怒放。上个星期我就带着心花怒放的心情去了台湾。去台湾淡江大学开村上研讨会。作为会议的一环，中间夹有翻译主题圆桌论坛。我、繁体字版村上译者赖明珠，以及韩国美国等译者围着圆桌讨论村上作品翻译的"秩序"（order）。我这次还算老实，谈的题目是"文学翻译的秩序：草色遥看近却无"。其他几位谈的则多是个人翻译体会。于是主持人东吴大学L教授，叫我也就此谈谈。我趁机引用南昌那位大学同行信上的例子，以此强调文体（style）忠实对于翻译多么重要。喏，"白天不懂夜的黑"，那岂不译得太平常了？尼采不但是鼓吹"超人"思想的哲学家，而且是格调高迈的欧洲顶级散文家。何况是墓碑引用之语，无论如何不应以日常语体译之……

正当我顾盼自雄之际，比我大几岁的赖明珠女士用日语开口了："依林先生的译法，那恐怕就不是尼采，而是李白了吧？"

全然始料未及。但我好歹也是上过阵的人，两军对垒，舌枪唇剑，一般不至于抱头鼠窜。日语那玩意我也是会说的，当即应道：包括台湾同胞在内，但凡中国人，无人不是李白嫡系或非嫡系的后代，这种文化DNA至今仍在我们身上绵延不绝，使得中国人对文体、对修辞之美分外敏感和挑剔。而中国传统笔法的特点之一即是简洁明快……话音未落，村上作品波兰语译者、美国波士顿大学一位女讲师就此质疑。我耐着性子解释说，就分量而言，日语译成汉语至少减少三分之一，这未尝不是汉语相对simple（简洁）的一个证据。为了避免汉语沙文主义之嫌，我补充说这并非出于孰优孰劣的价值判断，而仅仅是即席性状况描述。尽管这样，我还是感觉得出，会场气氛开始脱离"秩序"，借用村上的俏皮话，如啤酒瓶盖不慎落入平静的湖面。

论战结束，东京大学一位与会教授告诉我，他下面的发言碰巧要提尼采。果然，他考证村上作品中的尼采引语多有变异，例如这句就无法在尼采原著中原样找见。《查拉图

斯特拉如是说》最后部分出现的相关歌词是："噢，人哟，好好听着／听深夜在讲什么？／……人世是那么深／比'白天'想的还要深。"这位东大教授的结论是：《且听风吟》中的这句墓碑引语大约由此而来。

下榻酒店不远就是有名的"淡水老街"。也是为了平息下午会场激起的几分亢奋，晚宴后夜色已深时分，我独自走去那里。但见老街全然不老。岂止不老，简直青春时尚得不得了。商铺栉比鳞次，货摊比肩继踵。吃的穿的用的玩的，琳琅满目，应有尽有。更时尚的是满街的女孩，几乎清一色短裙短裤，个个如刚刚斗胜的小公鸡，示威似的晃动着白花花的大腿，波涌浪翻，势不可挡。放眼望去，白花花的大腿，白花花的灯光，白花花的店面和展示窗——尼采哟，好好看着，这里唯有白昼之光，岂有夜色之深……

2016年6月6日

# 12

# 之于诺贝尔文学奖的文学与村上春树

　　诺贝尔文学奖评审结果出来了。尽管不是中国的贾平凹他们，也不是日本的村上春树，尽管我因特殊身份而又跟着白忙活了一场——已经是第七年为村上获奖不获奖而被媒体朋友"提审逼供"——但我还是由衷感谢诺贝尔文学奖，感谢伟大的诺贝尔先生。作为鼓捣炸药的化学家的他，居然在遗嘱奖项中设立纯粹关乎人的两项。一项关乎人的肉体，即屠呦呦今年得的医学或生理学奖；一项关乎人的灵魂，即二〇一二年莫言得的文学奖。诺贝尔先生显然知道，哪怕化学和物理学再发达，哪怕医学或生理再先进，那也是很难医治和拯救人的灵魂的。

　　对于当下的我们来说，诺贝尔文学奖的重要性首先不是谁获奖，而是在文学——尤其纯文学——日趋边缘化的今天每

年都把文学置于公众热切的目光中和闪光灯下，促使我们在科学万能主义、物质主义和享乐主义惊涛裂岸的生活现场关注文学，修复在动物性欲望泥沼中苦苦挣扎的灵魂，寻找各自的灵魂归宿和精神憩园。

实际上诺贝尔文学奖关注的也是文学对于灵魂的导向作用。其原典评审标准是"具有理想主义倾向的杰出的文学作品"。那么具体如何运用这一标准呢？限于我的阅读范围和篇幅，这里仅以近四年获奖的四位作家为例，对比没获奖的村上粗略考查一下。

二〇一二年莫言获奖。诺奖评委会发布的获奖理由是："借助魔幻现实主义将民间故事、历史与现代融为一体。"换个说法，莫言笔下展现的是如此交融互汇的二十世纪中国历史长卷，尤以抗日战争等遭受列强侵略的苦难史色彩浓重。同时不乏现实关怀和社会介入力度。相比之下，村上则较少书写历史上的苦难，对现实的介入也未能逐步深入。日本著名文艺批评家黑古一夫去年比较了村上的《1Q84》和莫言的《蛙》之后这样写道："文学本来内在的'批评性'（文明批评、社会批评）如通奏低音一般奏鸣于莫言的《蛙》。然而这种至关重要的'批评性'在村上春树的《1Q84》中全然感受不到。"他因而断言莫言获得诺贝尔文学奖"理所当然"，村上"以后恐怕也只能停在'有力候补'位置"。

二〇一三年加拿大女作家爱丽丝·门罗获奖。加拿大卡尔加里大学英文系教授、英联邦语言文学研究会会长维克多·拉姆拉什认为门罗的作品具有鲜明的本土性而又超越本土性，"回音般复述和唤醒了他们对于人性中共通一面所产生的思考和感受"。村上呢？村上作品缺乏本土性、民族性。今年来华访问的同是作家的法政大学教授岛田雅彦认为，"村上春树的作品之所以能像万金油一样畅销世界各国，是因为他在创作中刻意不流露民族意识"。

二〇一四年法国作家帕特里克·莫迪亚诺获奖。诺奖评委会给出的获奖理由，是他"用记忆的艺术展现了德国占领时期最难把握的人类命运以及人们生活的世界"。与此相比，村上则"以文学形式就日常生活做出了不可思议的描写，准确地把握了现代社会生活中的孤独感和不确定性"（普林斯顿大学授予村上荣誉文学博士评语）。

二〇一五年十月八日揭晓的诺奖得主是白俄罗斯女作家、记者斯维特兰娜·阿列克谢耶维奇。颁奖词为"她的复调书写是对我们时代的苦难和勇气的纪念"。其作品多为纪实文学，以采访当事人的访谈方式记录了第二次世界大战、阿富汗战争、苏联解体、切尔诺贝利核电站事故等人类历史上的重大事件，并在这一过程中"深挖人性当中的精神痛苦和不完美过程中的一种真实的和谐"（阿列克谢耶维奇作品《我是女兵，也

是女人》译者、凤凰卫视资讯台执行总编吕宁思语）。其实村上也有纪实文学作品《地下》及其续篇《在约定的场所》，同样以采访当事人的方式记录、展示了东京地铁沙林毒气事件整个过程及事件制造者奥姆真理教的内幕。遗憾的是，至少规模就无法同前者相提并论。

如此看来，诺贝尔文学奖评审委员会大体青睐于这样的文学作品：一、以宏大视角和悲悯情怀书写人类充满苦难和困窘的历史；二、有社会担当意识和现实介入力度；三、有鲜明的本土性、民族性（接地气）；四、有独特的创作理念和创作手法。尤其看重苦难中的人性表现所引起的灵魂冲击力，从而将人的精神引向崇高的理想主义航标。此即"具有理想主义倾向的杰出文学作品"。与其相关，评委们不大喜欢个体小视角透视下的过于琐碎的个人生活片段、情感经历和生命体验，亦即对游离于社会、疏离于民众的一己喜怒哀乐卿卿我我不感兴趣。

具体到村上春树，日前接受腾讯文化采访的诺奖评委霍拉斯把包括村上在内的一些作家比作明星："如果他们表现成功，可以走向国际，就像足球明星一路踢到世界杯那样。村上春树就是这样的典型作家，正好迎合了这种市场。他们的写作刚好实用：读者可以把书带在身边，读一段也觉得很有代入感；读完了就可以扔掉，甚至不需要记住作者的名字。当然，人们记住了村上春树。”一句话，他认为村上文学不具有经典性文学作品的特点。

村上本人说他的小说之所以到处受欢迎，原因可能有两个：一是故事有趣，二是文体具有“普世性渗透力”。在我看来，村上所以在中国受欢迎，原因可能有三个：一是简洁、智性、富有节奏感和幽默感的语言风格（文体）；二是善于营造妙不可言的艺术氛围或某种情调、韵味；三是对当代都市青年的孤独感、疏离感、失落感等心理感受的精妙刻画。这也可以说是村上文学的三个主要特点。

在我看来，文学最本质的功能在于文字审美，即以文字艺术给人以美的感动。这也是文学唯一无法被取代的功能。村上文学可以说是这个意义上的“杰出文学作品”。我甚至怀疑，村上的文字、文体艺术及其营造的美妙氛围，可能没有在中译本以外的译本中得到充分传达，而中译本在诺奖评审中又派不上用场。

综上所述，村上得诺奖的希望怕是越来越小。愿意也罢，不愿意也罢。

2015年10月9日

## 13

# 鲍勃·迪伦和村上——村上为什么没获诺奖

　　这个世界果然充满无数种可能性：本年度诺贝尔文学奖塞给了鲍勃·迪伦。没给村上春树倒也罢了，居然把全世界那么多眼巴巴傻等苦盼的作家、写手晾在一边，偏偏给了一位歌手——七十五岁的鲍勃·迪伦成为自一九〇一年以来第一百一十三位诺贝尔文学奖得主。文学奖忽一下子成了音乐奖？端的令人惊诧莫名。

　　授奖理由也似乎没有回避这一点："为伟大的美国歌曲传统带来了全新的诗意表达"——for having created new poetic expression within the great American song tradition。并不复杂的英语，高中生都大体译得出来。所谓"诗意表达"，大约主要是指歌词。实际上他的作词也被普遍视为最大的贡献。问题是，相比于世界各国各地诗人笔下的诗作和纯文学小说作品，歌词能够称为独立的文学样式吗？说到底，歌词是为谱曲、为演唱而存在的，离开了曲，离开了唱，歌词岂非寸步难行？也许你说千古传颂的宋词当时不也是歌词吗？可我要说，鲍勃·迪伦能同苏东坡辛稼轩和柳咏秦观那样的文学家等量齐观吗？作为假设，把苏学士的"大江东去"和柳郎中的"杨柳岸晓风残月"作为诺奖对象，至少我是心悦诚服的，纵然和村上春树相比。

那么，同样作为假设，村上对鲍勃·迪伦的获奖做何感想呢？欢天喜地心悦诚服？目瞪口呆惊诧莫名？抑或惊喜交并？不过有一点可以确定，比迪伦小八岁的村上了解迪伦，了解程度远非一般人可比。

村上有一部专门谈音乐的随笔集《没有意义就没有摇摆》，分别以万字左右的篇幅谈了十位音乐家，最后一位谈的是被称为"民谣之父"的民谣歌手伍迪·格斯里（Woody Guthrie）。其中写道："鲍勃·迪伦也是五十年代后半期没少受格斯里影响的一位歌手，而他归终在中途稀释其政治信息。具体说来，他通过电声化而将音乐之舵转向更为大众化的摇滚乐。当然，从当下阶段看，可以理解为那是之于迪伦自身音乐的无可回避的发展，但当时大多视之为'变节'。何况事实上，抗议歌曲这一音乐潮流也因迪伦的离队——也就是因为失去其强大的象征——而或多或少断了命脉。"至于迪伦如何稀

释格斯里的政治信息、如何"变节"的,音乐门外汉如我自是不得而知。我所知的相关信息只有一点。这点出现在村上长篇名作《世界尽头与冷酷仙境》第三十三章最后:"鲍勃·迪伦开始唱《像一块滚石》。于是我不再考虑革命,随着鲍勃·迪伦哼唱起来。我们都将年老,这同下雨一样,都是明白无误的。"请留意,听了迪伦的《像一块滚石》,主人公便不再考虑革命了。"像一块滚石"?在《没有意义就没有摇摆》谈布鲁斯·斯普林斯汀那一篇中,村上提议大家认识到以下事实:"他(迪伦)的音乐起初不应该说是摇滚乐,在某一阶段就连是真正的摇滚乐这点都不得不自行放弃。"关于摇滚,村上推崇的是斯普林斯汀:"斯普林斯汀几乎以一己之力实现了美国摇滚乐的文艺复兴。"关于民谣,村上更看重伍迪·格斯里:"伍迪·格斯里这个人为社会弱者奉献了一生。"

然而饶有兴味的是,在《世界尽头与冷酷仙境》中,三十五岁的男主人公"我"在人生只剩二十四小时的宝贝得不能再宝贝的时间里听得最多的却是迪伦。至少听了迪伦六首:《看水奔流》《一路向前》《再度放歌孟菲斯》《像一块滚石》《轻拂的风》《骤雨》。

作为不懂音乐而略懂诗意的我,尤其中意下面这段文字。主人公"我"在人生剩不到二十个小时的时候去租车店租小汽车:

（我）一边听《看水奔流》，一边不慌不忙地逐一确认仪表盘上的按钮。……我正在车内逐个检查按钮，接待我的那位态度和蔼的年轻女郎离开办公室走来车旁，问我有什么不合适的地方。女郎的微笑显得冰清玉洁，楚楚可人，极像电视上演技娴熟的广告模特。牙齿莹白，口红颜色得体，双腮毫不松垂。……

"求185的平方根，答案按这个钮可以知道？"我问。

"在下一个新车型出现之前怕是难以如愿。"她笑着说，"这是鲍勃·迪伦吧？"

"是的。"我应道。鲍勃·迪伦正在唱《一路向前》。虽说过了二十年，好歌仍是好歌。

"鲍勃·迪伦这人，稍微注意就听得出来。"她说。

"因为口琴比史蒂维·旺德吹得差？"

她笑了。逗她笑出来委实令人惬意。我还是可以逗女孩笑的。

"不是的，是声音特别。"她说，"就像小孩站在窗前凝视下雨。"

"说得好。"我说，的确说得好。关于鲍勃·迪伦的书我看了好几本，还从未碰到过如此恰如其分的表述……

"很想再跟你慢慢聊一次。"我说。

她嫣然一笑，微微侧首。脑袋转得快的女孩晓得三百

种回答方案,即使对于离过婚的三十五岁疲惫男人也一视同仁。我道过谢,驱车前进。鲍勃·迪伦开始唱《再度放歌孟菲斯》。

如何?村上对迪伦相当熟悉吧?不仅熟悉,应该说还有几分特殊的喜爱之情。否则,怎么可能让主人公在人生最后二十四个小时对迪伦如此情有独钟。毕竟比这更紧迫更现实的事多的是。不过,我的兴趣点更在于这段行文的诗意。喏,女郎的微笑"极像电视上演技娴熟的广告模特",迪伦的声音"就像小孩站在窗前凝视下雨",以及"即使对离过婚的三十五岁疲惫男人也一视同仁"。别致,俏皮,机警,幽默,温馨,十足的诗意表达。极有可能超过鲍勃·迪伦的歌词。

那么为什么迪伦获诺奖而村上再次落得所谓陪跑下场呢?冥思苦想之间,忽然雾散云开:村上作品的英译本未能充分传达原作的诗意!翻译过《挪威的森林》和《奇鸟行状录》并写过村上研究专著"Haruki Murakami and Musicof Words"(中译本名为《倾听村上春树——村上春树的艺术世界》)的哈佛大学教授杰·鲁宾(Jay Rubin)认为村上的英文翻译腔式文体(日本已故知名作家吉行淳之介称之为"美国风味")是一把双刃剑:"村上那种接近英文的风格对于一位想将其译'回'英文的译者来说,其本身就是个难题——使得他的风格在日语中显得新鲜、愉快的重要特征正是将在翻译中损失的东西。"诚然，"显得新鲜、愉快的重要特征"并非诗意的同义语，但理应包括诗意（Poetic）在内。我也问过身边读过《挪威的森林》英译本、德译本的同事，得到的回答大体是：简洁固然简洁，但总觉得其中少了一点儿韵味。这里所说的韵味，完全可以理解为诗意、诗意表达（Poetic expressions）。十月十三日诺奖揭晓前我不知第几次接受日本时事社预备性采访时，再次谈及村上在中国走红的三个原因。一是对当代城市青年孤独感等心灵处境的细腻刻画和诗意开拓；二是简洁、机智和富有节奏感的语言风格；三是善于营造妙不可言的艺术氛围。这三点都关乎诗意。而作为中译本的拙译特点之一，大约就是较有诗意——"悠然心会，妙处难与君说"。遗憾的是，中译本在诺奖评审中根本派不上用场。诺奖评委们又无人懂日语，因而很难充分体味村上文学中的"诗意表达"。理所当然，村上没获奖，"带来全新的诗意表达"的迪伦获奖了。

获奖的迪伦据说对诺奖不感兴趣。北大教授戴锦华认为：鲍勃·迪伦和诺贝尔文学奖是不匹配的，但不配的一方是诺贝尔奖，而不是迪伦。这种把迪伦供上圣坛将其经典化的方式，让他感到悚然。为迪伦欢呼的人们其实已经完全远离了迪伦的时代。那个时代不属于机构的肯定，不属于诺贝尔奖的肯定。而今迪伦被封圣，其实传递出了这样一个信息：鲍勃·迪伦对

于今日世界已经不再是一个威胁，他们将其封圣正是有效阉割他所携带的历史记忆和时代的一种方式。

　　从中是否可以多少读取村上没获诺奖的另一原因？这也使我再次记起村上差不多十四年前当面对我说的话："诺贝尔文学奖那东西政治味道很浓，不怎么合我的心意。"

　　不过，除了惊愕和质疑，也有人对迪伦的获奖表示肯定和赞赏。如中国作家叶匡正满怀激情地说道："鲍勃·迪伦的获奖，无疑能让我们去重新审视当下的这个文学秩序。虽然鲍勃·迪伦是诺奖的异数，但显然可以让人们重新认识到文学诞生之初的本质，它是爱与歌唱，它是灵魂的需要，它是生命最真诚的表达，它是对世界最新颖的理解。它是送给这个秋天最好的礼物。"（《社会科学报》二〇一六年十月二十七日叶匡正《诺奖向文学本质致敬》）深圳大学文学院王晓华教授也持肯定态度：鲍勃·迪伦"热爱差异，守护边缘，捍卫民间主体性。从出道之日起，他一直拒斥权威，远离主流，憧憬多元共生的美好时代。……在获奖后演唱的歌曲《为什么现在试图改变我》中，鲍勃·迪伦再次吐露心曲：'让他们纳闷，让他们嘲笑，让他们皱眉'，但'我依然做着白日梦'，珍视'自己古怪而渺小的世界'。的确，半个世纪过去了，鲍勃·迪伦依旧保持着最初的情怀，总是在质疑、反讽、消解、出走、维持不羁的动姿，始终是'差异的守护神'"。（同前王晓华《鲍

勃·迪伦：差异的守护神》）

可是必须说，在关乎灵魂、关乎"对世界最新颖的理解"，在"热爱差异，守护边缘，捍卫民间主体性"这两个方面，村上未必相形见绌甚至有过之而无不及。所以，我认为村上所以未能获得诺贝尔文学奖，根本原因还是在于其作品中的诗意表达未能在中译本以外的译本获得再生。也就是说，诺奖评委们可能没有在那些译本中得到与原作相近的诗意感受。

2016年11月15日

## 14

# 世界上哪儿都不存在百分之百的村上春树

### 南京凤凰书店读书讲座讲稿

　　我一般总在校园里活动，不是自己的校园，就是兄弟学校的校园。今天总算得到在校园以外的地方，并且是南京凤凰书店这么极有品位、极够档次的地方活动的机会，因此请允许我首先显摆一下。我么，首先是个教书匠，教书教三十多年了，现在仍在教。教书之余搞点翻译。二三十年翻译下来，大大小小厚厚薄薄加起来足有七八十本了。所以又是个翻译匠。同时我又不甘心总当翻译匠，不甘心总是鹦鹉学舌，或为他人做嫁衣裳，就开始试着自己涂涂抹抹，所以又是个半拉子作家。还一个身份就是可能还多少算是个学者。众所周知，大学在本质上是学术团体，不搞学术，不写学术论文什么的，就评不上教授，而评不上教授在校园里就混不下去，甚至在家里也混不下去。就是说我具有教书匠、翻译匠、半拉子作家和所谓学者这四种身份。俗话说，样样中，样样松。但相对说来，翻译匠这个身份的认可度最高，也似乎最有成效——即使同我的本职工作教书匠相比，让我多少虚名在外的，也是翻译或翻译匠。所以今天专门说几句翻译匠，说几句翻译匠做的翻译。

翻译的七八十本书里边，村上春树的占了一多半，总计超过四十一本（加上这本不全是我翻译的《没有女人的男人们》，进入新世纪以来，已经由上海译文出版社发行七百三十七万三千九百五十册。其中"女人男人"十五万册）。准确说来是四十一点二八本。包括诸位朋友可能熟悉的《挪威的森林》《海边的卡夫卡》在内，前面四十一本是我一个人翻译出来的。而小数点后面的零点二八本，也就是今天摆在这里村上最新短篇集《没有女人的男人们》，则是六个人翻译的，七篇中我翻译了两篇，相当于零点二八本。大家看了——也许有哪位已经看过——有可能产生这样一个疑问：细看之下，怎么一个人翻一个样啊？也就是说，人家村上只有一个，而中译本读起来怎么感觉像是六个村上啊？就是说，细细品味，字里行间，大体可以品出六种味道。那么，究竟哪一种味道是村上本来的味道呢？或者说，到底哪个是百分之百的原汁原味原装村上呢？

这就是我今天三十分钟讲座的主题：到底哪个是百分之百的村上春树？回答是：哪个都不是百分之百的村上春树。百分

之百的村上春树，这个世界上哪儿都不存在。

举个例子。甭说"没有女人的男人"这么纠结的东西，即使"I love you"这么再简单不过的短句，翻译起来也一个人一个样。张爱玲大家都知道的，有一次张爱玲的朋友问张爱玲如何翻译I love you，并告诉她有人翻译成"我爱你"。张说文人怎么可能这样讲话呢，"原来你也在这里"，就足够了。还有，刘心武有一次问他的学生如何翻译I love you，有学生脱口而出，翻译成"我爱你"。刘说研究红学的人怎么可能讲这样的话，"这个妹妹我见过的"，就足够了。再举个外国的例子。日本大作家夏目漱石有一次让他的学生翻译I love you，有的学生同样翻译成"我爱你（君のことを愛するよ）"。夏目说，日本人怎么可能这样讲话，"今宵月色很好"（今夜のお月はとても明るい），足矣足矣。王家卫更绝。据说有一次他让他的演员翻译I love you，有的演员译成我爱你。王家卫说，怎么可以讲这样的话？应该是"我已经很久没有坐过摩托车了，也很久未试过这么接近一个人了。虽然我知道这条路不是很远，知道不久就会下车，可是这一分钟，让我觉得好暖"。

怎么样，就算去掉王家卫这种极端的例子，也一个人一个样吧？所谓百分之百等于I love you的翻译，这个世界上哪儿都不存在。正如每个人说话的语气是不一样的，每个译者的笔调或文体、风格也不可能一样。

关于翻译，林语堂有个多少带点儿色情意味的比喻：“翻译好像给女人的大腿穿上丝袜。译者给原作穿上黄袜子红袜子，那袜子的厚薄颜色就是译者的文体、译文的风格。”你看你看，穿上丝袜的女人大腿肯定不是百分之百原来模样的嘛！而若五六个译者一齐给她穿，那么袜子的颜色就更多了。可能有哪位嫌我绕来绕去啰唆，肚子里嘀咕你就别说别人了，干脆说你自己算了：“没有女人的男人”也好“没有男人的女人”也好，反正你译的村上是百分之百的“原装”村上吗？对此我想这样回答：主观上我以为自己翻译的是百分之百的村上，而客观上我必须承认那顶多是百分之九十或者是百分之一百二十的村上。非我狡辩，也不但我，任何译者——哪怕再标榜忠实于原作的译者——都概莫能外。说白了，百分之百的原作文体、百分之百的村上春树，这个星球上哪儿都不存在。恕我重复，既然文学翻译属于艺术活动，那么必有主观能动性参与其间，必有作者本人的文体或语言习惯介入其中。换个说法，翻译只能处于向原作文体无限接近的过程，永远在路上，终点是没有的。终点永远向《挪威的森林》中那个萤火虫光点一样无法触及。退一步说，翻译只能是原作者文体和译者文体相妥协相融合的产物。

对此，村上本人也发表过类似见解。他在《翻译与被翻译》那篇随笔中这样写道：“我本身搞翻译（英文→日文）搞

了相当长时间，相应晓得翻译这东西是何等艰苦又何等愉快的活动。也在某种程度上知晓一个个翻译家使得文本固有的滋味发生了怎样的改变。我想，出色的翻译首先需要的恐怕是语言能力。但同样需要的还有——尤其文学作品——充满个人偏见的爱。说得极端些，只要有了这点，其他概不需要。说起我对自己作品的翻译的首要希求，恰恰就是这点。在这个不确定的世界上，只有充满偏见的爱才是我充满偏见地爱着的至爱。"他还说："我的小说有一种类似翻译文体的蜕变（脱構築）或者偷梁换柱的地方，翻译中也会出现。"（《翻译夜话》P219）他举例说他翻译的雷蒙德·卡佛（Raymond Caver），"尽管千方百计使之成为标准翻译，但我的卡佛在结果上还是带有我的倾向性"（同前，P193）。并且说叙述部分还好，及至"对话，有时就自觉不自觉地冒出'自己'来"（同前，P214）。同样，我翻译的村上也会"冒出'自己'来"，也还是"带有我的倾向性"或体臭（bias），也还是要因为"充满偏见的爱"而使得"文本固有的滋味"发生改变。换句话说，我译的村上只能是"林家铺子"的村上。不过，这种既非原作者文体又不是译者文体，或者既非日文翻版又未必是纯正中文的文体缝隙、文体错位正是译者出发和施展身手的地方，自然也是我出发和施展身手的地方。同时也正是文学翻译的妙趣和价值所在——新的文体由此诞生，新的审美体验、审美取向由此诞生，原作因之获得了第二次生命。换一种解释，翻译必然多少流失原作固有的东西，同时也会为原著增添某种东西。流失的结果，即百分之九十的村上；增添的结果，即百分之一百二十的村上。二者平均，即百分之一百零五的村上，因而客观上超过了百分之百的村上——这又有什么不好吗？作家池莉也认识到这点，她说："翻译作品也许丧失了一些原母语的审美意味，但也许又增添了新母语的审美意味。"（《中国翻译》二〇一五年第六期）要知道，艺术总是介于似与不似之间，本来就不存在什么百分之百嘛！试问，卡尔·马克思百分之百，还是加西亚·马尔克斯百分之百？抑或博尔赫斯百分之百？

况且，正因为村上文学在中国的第二次生命是中文赋予的，所以严格说来，它已不再是日本文学意义上或日语语境中的村上文学，而极有可能是中国文学一个特殊的组成部分。打个未必恰当的比方，村上就像演员，当他穿上中文戏服演完谢幕下台后，他已经很难返回原原本本的自己了。原因在于，返回时的位置同他原来的位置必然有所错位，不可能完全一样。此乃这个世界的规则，包括在场的我们在内，任何人都奈何不得。容我再次套用村上的话：一个个翻译家必然使得"文本固有的滋味"发生改变。在这个意义上，在译本中追求百分之百"原汁原味"，不仅客观上不可能，而且主观上或潜意识里还可能多少有仰视外语文本、视对象语为优势语言的自卑心理。

不妨这样设想一下，假如对象语是柬埔寨、老挝语，那么会有几个人像对待英语法语德语和日语文本那样如此执拗地追求所谓百分之百呢？

其实，正如在某种意义上村上文学本身可能是村上的个人偏见或个人性同日本国民性错位的结果，村上文体也是英语与日语或翻译与母语错位的产儿。谢天谢地，这样的文体正好对了我的脾性，合了我的文体。最近翻译了村上的《生日故事》和《没有女人的男人们》等三个短篇，执笔翻译当中，不由得再次为他的文体所折服——那么节制、内敛和从容不迫，那么内省、冷峻而又含带温情，那么轻逸、灵动而又不失底蕴和质感。就好像一个不无哲思头脑的诗人或具有诗意情怀的哲人安静地注视湖面，捕捉湖面——用《舞！舞！舞！》中的话说，"如同啤酒瓶盖落入一泓幽雅而澄澈的清泉时所激起的"——每一道涟漪，进而追索涟漪每一个微妙的意趣。换言之，内心所有的感动和激情都被平和恬适的语言包拢或熨平。抑或，村上式文体宛如一个纹理细腻的陈年青瓷瓶，火与土的剧烈格斗完全付诸艺术逻辑和文学遐思。说来也怪，日本当代作家中，还是翻译村上的作品更能让我格外清晰地听得中文日文相互咬合并开始像齿轮一样转动的惬意声响，更能让我真切地觉出两种语言在自己笔下转换生成的实实在在的快感，一如一个老木匠拿起久违的斧头凿子对准散发原木芳香的木板。是的，这就是村上的文体。说夸张些，这样的文体本身即可叩击读者的审美穴位而不屑于依赖故事本身。

"感谢在过往人生中有幸遇上的许多静谧的翠柳、绵软的猫们和美丽的女性。如果没有那种温存那种鼓励，我基本不可能写出这样一本书。"村上在他最新的短篇集前言中这样说道。那么我得以翻译村上四十几本书应该感谢谁、感谢什么呢？感谢读者朋友始终如一的赏识和支持，感谢日本的村上和他创造的村上式文体。不无遗憾的是，文体这一艺术似乎被这个只顾急功近利突飞猛进的浮躁的时代冷漠很久了。而我堪可多少引以为自豪的对于现代汉语一个小小的贡献，可能就是用汉语重塑了村上文体，再现了村上的文体之美。或者莫如说，这不是我的贡献，而是汉语本身的贡献，翻译的贡献。

说到这里，请允许我不自量力地概括一下我的翻译观，即我所大体认同的关于翻译的言说或观点，当然也多少包括我个人的体悟。我倾向于认为，文学翻译必须是文学——翻译文学。大凡文学都是艺术——语言艺术。大凡艺术都需要创造性，因此文学翻译也需要创造性。但文学翻译毕竟是翻译而非原创，因此准确说来，文学翻译属于再创造的艺术。以严复的"信达雅"言之，"信"，侧重于内容（内容忠实或语义忠实）；"达"，侧重于行文（行文忠实或文体忠实）；"雅"，侧重于艺术境界（艺术忠实或审美忠实）。"信、

达"更需要知性判断，"雅"则更需要美学判断。美学判断要求译者具有审美能力以至艺术悟性、文学悟性。但不可否认，这方面并非每个译者都具有相应的能力和悟性。与此相关，翻译或可大体分为三种：工匠型翻译，学者型翻译，才子型翻译。工匠型亦步亦趋，貌似"忠实"；学者型中规中矩，刻意求工；才子型惟妙惟肖，意在传神。学者型如朱光潜、季羡林，才子型如丰子恺、王道乾，二者兼具型如傅雷、梁实秋。至于工匠型翻译，时下比比皆是，举不胜举，也不敢举。严格说来，那已不是文学翻译，更不是翻译文学。就文学翻译中的形式层（语言表象）、风格层（文体）和审美层（品格）这三个层面来说，最重要的就是审美层。即使"叛逆"，也要形式层的叛逆服从风格层，风格层的叛逆服从审美层，而审美层是不可叛逆的文学翻译之重。

不言而喻，审美忠实在实质上并不是我先提出来的。例如林语堂早就提出翻译的三个标准：忠实的标准、通顺的标准、美的标准，而以美（"传神"）为最高标准。茅盾要求译者要领会"原作艺术上的美妙"，让读者在读译文的时候"能够像读原作时一样得到启发、感动和美的感受"。其他如朱生豪的"神味"之说，傅雷的"神似"之说，钱锺书的"化境"之说，许渊冲的"译味"之说等等，说法各异，而其指向无不是美的境界、美的忠实、美的再现。

令人担忧的是，审美追求、审美视角的缺失恰恰是近年来不少文学翻译实践和文学翻译批评中一个不容忽视的现象。关于文学翻译理论（译学）的研究甚至学科建设的论证也越来越脱离翻译本体，成为趾高气扬独立行走的泛学科研究。不少翻译研究者和翻译课教师，一方面热衷于用各种高深莫测的西方翻译理论术语著书立说攻城略地，一方面对作为服务对象的本应精耕细作的翻译领地不屑一顾，荒废了赖以安身立命的学科家园。在这种风气和评价体系之下，原本为数不多的翻译高手渐渐无心恋战，而补充进来的生力军又往往勇气和魄力有余而审美积淀不足。批评者也大多计较一词一句的正误得失而忽略语言风格和整体审美效果的传达。借用许渊冲批评西方语言学派翻译理论的说法，他们最大的问题是"不谈美。下焉者只谈'形似'，上焉者也只谈'意似'，却不谈'神似'，不谈'创造性'"。

而不谈美，不谈诗情画意，文学翻译又能谈什么呢？那还能成其为文学翻译、成其为翻译文学、成其为文学吗？著名翻译家杨武能在《中国翻译》二〇一四年第五期也谈到这个问题，他说："如果没有了文学性，没有了文学的美质，文学翻译就不成其为文学翻译。"

2015年5月22日

# 15

# 莫言与村上：谁更幽默

人所共知，莫言是已经获得诺贝尔文学奖的中国大作家。村上据说是即将或迟早获诺奖的日本大作家。但同样作为大作家，两人之间没有任何交往，没有"您好"，没有"初次见面请多关照"。那么作品之间呢？

村上是否读过莫言等中国现当代作家的作品，这点无从确认。在笔者的阅读范围内，村上不曾提及除鲁迅以外的中国任何现当代作家。相比之下，莫言显然读过村上的作品。

《南方周末》在莫言获奖后第三天采访莫言，问他如何评价村上的作品，莫言这样回答："村上春树是个非常有影响力的作家，在全世界读者很多，被翻译作品的数量非常大，而且赢得很多年轻读者的喜爱，很不容易，我非常尊重他。他虽然比我大，但心态比我年轻，英文很好，同西方交流广泛，具有更多现代生活气质。他写日本历史方面比较少，更关注现代生活、年轻人的生活，这一点我是无法相比。我也是他的读者，比如《挪威的森林》《海边的卡夫卡》等。他那样的作品我写不出来。"这里所说的"无法相比"和"写不出来"，不妨视为莫言的局限性或他和村上的不同。的确，莫言极少写当下社会生活和当下年轻人的生活，很难设想莫言某一天会忽然写出《挪威的森林》和《海边的卡夫卡》那样的小说。同样，也很难设想村上会推出《红高粱》和《丰乳肥臀》——村上只能喝着进口啤酒眼望海边虚拟的卡夫卡，莫言只能喝着高粱酒打量村外血海般的高粱地。实际上就文体而言，如果说莫言是二锅头高粱酒，那么村上可能就是近乎饮料的啤酒。前者浓烈、欢腾、不可一世，催生出酒神精神；后者清淡、休闲、若即若离，略带小资情调。不过这仅仅是一个方面，而另一方面，两人文体又有相通相似的、可以比较的部分。

应该说，两人都是文体家。小说家比比皆是，文体家则寥寥无几。文体家必须在文体上有所创新，即用独具一格的表达方式为本民族语言，尤其文学语言做出贡献。村上早在一九九一年就宣称"文体就是一切"。二〇〇八年接受采访时委婉地表示文体是其作品在世界各地畅销的原因之一："（获得世界性人气的）理由我不清楚。不过，我想恐怕是因为故事的有趣和文体具有普世性（universal）渗透力的缘

故。"而他的志向就是"想用节奏好的文体创作抵达人们心灵的作品"。日本文艺评论家岛森路子和加藤典洋明确断言"村上春树的语言和我们读过的文学有所不同",是一种独特的文体,以文体而言,"村上春树有若干发明"。诗人城户朱理甚至认为"小说力学"在《奇鸟行状录》中已不再起作用,起作用的是语言,是强度彻底丧失后对强度的寻觅和为此展开的语言彷徨。

莫言在语言、在文体方面同样有坚定的认识和执着的追求。"毫无疑问,好的作家,能够青史留名的作家,肯定都是文体家。"他在同苏州大学中文系教授王尧对话时说道,"我对语言的探索,从一开始就比较关注,因为我觉得考量一个作家最终是不是真正的作家,一个鲜明的标志就是他有没有形成独特的文体。"莫言作品的英译者葛浩文说莫言"是一个'极致者'(如有这么个词的话),他是一个为了表达不同的内涵而摸索使用汉语的各种表达方式的作家"。莫言《酒国》的俄译者、俄罗斯当代汉学家叶果夫认为莫言的成功与其语言表述和叙述修辞术密切相关:"莫言的语言非常简洁。然而,简洁才是真正的艺术。"瑞典学院院长彼得·昂格伦德(Peter Englund)索性赞扬莫言"具有这样一种独具一格的写作方式,以至于你读半页莫言的作品就会立即识别出:这就是他"。

那么，下面就让我们围绕幽默这一修辞方式，具体看一下这两位堪称文体家的作家笔下的幽默体现了怎样的共同文体特征。

莫言有一部中篇名字就叫《师傅越来越幽默》，但通读之下，觉得其幽默更是主题上的，即整部作品是个巨大的隐喻式反讽或反讽式隐喻。而作为文体修辞，很难让人觉出多少幽默。较之幽默，更多的是荒谬和悲凉感。实际上评论界、学术界也很少有人从幽默角度研究这部作品以至整个莫言小说的文体，莫言本人也似乎并不强调自己文体的幽默色彩。但以我的阅读感受，他的此外不少作品至少在比喻上是不乏幽默感的。试举几例为证：

△公鸡步伐很大，像一个一年级小学生。

△眼睛瞪着，像一只深思熟虑的小公鸡。

△累得气喘吁吁，凸起的胸脯像有只小母鸡在打鸣。

△目光像一只爪子，在姑娘脸上撕着，抓着。

△双眼像风车一样旋转着。

△他感到急跳的心脏冲撞着肋骨，像一只关在铁笼中的野兔。

△他的心脏像只小耗子一样可怜巴巴地跳动着。

△两个腮帮子像秋田里搬运粮草的老田鼠一样饱满地鼓着。

△大师的身体像油田的抽油机一样不知疲倦地运动着。

△这个由化尸炉改造成的炼钢炉，炼出了一块纯蓝的钢，就像国王的妃子抱了钢柱而受孕产下来的那块铁一样美妙。

△女人们脸上都出现一种荒凉的神情，好像寸草不生的盐碱地。

△电话每响一次，我们就像豹子扑羚羊一样蹿过去一次。

△空口喝了一斤酱油，嗓子还像小喇叭似的。

相仿的幽默比喻在村上作品中可谓举不胜举。这里仅以关于眼神者为例：

△（绿子）眯细眼睛（看我），那眼神活像眺望对面一百米开外一座行将倒塌报废的房屋。

△男子用兽医观察小猫跌伤的前肢那样的眼神，瞥了一眼我腕上的迪斯尼手表。

△他先看我看了大约五分之一秒，活像在看门口的擦鞋垫。

△她略微撅起嘴唇，注视我的脸，那眼神活像在山丘上观看洪水退后的景象。

△她像看抹布似的细细看那名片。

△用观看印加水井的游客样的眼神死死盯着我端起的枪口。

△（袋鼠）以才华枯竭的作曲家般的神情定定看着食料箱里的绿叶。

△眼镜内侧的眼珠却如物色特定对象的深海鱼动物一般探我的底。

△他还是煞有介事地久久盯视我的脸，就好像我是问题的一个主要部分。

△（妻）目不转睛地盯着我的脸，眼神竟同正在搜寻黎明天幕中光色淡然的星斗无异。

看这些关于眼神的比喻的例句，不难看出村上是个相当有幽默感的作家。村上作品的主要英译者、哈佛大学教授杰·鲁宾（Jay Rubin）认为"他的幽默感当然是使他超越国际界限的最重要因素"。日本已故作家吉行淳之介对村上获得新人奖的处女作《且听风吟》评价说："每一行都没多费笔墨，但每一行都有微妙的意趣。"这里，"没多费笔墨"无疑意味简洁，"微妙的意趣"自然包括幽默这一妙趣在内。村上本人也认为除了简洁和节奏感，"我希望自己的风格达到的第三个目标是幽默。我想逗得大家哈哈大笑"。幽默诚然不时出现，但我以

为并非能"逗得大家哈哈大笑"那类幽默。至少我在翻译当中从没那么笑过。

不过若仔细品读，还是会读出村上和莫言之间微妙的差异。相对而言，莫言用来比喻的对象几乎都是基于自身生活体验或身临其境的实际观察，如小公鸡、小母鸡、爪子、燕尾、小耗子、野兔、田鼠、抽油机、小喇叭，多是乡间实实在在的寻常景物。而村上笔下的，大半是虚拟性存在、场景或意象，如天空裂缝、洪水退后的景象、印加水井游客、深海鱼动物，甚至以"问题的一个重要部分"之抽象比喻具象。如果说莫言的是经验性的，村上的则是超验性的。在这点上，或许果如杰·鲁宾所言："村上春树是一个对于用词语凭空从无中创造出某样东西这一无可预测的过程充满迷恋的作家。"

下面再从演讲中摘几个幽默例子。例如二〇〇三年三月莫言在美国斯坦福大学演讲，讲到上个世纪六十年代如何饥寒交迫："那时候我们虽然饿得半死，但我们都认为自己是世界上最幸福的人，而世界上还有三分之二的人——包括美国人——都还生活在'水深火热'的苦难生活中。而我们这些饿得半死的人还肩负着把你们从苦海里拯救出来的神圣责任。"说实话，也是因为同代人感同身受的关系，看到这里我禁不住一下子大声笑出声来。他接着讲冬天如何没有衣服穿："那时候我们都有惊人的抗寒能力，连浑身羽毛的小鸟都冻得唧唧乱叫时，我们光着屁股，也没有感到冷得受不了。我对当时的我充满了敬佩之情，那时的我真的不简单，比现在的我优秀许多倍。"

同年十月在日本京都大学演讲的时候，面对西装革履或一身套裙的女士们绅士们，他到底不好讲如何光屁股了，但幽默照样幽默："我在四年里（距上次演讲时隔四年——笔者注），身高大概缩短了一厘米，头发减少了大约三千根，皱纹增添了大约一百条。偶尔照照镜子，深感岁月的残酷，心中不由得浮起伤感之情。但见到诸多日本朋友，四年的时光在他们脸上似乎没有留下任何痕迹。……于是，我的心情顿时好了起来。"如何，够幽默的吧？潜在的、静静的、肉笑皮不笑的幽默。

还有，一次在美国加州大学伯克利分校演讲时讲到福克纳："他告诉我一个作家应该大胆地、毫无愧色地撒谎，不但要虚构小说，而且可以虚构个人的经历。"无独有偶，日本的村上二〇〇九年年初在耶路撒冷文学奖获奖演讲中也有关于说谎的言说："我作为一个小说家，换句话说，作为以巧妙说谎为职业的人来到这里、来到耶路撒冷市。当然，说谎的不都是小说家。诸位知道，政治家屡屡说谎，外交官和军人说谎，二手车推销员和肉店老板和建筑业者也说谎。但小说家说谎和他

们说谎的不同之处在于：小说家说谎不受道义上的谴责。莫如谎说得越大越高明，小说家越能得到人们赞赏和好评。……可是今天我不准备说谎，打算尽可能说实话。一年之中我也有几天不说谎，今天恰好是其中的一天。"

便是这样，两人以幽默手法轻轻颠覆了说谎这一负面语汇，将其变成理直气壮的正当行为。还捎带将大作家福克纳和严肃的政治家、外交官们戏谑化了。

很明显，这里的幽默既有别于打情骂俏的"段子"式幽默，又同油腔滑调愤世嫉俗的王朔式幽默大异其趣，而属于含而不露、引而不发的幽默。或者说更接近一种智商游戏，机警、别致、俏皮，如秋日傍晚透过纸糊拉窗的一缕夕晖，不事张扬，而又给人以无限幽思和遐想。乃是一种高品质的兼有切身体验和教养背景的幽默。这也让我明白了，自己之所以迄今未能写出小说，根本原因就在于我不善于说谎——不知这是不是也算一种幽默？

对了，下面莫言和村上的说法多少有点色情我固然知道，至于是否也算幽默，作为我还真有些把握不准。恕我老不正经，姑且照录如下。

莫言：种在这里的高粱长势凶猛，性格鲜明，油汪汪的茎叶上，凝聚着一种类似雄性动物的生殖器官的蓬勃生机。

村上：（酒吧女侍应生）她以俨然赞美巨大阳具的姿势抱

着带把的扎啤酒杯朝我们走来。

　　你说这算不算幽默？如果算，莫言与村上，谁更幽默？

2016年8月26日

**16**

# 纯爱与纯爱文学的可能性

### 片山恭一《纯爱文学的可能性——日本人的生死观》讲演点评

　　片山恭一先生讲完了。也许因为片山先生是作家，他的讲演不同于大多数学者、研究者或专家，而能够把理性考察与文学情思融于一炉，构思严谨缜密而又给想象力留下了自由飞翔的空间。不过，说句牢骚话，给我这个平庸的点评者留下的点评空间却近乎没有。也就是说，这是一场完整性、自足性很强的讲演，使得任何点评都可能承受画蛇添足的风险。而我又大体算是个聪明的中国人，不情愿无谓地冒这个风险。但既然听了，那么同在座的诸位一样，感想总是有的。下面我就谈两点感想，纯属抛砖引玉吧。

　　恕我重复，片山先生讲的是《纯爱文学的可能性——日本人的生死观》，亦即从日本人之生死观（日语为"死生观"）这个角度探讨纯爱文学所能达到的可能性。聆听之间，我不由得再次感到在爱方面这几年我们失去的东西是多么惨重。毋庸讳言，或许因为中国正处于社会转型期，对于绝大部分中国人来说，在价值取向上，最崇拜最迷恋的绝对是权势，其次是财富即钞票，再次是美女的脸蛋。美女的脸蛋是上天的杰作，当然没有罪过，因为美女的脸蛋也可以指向纯爱，指向精神升华。然而遗憾的是，现实当中更多地指向了性爱，指向官能刺激。对性禁忌防线的一再突破，对动物性欲望的极度张扬，对青春期苦闷以至错位恋情的大肆渲染，充斥着电影银幕、电视荧屏、电脑界面和小说的字里行间，几乎无所不在无孔不入。就这点来说，我——也许我神经过敏或年纪过大——真有些怀疑我们的艺术创作、阅读品位和审美情趣正在退化，正在消解人的精神性同动物的本能性之间的界线。关于爱情，古代我们还有孟姜女、天仙配、白蛇传、牛郎织女、柳毅传书、梁山伯与祝英台、牡丹亭、桃花扇、红楼梦等种种感人至深的纯爱故事。可是现代我们有什么？反正我一时想不出。而性爱故事或描写性爱的倒可以想出一大串，如《废都》《上海宝贝》《像卫慧那样疯狂》《蝴蝶的尖叫》《我是个坏男人或生日快乐》《回忆做一个问题少女的时代》《色·戒》（也有人从汤唯大胆的全裸里看出了无奈的清纯）等等。有人统计，《上海宝贝》有关性的描写"不下数百次"，《北京娃娃》的主人公与十七个男子发生过关系。

　　一句话，这是一个张扬性感的时代——前不久上海就被评为世界最性感城市——一个纯爱让位于性爱的时代，一个爱情被物化、异化的时代。中国如此，日本方面也未必乐观。近年来描写异常性体验、异常青春体验的作品获得日本文坛最有名的芥川奖未尝不是一个例证。就在这种情况下，日本产生了《在世界中心呼唤爱》这样的"纯爱物语"，中国出现了《山楂树之恋》这样"史上最干净的爱情故事"——由网上流传到小说出版，直至最近推出由张艺谋导演的同名电影作品。无独有偶，两部作品的主人公都是高中生或高中毕业不久，恋人的一方又都死于白血病。更重要的是两部作品都力图揭示爱情的价值与真谛，发掘爱情的纯净与美好，寄寓对最本质、最宝贵人性的追寻与期盼。纯粹、干净，而催人泪下；怡静、内敛，但刻骨铭心；娓娓道来，却自有一种洗涤、激荡人的灵魂的力量。这就是纯爱、纯粹、纯洁、纯正的力量。

　　文艺、文学不同于广告。广告鼓吹的是生产过剩的商品，文学诉求的是日渐稀少的精神元素。空气被污染了，我们渴望蔚蓝的天空；水被污染了，我们渴望清澈的山泉；爱被污染了，我们渴望在世界中心呼唤纯净的爱。或者说，当到处摆满盆栽发财树的时候，我们渴望山坡上的山楂树。是否结果不要紧，要紧的是她给了泥土一片绿荫，给了春风一阵摇曳，给了雨露片刻栖息——真正的文学、真正的艺术，就是要在世俗风

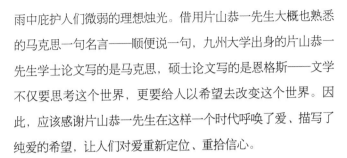

雨中庇护人们微弱的理想烛光。借用片山恭一先生大概也熟悉的马克思一句名言——顺便说一句，九州大学出身的片山恭一先生学士论文写的是马克思，硕士论文写的是恩格斯——文学不仅要思考这个世界，更要给人以希望去改变这个世界。因此，应该感谢片山恭一先生在这样一个时代呼唤了爱、描写了纯爱的希望，让人们对爱重新定位、重拾信心。

以上是我听了片山恭一先生讲演后关于纯爱的一点感想，也是感想的第一点。

下面谈第二点感想：关于灵魂和死亡或生与死。

片山先生在讲演中一再提到灵魂。或许可以说，关乎灵魂的学科有两种，一是文学，一是宗教。在广义上，文学也好宗教也好恐怕都是"镇魂歌"。就文学而言，只有能够洗涤、安抚或者触动、摇撼灵魂的作品才是有可能传世的好的作品。无须说，优秀的文学家都意识到了这一点。例如和片山先生同为日本作家的村上春树去年就曾在"高墙与鸡蛋"那篇有名的讲演中这样说道："我写小说的理由，归根结底只有一个，那就是为了让个人灵魂的尊严浮现出来，将光线投在上面。经常投以光线，敲鸣警钟，以免我们的灵魂被体制纠缠和贬损。这正是故事的职责，对此我深信不疑。"值得注意的是，同样谈灵魂，但村上和片山是有区别的。之于村上的灵魂主要是指个人主体性，其对立面是体制（System）或"高墙"，因而更具政

治性；而之于片山文学的灵魂恐怕更是本源意义上的灵魂，与之相对的应是形而下的肉体，因而更有宗教意味，侧重叩问爱情以至生命的终极意义。

仍在上映的《山楂树之恋》之所以催人泪下，其中一个原因，同样在于它暗示了灵魂的存在与飞升。老三对静秋说："我不能等你一年零一个月了，我也不能等你到二十五岁了，但是我会等你一辈子……"是什么"等你一辈子"，当然是灵魂。这是一颗灵魂对另一颗灵魂关于爱的悲怆而郑重的承诺。说句题外话，我曾是山楂树下的知青。一九六六年"文化大革命"开始，我刚读完初一，很快放下刚拿了一年的初中课本，响应毛主席"知识青年到农村去"的号召，下乡当了知青。也巧，每天上下工经过的山脚就有山楂树、山里红树。有影评说这部电影"向知青致敬"，有什么可致敬的呢？一代人的读书时光和仅有一次的青春在那场巨大的政治灾难面前变得体无完肤，最初的一点点浪漫和激情很快化为无尽的困惑、焦虑、无奈和绝望。应该感谢张艺谋让我这个知青重返青春流淌过的河床。而最后让我潸然泪下甚至老泪纵横的，是上面那句涉及灵魂的话语，是那棵山楂树。我因之得以重返山楂树下审视自己灵魂的质地、爱的质地。是的，你我不是老三、不是静秋，但同时每一个人又可能都是老三或者静秋，甚至是《在世界中心呼唤爱》的"我"和女主人公亚纪。而我们中间还会发生《山楂树之恋》那样的纯爱故事吗？我们还具有"在世界中心呼唤爱"的能力吗？还有爱的能力吗？倘若答案不幸是否定的，我们周围将是多么荒凉而冷酷的世界！借用片山先生的话说，"他者完全成了景物、成了符号，于是社会变得一片荒凉"（《每日新闻》二〇〇五年七月十七日）。即便那里灯红酒绿车水马龙，即便腰缠万贯美女如云，即便在所谓高尚住宅区拥有装修精美的温馨的套间！

不应忘记的是，片山先生不仅在"世界中心"呼唤爱，而且其他作品也充满爱的呼唤。

就我翻译过的几部片山作品而言，《世界在你不知道的地方运转》（きみの知らないところで世界は動く）暗示爱的拒绝物化、拒绝世俗化，《天空的镜头》（空のレンズ）演绎了爱与再生，《最后开的花》（最後に咲く花）中表明爱是人世间最后开的花朵，爱才是世界赖以运转的动力。

尤为可贵的是，除了呼唤爱，片山文学还呼唤和追索爱以外的东西，例如上面所说的灵魂，例如与灵魂相关的死与生。片山先生尽管宣称爱始终处于其作品的中心，可是在听到一些读者说《在世界中心呼唤爱》是"爱情小说"时"大吃一惊"。他说他在这部小说中真正想要表达的是生者对于死亡的感悟。他在两年前的一次讲演中强调，这部小说"诚然大体采用恋爱小说的形式，但其中投有主人公的死这一浓重的阴影。

无从避免的主人公的死被设定为主题。当死迫在眉睫的时候，两个年轻人思考、感觉什么，采取怎样的行动，以及一个主人公死后，剩下的主人公如何回顾、接受、超越她的死、对她的死赋予怎样的意义——这才是核心主题"。而在《雨天的海豚们》（雨の日のイルカたち）这部短篇集中甚至对"九一一"和随之发生的海湾战争加以质疑和批评。在作为今天主题的《留下静的鸟儿》这部长篇中，他再次暗示了"九一一"。"二〇〇一年九月，他结束了采访正在罗马逗留期间，纽约发生了恐怖袭击事件"——毋庸置疑，作品把主人公白江信幸的失踪置于"九一一"这一足以改变美国以至世界历史进程的事件的背景之下。这意味着，片山恭一等日本战后又一代作家已在很大程度上突破"热衷于写日常生活和男女琐事"等私小说传统，开始以"世界长此以往是否合适"这样的大视角把握本国乃至世界的重大事件。同时致力于把小说和小说语言作为直达生命意识核心和宇宙玄机的有力媒介，致力于对人这一存在的诗性叩问和对生死的微妙感悟，致力于同灵魂，同过去、现在和未来之时间长河的沟通与对话。换言之，一如村上春树并不仅仅是关注个人心灵生活后花园的"小资"作家，片山文学也不仅仅是"在世界中心呼唤爱"的"纯爱文学"。最后，请允许我以《在世界中心呼唤爱》中的一句话结束我的所谓点评：

"倘若以为看得见的东西、有形的东西就是一切，那么我们的人生岂不彻底成了索然无味的东西？"

2010年10月13日

Chapter **II**

写作与翻译

# 志军教我写小说

说起来不好意思，有出版社约我写小说。注意，不是译小说而是写小说。理由还蛮像那么回事：看你的文字功夫，完全可以自己写小说，何必老为日本那个村上忙上忙下做嫁衣裳呢？再说翻译家和作家原本就能混为一人，如苏曼殊如周瘦鹃如周作人如郭沫若如村上春树本人……说实话，起始我没有在意，人家故妄言之，我且故妄听之可也。但说得多了，就开始动心了——人这东西，年纪再大也休想抵住诱惑——心想既然有出版社肯出银两让咱当小说家，那又何乐不为呢！弄得好，或者写出比村上春树还村上春树的传世之作亦未可知。彼有《挪威的森林》，王家卫有《重庆的森林》，敝人为什么就不能有"青岛的森林"呢？王侯将相宁有种乎？！

于是，我特意选择一个黄道吉日，伏案摊开雪白的稿纸。

把英雄牌依金自来水笔灌了满满一肚子英雄牌纯蓝墨水，望着窗外纯蓝的天空和雪白的云絮，准备写一部英雄史诗般惊世骇俗的长篇巨制。然而我很快发现作为关键因素的我本人却不是英雄，还没写出第一章第一节便丢盔弃甲落荒而逃——我或许多少具有从事翻译所需要的文字功夫，却不具有当小说家所需要的小说家式想象力。

也巧，不久一次开会时，我旁边坐着看表情显然陶醉在想象力世界中的小说家杨志军。这回我没有打听"藏獒"，而是请教靠什么写小说，靠什么获得小说家式想象力。他眼珠迅速一转，断然说道：关系！靠的是关系！关系？我赶紧追问什么关系。他开始侃侃而谈："诗歌是意象的艺术，散文是情景（情与景）的艺术，小说是结构的艺术，结构即关系——人与人之间的关系。只要把握了关系，就有了结构，有了结构就有了小说。当然三者之间是有距离的，写小说的奥妙就是如何消除其间的距离。"于是我言下顿悟：关系，小说即关系。中国人有谁不懂得关系呢？国人简直就是关系的化身。

散会后我们一同沿八大关一条叫某某关的路走去公交车站，路上他继续说关系和小说之间的关系。打个比方，他说，比方走这条路，我们两个大男人一路谈着小说干巴巴走到底就不是小说。而如果你设想你和你的一个漂亮的女研究生一起走，走着走着碰见你老婆，你老婆又不是一个人走，而是同一位一身皮尔·卡丹的教授模样的中年男人——记住，那教授一定不是你——一起走，这样就有了悬念，即四人产生了新的关系：你和你老婆的关系、你和女研究生的关系、你老婆和女研究生的关系、你这位教授和那位不是你的教授的关系，微妙复杂，纵横交错，这就是小说。他还不怀好意地唆使我马上去找一个漂亮的女研究生试试看，小说保准手到擒来。得得，我当即回过神来，苦笑道：没等小说手到擒来，解聘通知书倒可能手到擒来。

但不管怎样，我总算明白小说写法了。小说即关系，关系就是打开小说想象力之门的钥匙。据我所知，在现实生活中，杨志军有可能是最不热衷也最不善于搞关系的人。既然他都能写出《藏獒》这样名利双收的小说，我又何尝不能呢？于是，在一个月白风清之夜，我开始为我的小说静静编织各种关系——我和大学教育体制的关系，我和院长校长的关系，我和书记副书记支部书记的关系，我和教授ABCD副教授甲乙丙丁的关系，我和……以及他、她、它和我的关系。关系固然有了，然而我至今仍未写出小说——原来我本人和小说本身没有关系。

那么，为什么偏偏我和小说没有关系呢？答案不言而喻，我没长小说家的脑袋。不讳地说，比之志军，无论形状还是体积，敝人的脑袋都绝不相形见绌。何况他吃素。既然吃

素，那么脑细胞新陈代谢所必需的脂肪和蛋白质肯定比不上我。然而他的脑袋像开了水龙头似的"哗哗"淌出了一本又一本不知多少本小说，我这颗脑袋却一章也没写完就短路了。天道是耶非耶？

这么着，我索性不再琢磨小说了，转而对他何以吃素不吃荤发生了兴致。他是绝对吃素，绝无妥协和折中。流亭猪蹄北京烤鸭意大利鹅肝自不必说，即使面对天价级鲍鱼海参大闸蟹也全然不为所动。这却是何苦呢？一个谜！也巧，一次翻看名叫《藏獒：在都市中嚎叫》的博客书，谜解开了。据杨志军本人介绍，不吃肉的起因是他做过一件"需要忏悔的事"。那是一九七四年当兵在陕西搞"路线教育"的时候，他所在的村庄一个民办教师因小孩没奶吃而买了一只奶羊。而部队首长认定这只羊是需要割掉的"资本主义尾巴"。于是杨志军带两个民兵在小孩的哭声里拉走了奶羊。后来奶羊随生产队的羊群上山吃草时因乳房被灌木划破而发炎死了。"熟悉我的人都知道我不吃肉，但我最初只是不吃羊肉，其原因就是这只奶羊的死去和那个孩子的哭声。……我觉得一个人做了坏事就应该受到惩罚，如果老天不惩罚，就应该自己惩罚自己。"

看到这里，我开始正襟危坐，并且开始沉思。我是从那个年代过来的人，类似的事我听见的、看见的、经历的太多了。但我猜想绝大多数当事人都把责任推到了"文革"和"四人帮"头上，甚至早已忘得一干二净。而志军拒绝那样做，自觉地用吃素"惩罚自己"。而且惩罚得那么认真，那么决绝，表现出了知识分子应具备的优秀品质——内省、自律、良知和持续行动的毅力。而这正是当今中国多数知识分子所缺乏的。我们大概并不特别缺少出类拔萃的专业知识分子，缺少的更是具备这类品质的人文知识分子或公共知识分子。

我不由得继续往下看。这本博客书是由臧杰和薛原主编的，按薛原的说法，"一群互不相识的'朋友'，半夜三更不好好睡觉，却坐在电脑前……敲着键盘发出一个个帖子参加严肃认真的'人文'讨论"。讨论当然是围绕杨志军伸展的。令人惊奇的是，即使网上这种可以出言无忌的地方，几乎所有的回帖也都是赞扬之声——如果把杨志军比作一片森林，那片森林是那样蓊郁、深邃、静谧而又不时传来悠长而滴血的嚎叫；如果把杨志军比作一道水流，那道水流是那样清澄、纯粹、平和而又不时荡起深沉而刚烈的回声；如果把杨志军比作一方天空，那方天空是那样明净、辽远、安闲而又不时炸响滞重而激越的雷鸣。可以认为，较之一般意义上的作家，杨志军更是具有现代性和公共性的知识分子。他的博学、睿智、深思、内敛和真诚，说明他是一位出色的学者；而他的良知、操守、信念、执着、悲悯、正义感以及为伸张正义而表现出来的知其不可为而为之的激情和勇气又卓然成就了一位现代骑士。当今

作家太多了，可谓恒河沙数。较之那些热衷于炒作的、媚官媚俗媚钱的、忽而上半身忽而下半身写作的作家们，杨志军无疑是风雪荒原上一只仰天长啸的真正的藏獒。杨志军说："我以为，当作家、学者、教授不再为真理而思考而写作而言说，就不是一个知识分子。"说得好，一针见血！他还表示："即使所有人都喜欢污浊，我也要洗干净自己的灵魂！"是的，知识分子就是应该有这种精神洁癖、道德洁癖！我为青岛有这样一位作家，有这样高贵的灵魂感到骄傲。

这也让我明白了，写小说或者当小说家，尤其当真正知识分子意义上的作家，仅靠"关系"是不成的，还必须长小说家的脑袋，即必须有才华，同时必须有某种"洁癖"、某种坚守、某种情怀。而后面这两点志军都没教我，只教给了什么"关系"这种技术层面的东西——他居然留了两手！

平心而论，这两手的确是很难教的，尤其才华，那东西大体是天生的。开头提到的同是小说家的村上春树也持类似见解。他认为当小说家的"资质"有三项：最重要的是才华，次重要的是精神集中力，再次是后续力和耐力。才华是天生的，因而无论量还是质都无法由作家本人任意操纵。"才华这东西同自己的算计无关，要喷涌时自行喷涌，尽情喷涌完即一曲终了。一如舒伯特和莫扎特，或如某类诗人和摇滚歌手，在短时间将丰沛的才华势不可挡地挥霍一空，而后年纪轻轻就戏剧性死去化为美丽的传说——这样的活法固然光芒四射，但对于我们中的多数人恐怕没有多大参考价值。"

也罢，我还是当我的教书匠、翻译匠好了。既然才华那东西连作家本人都操纵不了算计不了，志军又如何能教给我呢！

2015年1月16日

# 如果作家搞翻译

　　我校德语系主任顾彬先生是德国人，作为汉学家相当有名。他撰写的《二十世纪中国文学史》在国际汉语界很有影响。不过他在中国的知名度，恐怕还是主要由于他时有惊人之语。例如他曾说中国作家所以写不出好作品，是因为不懂外语。听得中国作家们义愤填膺，甚至以不懂外语的曹雪芹为例反唇相讥。

　　可是冷静细想，顾彬之言未必纯属无稽之谈。曹雪芹等古代作家另当别论（亦非顾彬所指），而如周氏兄弟、钱锺书夫妇、梁实秋、林语堂、丰子恺、冰心等写出好作品的现代作家都懂外语，有的还是有好译作行世的翻译家。相比之下，当代作家懂外语和身兼翻译家的，一下子还真想不起有谁。不错，莫言是不懂外语的，而不懂外语的莫言却得了诺贝尔文学奖。

但这终究是例外，例外不会在顾彬先生的视野之内。

这就是说，作家懂外语容易成为不错的作家，而天生懂母语的翻译家却很难成为不错的作家。这是为什么呢？也是因为我属于后者，就想探个究竟。一日豁然顿悟：文体，秘密在于文体！意识流啦后现代啦魔幻现实主义啦等写作手法，通过他人译本也可学得，而要零距离把脉原作文体，则非自己懂外语不可。也就是说，哪怕译本再好，看译本也是在看风景片而不是看风景"本尊"：你可以是极具欣赏眼光的观众，但并非实际在场东张西望的游客。草的清香、花的芬芳、鸟的鸣啭、光的变幻、土的气息等等，你不可能真真切切体察入微。

因此，懂外语可以让你直接感受原作文体的体温、喘息、律动、韵味、氛围等种种微妙元素，而这不可能不对创作产生某种影响。自不待言，一流作家都是一流文体家。小说家比比皆是，文体家寥寥无几。以中国现代文学而论，除鲁迅、梁实秋、钱锺书等极少数几位，还有谁能冠之以文体家呢？而这几位——恕我重复——无疑都是懂外语的作家，甚至身兼翻译家。在这个意义上，顾彬之言可谓不虚。

这方面还一个例证就是日本的村上春树。最近看了他新出的随笔单行本《作为职业的小说家》，得以再次确认之于他的外语与创作、翻译与文体的关系。

村上自小喜欢英语，高中时代就能大体读懂英语原版小

117

说了。二十九岁开始在自营酒吧厨房餐桌写小说——写处女作《且听风吟》。日文不过八万字，却用自来水笔在稿纸上一遍又一遍写了半年。最后写罢还是不满意。"读起来没滋没味，读完也没有打动心灵的东西。写的人读都这个感觉，何况读者！"村上当然情绪低落，愈发怀疑自己不是写小说的料。却又不甘心就此偃旗息鼓。后来索性将写出来的二百页原稿一把扔进废纸篓，转而从壁橱里端出英语打字机，试着用英语写。"不用说，我的英语写作能力可想而知。只能用有限的单词和有限的句式写，句子自然变短。就算满脑袋奇思妙想，也全然不能和盘托出。而只能利用尽可能简洁（simple）的语词，换一种浅显易懂的方式表达意图，削除描述的'赘肉'……但在如此苦苦写作当中，一种我自有的文章节奏（rhythm）渐渐诞生了。"

随后，村上收起打字机，重新抽出稿纸，拿起自来水笔，将用英语写出的一章译成日语。不是逐字逐句直译，而是采用近乎移植的"土豪"译法。这么着，"新的日语文体不请自来地浮现出来。这也是我本身特有的文体，我用自己的手发掘的文体。"接下去，村上用如此获得的新的文体将小说从头到尾重写一通。情节固然大同小异，"但风格完全不同，读起来印象也完全不同。"此即现在的《且听风吟》。换句话说，村上因为懂外语而从习以为常的母语惯性、日常性中挣脱出来，找到文体的另一种可能性。大而言之，促进了的"日语再生"。事实上《且听风吟》也出手不凡，获得日本主流纯文学杂志《群像》的"新人奖"，成为他进入文学殿堂的叩门之作。

此后村上也始终与外语一路相伴。他以一己之力翻译了雷蒙德·卡佛全集。此外至少翻译了雷蒙德·钱德勒《漫长的告别》、J·D·塞林格《麦田守望者》和司各特·菲茨杰拉德《了不起的盖茨比》。他从事翻译的一个主要目的就是探寻其中的"文体秘密"。而文体诸元素中，他最关注的是节奏、节奏感。例如他这样评价塞林格：此人文章的节奏简直是魔术。"无论其魔术性是什么，都不能用翻译扼杀。这点至关重要。就好像双手捧起活蹦乱跳的金鱼刻不容缓地放进另一个鱼缸。"（《翻译夜话2：塞林格战记》P53）进而在比较菲茨杰拉德和钱德勒的文体之后提出自己的文体追求："我想用节奏好的文体创作抵达人的心灵的作品，这是我的志向。"并且自信这种以节奏感为主要特色的文体取得了成功："（获得世界性人气的）理由我不清楚。不过，我想恐怕是因为故事的有趣和文体具有普世性（universal）渗透力的缘故。"（二〇〇八年三月二十九日《朝日新闻》）

简言之，外语和翻译使村上笔下的母语生发外语的异质性，从而获得新的文体，尤其获得文体新的节奏。在这个意

上，与其说他是"作为职业的小说家"，莫如说"作为翻译家的小说家"。

作为我，固然懂些外语，姑且能以翻译家自居，但我不是小说家——小说那玩意儿死活写不来，只好在此寄希望于本土小说家。按理，中国当代作家，尤其中青年作家大部分都懂外语，那么也搞搞翻译如何？总不好眼巴巴看人家村上在中国到处走红，而自己硬是走不出去吧？

2016年3月5日

## 文学翻译：草色遥看近却无

  台湾一所大学找我开会，开村上春树国际学术研讨会。先作为研究者谈谈村上，再作为译者谈谈翻译，并且给了主题："翻译的秩序"。秩序？始而讶然，继而释然：凡事须有秩序，翻译当然也有。翻译秩序，之于西方，大约就是"等值翻译"或"等效论"；之于中国，即是"信达雅"。问题是，百分之百等值等效、百分之百信达雅是可能的吗？

  台湾东海大学教授童元方认为是不可能的。他在《译心与译艺：文学翻译的究竟》这本书中写道：文学语言的翻译没有必要追求一字对一字的准确、一句对一句的工稳、一段对一段的齐整。它所追求的"是笼罩全书的气氛，是鸟瞰整体宏观的架构"。所以"翻译一事就不能用任何肯定的方法，只有求之于模糊中显出要表达的意思来"。概而言之，要模糊不要肯

定——翻译无秩序。

在类似意义上，村上也不认为翻译有秩序。他在《终究悲哀的外国语》最后一章表示："翻译这东西原本就是将一种语言'姑且'置换成另一种语言，即使再认真再巧妙，也不可能原封不动。翻译当中必须舍弃什么方能留取保住什么。所谓'取舍选择'是翻译工作的根本概念。"既要取舍，势必改变原文秩序，百分之百等值翻译秩序也就成了问号。

不无反讽意味的是，尽管村上本人如此表态，但事关村上翻译，不但读者追求百分之百"原装村上"，而且译者也在追求百分之百，甚至自信唯独自己译的才是百分之百的村上。实不相瞒，很多很长时间里我也是这么自信、这么猖狂的，大凡怀疑性批评都让我气急败坏。而在意识到翻译的这种模糊性无秩序性之后，态度发生了转变，变得冷静甚至谦虚起来。

是的，在译本中，所谓百分之百的村上春树是不存在也不可能存在的。原因有二：其一，任何翻译都是基于译者个人理解的语言转换，而理解总是因人而异，并无精确秩序可循——理解性无秩序。其二，文学语言乃是不具有日常自明性的歧义横生甚或意在言外的语言，审美是其核心。而对审美情境的把握和再现更是因人而异——审美性无秩序。据童元方之论，雅是文学翻译的唯一宗旨，信、达不能与雅并驾齐驱。而雅的最大优势（或劣势）恐怕就在于它的模糊性、无秩序性、不确定性。

且以"にっこり"（smile）的汉译为例。辞典确定性释义为"微笑"，但在翻译实践中则有无数选项：微微一笑／轻轻一笑／浅浅一笑／淡淡一笑／莞尔一笑／嫣然一笑／粲然一笑／妩媚地一笑／动人地一笑／好看地一笑。或者笑眯眯／笑吟吟／笑盈盈／笑嘻嘻。甚至嬉皮笑脸亦可偶一为之。而另一方面，特定语境中的最佳选项则唯此一个。译者的任务，即是找出那个唯一，那个十几分之一几十分之一甚至百分之一，通过几数个百分之一向"百分之百"逼近。问题是，再逼近也很难精准抵达。换言之，翻译永远在路上。或许，"在路上"即翻译的秩序。

况且，村上文学在中国、在汉语世界中的第二次生命是汉语赋予的。所以严格说来，它已不再是外国文学意义上或日语语境中的村上文学，而是作为中国文学、汉语文学一个特殊组成部分的翻译文学。或者不妨这样说，村上原作是第一文本，中文译作是第二文本，受众过程是第三文本。如此一而再，再而三转化当中，源语信息必然有所变异或流失，同时有新的信息融入进来——原作文本在得失之间获得再生或新生。这也未尝不可以说是翻译的秩序——无秩序中的秩序，秩序中的无秩序。无而有，有而无。似有还无，似无还有。"草色遥看近却无"，翻译之道，是之谓乎？

2016年3月20日

# 文学翻译：百分之百和百分之一

　　说起文学翻译，有个相当有趣的现象。那就是，无论译者还是读者都活在百分之百的虚拟世界中——译者希望译出百分之百原汁原味的原作，读者希望读到百分之百原汁原味复制原作的译作。而很少有人发现百分之百那玩意儿实际上纯属子虚乌有。就日本文学来说，试问，夏目漱石是百分之百还是川端康成是百分之百？抑或大江健三郎、村上春树是百分之百？

　　这里且以太宰治为例。他的《人的失格》中译本据说已有不下十种。十种译本肯定一种一个样。例如"第一篇手札"开头第一句，日文当然同是"恥の多い生涯を送って来ました"，但看我手头两种译本，一种译为"我的一生是充满羞耻地走过来的"；另一种为"回首往事，尽是可耻之事"。而拙译则是"送走了耻辱多多的人生"。不仅文体或行文风格明显不同，而且意思也不尽一致。就连书名都各所不一：前两种照搬日语而为《人间失格》。另有人译成《丧失为人的资格》。就意思的准确性而言，当属后者。前两种貌似"忠实"，而语义偏离大矣。这是因为，作为日语的"人间"，语义为"人"或"人们"。不过自不待言，如此译法并非由于译者理解失误，而可能出于对"异化"或形式对应方面的考虑。换言之，前两种译法太"生"，后一种则未免过"熟"。作为后来者的我——幸亏我是后来者——一再抓耳挠腮的结果，最后决定译为"人的失格"。盖因愚以为翻译当介于生熟之间也。太生（异化），则意思似是而非；过熟（归化），则有以释代译之嫌。借用那句关于翻译的意大利名言：翻译如女人，贞洁的不漂亮，漂亮的不贞洁。

那么，哪一种是百分之百原汁原味的或既"贞洁"又"漂亮"的太宰治呢？答案不言自明：都不是，不可能是。百分之百的太宰治，一如"百分之百的女孩"和"百分之百的男孩"，这个世界上哪里都不存在。然而吊诡的是，每个译者又都在挖空心思追求且深信自己译出的是百分之百。也必须如此追求和如此自信，否则，翻译就无以成立，优秀翻译就难以产生。在这个意义上，翻译——这里指文学翻译——中的百分之百始终是一虚幻的梦境，一如盖茨比整夜整夜守护的对岸的绿色光点一样可望不可即。一句话，翻译永远"在路上"。译者

只能向那个光点步步逼近：百分之七十、百分之八十、百分之九十。百分之百则永远在光影迷离的彼岸。

何以如此呢？原因主要有两个。一个是，说到底，任何翻译都是以译者个性化理解为前提的语言转换。理解总是因人而异，而文学翻译还要加上对原作审美情境的感悟能力。这方面差异更大也更微妙。好比钢琴家弹奏贝多芬的《命运交响曲》，由于每个钢琴家对乐曲的理解、感悟总有个人主观性介入其中，演奏效果必然存在种种微妙差异。另一个原因在于两种语言功力。尤其对外语的语感捕捉能力和母语表达能力，而后者往往不被看重。从根本上说，翻译是一种特殊的母语写作。一个不能用母语写出一手像样的文章的人，绝无可能搞出像样的翻译。但另一方面——恕我重复——哪怕这两点再出类拔萃，要百分之百再现原作也绝无可能。再打个比方，翻译好比复印机，复印机质量再好，复印件也不可能同原件一模一样。可以惟妙惟肖，但不可能一模一样。又如镜子，哪怕影像再逼真，那也终究是逼真，而不就是真。一言以蔽之，百分之百的太宰治哪里都找不到。可以接近，甚至可以超越，但等同不可能。换言之，可以是百分之九十的太宰治，甚至可以是百分之一百零五的太宰治，但没有百分之百。然而译者又偏要追求百分之百。我也不例外。

那么我是如何追求百分之百的呢？说出来并不复杂，就是想方设法找出那个百分之一，那个唯一。例如前面那句原文中的"恥の多い生涯"，与之相对应的译法也足够"多い"。"多い"者，如"很多／许多／好多／老多／多多／相当多"或者"尽是／多是／满是／充满／满满"等等；"恥"者，如"羞耻／可耻／无耻／耻辱／丢人／丢人现眼／见不得人"等不一而足。但这并不意味哪一个都可以。必须说，在特定语境中，最佳选项唯有一个。作为译者，就是要找出那个唯一，那个十几分之一几十分之一甚至百分之一。通过无数个百分之一向百分之百逼近。如此斟酌的结果，我选择的是"耻辱多多"——"送走了耻辱多多的人生"。作为小说标题或书名的译法，我选择的是："人的失格"。

2015年6月16日

（05）

## 读书与眼神

　　我所在的中国海洋大学三千多名一年级新生要开"研究生之夜"新年文艺晚会，非要我说几句话不可。我只好老生常谈，再次鼓吹读书。我大体这样说道："研究生教育，我以为无论如何还不属于大众化教育，而是精英教育。接受精英教育，并不意味可以精致地捞取更多的个人好处，而意味着对国家、民族的未来承担更多的责任。这就需要读研期间读更多的书——祝二○一七成为大家读更多的书的二○一七！"

　　当然，我也不是老这么一本正经地谈读书，不怎么正经的时候也是有的。举个例子吧。一次上课我对满教室男女本科生说，胸有诗书气自华怎么个"华"法，一时倒是说不清楚，不过有一点当场即可判定：看书的和不看书的，眼神肯定不一样。尤其站在讲台往下一看，昨晚哪个看书了，哪个打电子游戏了，马上一目了然！甚至同样看书，哪个看的是唐诗宋词或《纯粹理性批判》，哪个看的是《金瓶梅》或《查泰莱夫人的情人》，你的眼神也都告诉得清清楚楚……话说到这里，前几排不少学生赶紧闭上眼睛。我心里暗暗得意，如何，说中去了吧？

同时我也知道，事情不可能精准到那个地步。果真那样，我就不是教书先生而是算卦先生了。不过话说回来，谁挑灯夜读谁熬夜网游，那的确是能看出个十之八九的。其实也用不着我说，你自己往镜子里一看就晓得了。看完网上花花绿绿图像的眼睛，相比从书页字里行间抬起的眼睛，笃定是两种眼神的嘛！原因不言而喻，嘴巴说谎，笑容说谎，手势说谎，唯独眼睛不说谎。举个不文雅的常规例子，夫妻某一方云雨越线或红杏出墙，回家一般不敢正视对方。记得老间谍影片那句经典台词吗："请看着我的眼睛！"

在我十分有限的人生经验中，除了热恋中的眼神，就数读书的眼神感人。作为教师，我当然最喜欢读书的眼神，甚至奢望学生把热恋的眼神也一并用在读书上——那无疑是人世间最美的眼神。总之，我爱读书人的眼神。很难说多么清澈，但一定专注而深邃；很难说多么妩媚，但一定优雅而动人；很难说多么灵动，但一定睿智而秀气。

若换成我的一位朋友的说法：干净！

是的，前不久我作客郑州纸的时代书店——我中意"纸的时代"这个书店名称，颇有与网络时代分庭抗礼的悲壮意味——作完讲座，回答完听众的提问，书店摆出刚出版的拙作《异乡人》等几本小书。队排得很长，于是我赶紧低头签名。蓦然抬头，发现我的朋友、儿童文学作家林一苇不知什么时候找来会场——他当然不是来找我签名，而是找我喝酒——活动结束后他告诉我："找你签名的女孩眼神多干净啊！漂亮的不漂亮的，全都那么干净。那才叫可爱！"

干净，说得好！眼神因读书而干净，因干净而漂亮而可爱。亦即，干净超越了漂亮不漂亮。干净是关键词，是漂亮的前提。广而言之，再漂亮的城市、再漂亮的厅堂、再漂亮的衣衫、再漂亮的餐具，而若不干净，漂亮也无从谈起。再进一步，为民也好，当官也好，"那人手脚干净"，也都是极高评语。

然而，如今干净是多么难得一现啊！官员不干净了，是有贪官污吏之说；河流不干净了，是有水质污染之忧；空气不干净了，是有雾霾弥天之状。就拿作为本文主题的眼神来说，怀疑多了，贪欲多了，庸俗多了，戾气多了。一言以蔽之，不干净了！不干净的原因诚然众说纷纭，但有一点是任凭谁也否定不了的，那就是我们有很多人不读书。换句话说，读书的眼神少了，而网游的眼神多了，数钞票的眼神多了，盯股市的眼神多了，看"礼账"的眼神多了，打麻将的眼神多了，瞧车模的眼神多了——假如我们身边尽是这样的眼神，那将是怎样的感觉、怎样的世界啊！

读书，多读书吧！必须说，国人读书现状远不乐观。据国家新闻出版广电总局吴尚之副局长公布的数字，二〇一〇年到二〇一四年，我国成年人图书阅读率勉强增长到百分之五十八，还不到及格线。人均纸质图书阅读量五年间仅仅增长零点三一，为区区四点五六本！以致李克强总理连续两年把读书写进政府工作报告，号召国民读书，建设书香中国。听听白岩松对此是怎么说的："对于人们的身体、肉体来说，不吃饭活不下去。那么我很纳闷，对于我们的精神来说，不读书不也是跟不吃饭一样活不下去的一件事吗？有号召全国人民吃饭的吗？与先贤相处，是一种美好。这个世界最伟大的发明只有一个，就是书籍。其他发明都是自然的延伸。"宋代诗人尤袤说得更是简洁明快："饥读之以当肉，寒读之以当裘。孤寂而读之以当友朋，幽忧读之以当金石琴瑟也。"

而我要说，读书吧，为了那干净的眼神！

2017年1月5日

## 06

# 大学是读书的地方

在大学教了三十几年书，就有媒体朋友要我为刚上大学三十几天的新大学生们说几句话，主题是上大学后如何学习。这方面，休说几句，几十句几百句话也是有得说的。但我最想说的只有一句：大学是读书的地方。

无论大学有多少项活动，读书都是最重要、最正确，以至最神圣的活动。我甚至想，假如把其他所有活动都来个"一键清除"而只保留读书这一项活动，整个校园以至整个人世将变得多么清静、多么优雅、多么美好！在这个意义上，说绝对些，只要有一座好的图书馆，就是一所好的大学；只要能保证学生安心读书，就是好的大学校园；只要能在大学好好读书，就是好的大学生。

我曾不止一次对我的学生说过．一个人进入成年后还能有四年大块时间读书——整整四年时间只要读书就行，只做读书这一件事就行，这个人该有多么幸运、幸福！无需担忧生计，无需汗流浃背，无需风里雨里，只要花前树下河边湖畔读书即可，你说这岂不美上天了？我实在想象不出人世间还有比这更美更好的场景。

或许你要说校园里的名堂可是很多的哟，哪里像你说的那么单纯！是的，置身其间三十余年，这我当然知道。有时甚至觉得校园过于热闹了，热闹得几乎放不下一张书桌。一位当过校长的老师前不久写文章说他当校长时"看到过一个对学生的综合测评，好像包括写一篇宣传稿子可记几分，做一件助人为乐的事记几分，名目不少，最后看综合得分多少。我真感到奇怪，这是为了培养一个真人，一个大气的人，一个不斤斤计较的人吗？"（张楚廷《教育工作者的自省》，转载于《高教文摘月报》二〇一六年第六／七期）看得出，这是作为老师、作为校长的自省。但作为学生，我想也应该学会自省：自己真有必要执着于这样的"综合测评"吗？得分不高又能怎么样？要知道，客观上也并没有人能把你怎么样。在演讲会场，一次我半开玩笑半认真地说就算校风不好学风不好老师不好，你也可以好啊，你也可以好好看你的书啊！再怎么着，校园里也并没有谁拿着鞭子见你看书就抽一鞭子或上去打个耳光嘛！据我所知，如今哪一种校规也没有严厉到这个地步。换个说法，要学

会逆向思维，求同莫如求异。别人都齐刷刷看手机，如果只有你一个人躲在房间角落里静静看书，那将是一幅多么让女生或男生动心的画面啊！人家穿红裙子，你就不要跟着穿红裙子！作为男生，人家戴红帽子，你可以戴绿帽子啊！

总之大学是读书的地方。什么都可以忘，万万不可忘了读书。至于读什么书和怎么读书，常规性说法太多了，不必我说。我只想结合个人经历强调一点，那就是，看书只知道绿帽子引申含义是不够的，还要知道如何描写那顶绿帽子——知道修辞。

我大约从小学四年级开始，无论看三国还是看《苦菜花》，都要把漂亮句子抄在本本上。这使得我很早就有了修辞自觉。不仅作文，即使日后发言也因此受益，进而影响了我的人生旅程。记得"文革"回乡一次会上发言，马上被在场的城里干部看中，推荐到生产大队（村）当团总支书记。其后一次公社（镇）大会登台发言，被公社一位干部看中，发言稿当即被他要走并请我到他家吃饭。再后来我得以作为工农兵学员进省城上大学，不能不说与此有关。话说近些，近年来我的演讲之所以较受欢迎和好评，也很可能与修辞有关。不瞒你说，就连开场白致谢辞都不肯放过。例如非常感谢、十分感谢、衷心感谢、由衷感谢……究竟用哪个好呢？事先斟酌再三，最后决定用"由衷"。这是因为，一来我的感谢的确是发自内心的，二来"由衷"较少有人用。在某种意义上，可以说是文学修辞拯救了我，拯救了我乡下蹉跎岁月时的黯淡心情并带给我以人生转机。而修辞，当然主要来自看书，来自看书时对修辞的关注。

修辞，寻章摘句，字斟句酌，诚然是雕虫小技。尝言雕虫小技壮夫不为。可作为我，文不能宵衣旰食泽被一方，武不能带甲百万血染沙场，商不能翻云覆雨一掷千金，农不能稻浪千重鱼米欢歌。只剩"雕虫"一途。但另一方面，雕虫就是艺术，就是艺术之美。人经营的东西，唯美永恒！

作为演讲者，我也听别人的演讲；作为老师，我时常听学生在论文答辩时的五分钟或十分钟综述，每每为其修辞水平不到位甚至没有修辞意识造成的效果欠佳暗自叹息。须知，世界上并没有多少新观点新思想，但其表达方式或修辞则有无限的可能性，可以无限神奇，无限美妙。北大中文系陈平原教授今年五月在北大清华讲座席间这样说过："有时候，一辈子的道路，就因这十分钟二十分钟的发言或面试决定。"他因此强调：一辈子的道路取决于语文。那么如何提高语文？他引用欧阳修之语："无他术，惟勤读书而多为之，自工。"

而读时注意书中修辞，不妨说是一个小小的诀窍。愿君图之！

2016年10月2日

# 07

# 夏日乡间好读书

人世间有两种美让我永远迷恋，一是文字之美，一是自然之美。而在美的自然环境中欣赏美的文字，自是两全其美。无需"四美"，两美足矣。这就决定了我的暑期生活：回乡下老家读书！澳洲老同学邀我去悉尼，英美往日学生请我去伦敦华盛顿，我一概谢绝，坚决回乡下读书，夏日乡间好读书！你想，在洒下一地浓荫的葡萄架下或爬满牵牛花的歪脖子杏树旁边搬一把藤椅看书，那是何等妙不可言的享受啊！复以满园瓜果半坡山风一径花草数声鸟啼，不比去看哪家子人造"贝壳"、白金汉宫和自由女神像快活多了美多了？

如此这般，也是因为书房没地方了，上个星期就把书寄了回去。足足寄了五箱，外加一箱期刊报纸。若问阅读计划，可以说有也可以说没有。说有，是因为我想把四书五经正正经经看一遍。说出来不怕你见笑，别看我是文科教授，其实除了《诗经》《论语》，别的都没正经看过。自不待言，不懂四书五经，就不懂中华传统文化，一如不懂《圣经》就不懂西方文化。你说这么多年我是怎么混过来的呢？居然还好意思天南地北大庭广众"忽悠"别人！这个暑假可得好好补补课了。作为参考书，选了梁启超的《国学讲义》和范曾的《国学开讲》。顺手把范曾的其他书如《范曾自述》《范曾演讲录》《大丈夫之词》也装箱寄了回去。事关范曾，众说纷纭。作为我，对于其画其书固然看不出门道，但读其辞章，每每有感于"滔滔乎言辞崛崛乎气象"，有感于"观古今于须臾抚四海于一瞬"。至少，作为江南名门之后而奉山东辛弃疾之词为"大丈夫之词"这点让我心生好感。亦对其在"小时代"甚嚣尘上之当今之世提倡大丈夫精神怀有由衷的敬意。

另一方面，也可以说没有阅读计划——我喜欢率性阅读，尤其喜欢随手翻阅期刊报纸。寄回的一箱报刊，报纸有《中华读书报》《中国社会科学报》《社会科学报》，期刊有《读书》《书城》《中国图书评论》之类。文史哲政经，无关乎过期与否，漫然翻阅之间，自觉每有心会。学问这东西，表层分门别类，其实底层或根部多是连在一起的。分别研读大部头专著当然再好不过，但一般人没那么多时间和精力，因此涉猎这类刊不失为应急良策，且有助于跟踪学术前沿动态。平日兵

荒马乱，无法逐期阅读，所幸有此暑假。广收博采，声东击西，移花接木，触类旁通，乐在其中矣。

计划性阅读，可谓聚焦式阅读；率性阅读，可谓散点式阅读。两相交替，聚散结合，亦乃一种休闲，一种自我放逐，乡间夏日，岂不快哉！

2015年6月28日

# 读书：让心志脱俗

有人统计，犹太人平均每人每年看书六十四本，美国二十一本，日本十七本，而我国二〇〇五年竟跌破五本，为四点五本！二〇〇八年略略回升，为四点七二本。二〇〇九年又一下子跌到三点八八本。二〇一〇年稍稍上扬，也才四点二五本，二〇一一年四点三五本，二〇一二年四点三九本，二〇一三年四点七七本。另据央视日前发布的《中国人经济生活大调查》，中国人每天休闲时间平均为二点五五小时，其中三分之一用于上网和看手机（尤以手机为甚），六分之一用于看电视，十分之一用于纸质书阅读，仅十五点三分钟。的确可以说是触目惊心的十五点三分钟。记得几年前强大邻国一个知名人物说过（大意）：中国满街都是饭店洗脚店，看不到书店。阅读量只有日本的十几分之一——这样的国家、国民有什么可怕

的呢？

　　这里我更想再说一下犹太人。犹太人每家据说至少有一个书柜，而且书柜必定放在床头而非脚对着的床尾。不少犹太人的墓碑前放着死者生前爱读的书。所以犹太民族有马克思有爱因斯坦有卡夫卡，我们没有。犹太人里外加起来不过六、七百万，仅占世界总人口的百分之零点二，却包揽了百分之二十一点七诺贝尔奖。我们则整个颠倒过来：人口占世界总人口的百分之二十，而获得的诺奖有没有百分之零点二都是个问号。一个主要原因就是我们有太多的人不读书。就连我教的作为看书主力的大学生和研究生们都不容乐观。一次给本科生上课时我提起四部古典名著。"四部全读过的请举手！"结果四十三人中无一人举手。减至三部，有一人举手，减至两部，有三人举手。最后减至一部，约有十人举手。于是我想起台湾诗人余光中一句话："当你的情人已改名玛丽，你怎能送她一首《菩萨蛮》？"

　　不读书的另一个结果，就是使得整个社会充满庸俗之气。一如王小波所说："一切都在无可避免地走向庸俗。"而梁漱溟早就提醒我们："恶莫大于俗！"换言之，庸俗是这个世界，或者莫如说是当今社会最大的敌人。我不时对我的研究生说，当你周围充满俗物的时候，就更要通过阅读在书页字里行间寻找和接触高洁的灵魂。如梁漱溟、马寅初、黄万里、梁思成、顾准、傅雷，如中山大学已故教授陈寅恪。陈寅恪就特别看重读书和"脱俗"之间的关系，他说："士之读书治学，盖将以脱心志于俗谛之桎梏，真理应得以发扬。思想而不自由，毋宁死耳。"

这就是说，读书才能使心志脱俗，一扫胸间庸俗之气，代之以浩然之气。尤其当下，中国已驶入任何人都无法绕过的进一步改革的"深水区"——一个经济转型思想转型体制转型的大时代已经降临，我们再不能心安理得地蜷缩在庸俗矫情的"小时代"和历史空洞化的"幻城"之中。一定要回归阅读和内心视像，以浩然之气、以大丈夫精神迎接大时代的到来。

2015年4月13日

# 09

# 对于我，那才是语文课

说起来有些不好意思——尽管我也算是大学教授了，但我接受的最完整的学历教育是小学。念到初一就"文革"了，中学教育整整少了五年；大学上的是"工农兵大学生"，三年零八个月，四年学制少了四个月。所以，只有小学六年完完整整读了下来。

小学各科，最得意的是语文，语文最得意的是作文，作文最得意的是漂亮句子。而这直接得益于一位语文老师。他叫钟庆臣，不知从哪里调来我就读的山村小学。钟老师三十多岁，衣衫虽旧但很整洁，神情也整洁，除了庄重几乎看不见别的表情。瞥见他手拿教案课本和粉笔盒从沙土操场的下端沉思着走来，再调皮的学生也赶紧坐好。不过他最有特色的还是"公鸭嗓"。课下或上别的课并不明显，而一旦讲语文，"公鸭嗓"就像音质稍差而又特响的京胡，不时平地拔起，声震屋瓦。

钟老师讲语文不太讲常规性主题思想和段落大意之类，而特爱朗读和点评好句子。每次讲新课他都先用"公鸭嗓"朗读一遍，抑扬顿挫，声情并茂。让我觉得"公鸭嗓"简直好听极了，甚至觉得讲语文课非用"公鸭嗓"不可。朗读当中时而打住："咩，这句子多好，这词儿多漂亮！"朗读完再次强调好句子："这才是好句子，记住，写文章、作文就是要用这样的句子！"每当他这样说的时候，那特色嗓音尤其充满激情，两眼闪烁着灼人的光芒，一副忘乎所以的样子。实际上他写的作文也有很多好句子。是的，每次点评完我们的作文，钟老师都要朗读自己写的范文——我猜想那是艰苦岁月中唯一让他快乐和幸福的时刻——听得全班大气不敢出，感叹句子原来可以写得这么好，话原来可以这么说！

这甚至让我觉得——是不是错觉另当别论——说什么不重要，怎么说才重要。这么着，我看书也不大注意内容和情节，注意的更是语言或修辞。我是从小学四年级开始看《三国》《水浒》《西游记》的，一边看一边抄漂亮句子、好句子。如《三国》"竹可焚而不可毁其节，玉可碎而不可改其白""勇将不怯死以苟免，壮士不毁节而求生"等警句。即使接下去看的《苦菜花》等当代小说，较之女主人公名字和她的故事，

143

我也更留心关于她的描写："那双明媚黑亮的大眼睛，湿漉漉水汪汪的，像两泓澄清的沙底小湖。"看《白求恩大夫》，怀着沉痛而庄严的心情抄下了结尾这样一段话："一线曙光从北中国战场上透露出来，东方泛着鱼肚白色。黑暗，从北方的山岳、平原、池沼……各个角落慢慢退去。在安静的黎明中，加拿大人民优秀的儿子、中国人民的战友，在中国的山村里，吐出了他最后一口气。"

半个世纪走南闯北辗转流离，很多东西都散失不见了，唯独那几本抄写漂亮句子的笔记本至今仍安然躺在书橱深处——借用王小波的话说，是它们让我懂得了"什么样的语言叫作好"。而那应该主要归功于小学教育，归功于教小学语文的钟老师，是钟老师让我知道了"什么样的语言叫作好"。

我想，如果我没遇上钟老师那样的小学语文老师，那么很可能没有日后的我。对于我，那才是语文课，才是小学语文老师！大而言之，那才是教育！

2016年3月12日

# 10

# 高考：怎样写作文

为数不可能少的国人很快就要迎来一个"节日"，一个比春节比国庆长假不知重要多少倍的"节日"：高考！高考的重头戏之一是语文，语文的重头戏非作文莫属。或登陆诺曼底，或兵败滑铁卢，大体在此一举。按理，中国人用生来就会的中国话写一篇八百字的短文——又不是要你七步成诗——本应不是难事，然而据说不少考生都写得不怎么样。据去年北京高考阅卷语文组组长漆永祥的说法，"孩子写作文，就应该是：东北的学生写出来就是黑土味儿，陕西的学生写出来就是黄土味儿，江南的学生写出来就是烟雨蒙蒙的。但实际情况是，我看大部分作文，八个字：不辨男女，不说人话"。

话是说得够狠的。这位重要性不亚于中央巡视组组长的组长阅卷时显然越阅越来气。是啊，"不辨男女，不说人话"，

作为阅卷老师有谁能为之眉开眼笑手舞足蹈呢！若是我，非把卷子一巴掌抡到地板上不可。气归气，但组长大人的意思是无可指责的：写作文就是要写出自己来，写出个性来，写出特色来，写出男女来！

非我趁机显摆，我从小语文就好，作文尤好。上课最开心的时刻就是等老师发作文本，看老师批语，看字里行间那一串串如飞奔的火车轮一般的红色点赞圆圈。不瞒你说，我刚上初一不久时写的一篇作文，竟被老师拿到初三班上高声朗读。读完又被贴到教学楼中央门厅墙上展示。去年回乡，碰上一位当年初三的学长，他主动提起这桩光彩事，告诉我那篇作文的题目叫"八月十五的月饼"。经他一说——作文题目其实我自己早已忘了——半个世纪前那个中秋之夜倏然浮现在眼前：皎洁的月光透过窗前扶疏的树影，照着土炕矮脚桌旁我们几兄弟，我们不胜怜惜地一点一点咬着舔着月饼的红绿果丝。贫寒中一年仅有一块的月饼，那是怎样的月饼、怎样的月光啊！我甚至可以想起从本本上照抄的描写月光的语句……

是的，我有个专抄漂亮句子的32开硬壳笔记本。说来也怪，那时候看小说我就不怎么为故事情节所吸引，而更在意里面描写风景和人物——尤其描写女孩长相——的漂亮句子。两只眼睛在字里行间贼溜溜扫来扫去，一旦发现，赶紧抄进笔记本。小年四五年级开始抄，在初一那年达到高潮，走火入魔似的。而且这个习惯断断续续差不多保持到五十年后的今天。翻阅案头读书笔记，前不久我还不知从哪里抄得漂亮得让人一见倾心的句子："一杯香茗，半帘花影，幽林冷月，万籁息声／山衔落日，野径鸡鸣／清风十天，明月一天／读之如履晴空，四顾粲然。"如此不一而足。不仅如此，还习惯于睡前看一两篇美文或一两首宋词元曲什么的，把漂亮句子打入脑海，带进梦乡。也许你笑我幼稚，都那么一大把年纪了，都当上教授了，怎么还像个初中生似的？可我以为，在语言艺术面前其实我们是永远长不大的孩子，应该永远保持一颗童心，一分敬畏之情。可以断言，正是这样的阅读习惯和阅读激情培育了我的写作能力、修辞自觉和文体意识。

文体意识！北京那位语文阅卷组长所说的，也可以归结为文体意识。试想，男生写的东西怎么可能和女生写的一个样呢？同是男性，五大三粗的东北汉子同文质彬彬的上海男人怎么可能用一个腔调说话作文呢？东北人就是要写出黑土味儿，上海人就是要写出黄浦江味儿，北京人就是要写出豆腐脑炸酱面味儿，山东人就要写出浓浓的煎饼卷大葱味儿！这就是文体区别，就是文体意识。

我的同代人王小波到底是聪明的，他很早就意识到了文体的至关重要，并且有个不太典雅的比喻。他说文体之于作者，就如性之于寻常人一样敏感一样重要。还说优秀的文体好比他

在云南插队时看到的傣族少女极好的身段，"看到她们穿着合身的筒裙婀娜多姿地走路，我不知不觉就想跟上去"。在这个意义上，文体就是文章之体，文章的"身段"。一个是婀娜多姿的筒裙女郎，一个是王小波接着比作恶劣文体的光着上身的中老年妇女——组长也好家长也好，你说你给哪个打高分？

那么如何锻造文体亦即如何说"人话"呢？这里请姑且让我冒充一回组长，说一下我个人行之有效的经验。两点。一点上面已经说了，那就是看书多注意看别人如何说"人话"、如何遣词造句，并且把漂亮句子抄在本本上或抄在脑海里。抄的目的主要不是为了写作文时照抄，而是为了打磨语感或培养文体意识。另一点就是坚持写日记。今年春天在上海外国语大学演讲互动时，有学生问我怎样才能搞好文学翻译，我反问对方："你写日记没有？如果日记都不写，翻译无从谈起。因为翻译实质上是特殊的母语写作，而写日记是最基本的母语写作！"翻译尚且如此，何况作文？

如果这两点你正在实行中，那么你也一定会写出"读之如履晴空四顾粲然"的文章，写出过了半个世纪都有学长记起标题的作文。须知，那才是作文。这回怕是显摆了。非我本意，幸谅之也！

2015年5月25日

## 之于我的书：两本或六十本

世界读书日，趁机说读书。

再怎么差，我也大约算是个读书人。读书、教书、译书、写书、评书。教书，成就了教书匠；译书，成就了翻译匠；写书，成就了半拉子作家；评书，成就了所谓学者——四种身份，四副面孔，都是书成就的，都是书的成就。在这个意义上，我也是书的成就。离开了书，我一定什么也不是，至少我不是现在的我。

尽管如此，近几年我逛书店的时间明显少了许多。所以如此，一是因为书店书太多，而家里书橱太少。二是因为去书店目睹有那么多好书没读，就恨不得再活一百年。而我早已年过半百了，就算把太上老君宝葫芦里的金丹一扬脖统统吞进肚去，再活一百年怕也是痴心妄想。每念及此，未尝不黯然神

伤。瞻念前程，不寒而栗。话虽这么说，最近我还是一咬牙整整买了六十本，六十本《三国演义》连环画！沉甸甸装满一大纸箱，抱都抱不过来。

六十本！清一色上海美术出版社重新出版的"收藏本"。我从第一本数到第六十本，又从第六十本数回第一本。数罢一本本抚摸，摸罢捧起《桃园结义》一页页翻开。刘备关羽张飞。玄德云长翼德。双股剑，丈八长矛，青龙偃月刀。五十载春秋流转。我老了，人家哥儿仨没老，风采依然，场景依旧。老了的我蜷缩在书房角落里感慨万千，正当年的刘关张在桃花盛开的私家花园举杯畅饮海誓山盟……

我大约是从小学四年级开始接触《三国》的。首先接触的是三国连环画。不知从哪儿借得几本没看够，就跑去十里开外的小镇供销社去买，一两毛一本。但一两毛钱绝非小数，记得那时冰棍三分钱一支，汽水五分钱一瓶。为了凑钱买书，就算渴得嗓眼儿冒烟就算馋得口水直淌也静静忍住不动。估计差不多够买一本了，赶紧奔去供销社，进门直扑书本柜台，一头趴在玻璃罩上急切切寻找《三国》。兴冲冲买得一本，又眼巴巴盯视下一本：《长坂坡》，瞧常山赵子龙那跃马横枪挥剑的勇武身姿，啧啧！好在街头大树荫下有个小人书摊，一分钱租一本。书摊常有几本《三国》摆在沙地上。若碰巧口袋里还能抠出一分硬币，就递给坐在马扎上打瞌睡的老伯，当即拿起一本，一屁股歪在树下翻看。想看完又怕看完，怕看完又想看完。看完字看图，看完图看字。老伯还好，随我看多长时间。只一次忽然睁开眼睛："孩子，差不多了吧？我得回家吃饭喽！你不饿？书可是不顶饭吃的哟！"

问题是，借也好买也好租也好，都没能把六十集凑齐看完。于是趁爸爸不在家时翻他的书箱，从箱底翻出上下厚厚两大本原版《三国演义》。开头几页有几个字给爸爸注了汉语拼音。我没理会，抱书爬上西山坡松树林，靠树坐在绵软的落叶上翻动书页。身傍毛茸茸的金达莱花，树梢扑棱棱的山雀，时而掠过鼻尖的甜丝丝的山风。乖乖！一时快活得要死。如今想来，半个世纪前乡村小学的教育水平相当了得，竟然使得四年级小学生看原版《三国》看得一路畅通。看罢意犹未尽，又约东院后院男孩一起耍枪弄棍。东院扮关云长，后院称燕人张飞，我装常山赵子龙，带上各自的弟弟，晚饭后坡上坡下往来冲杀。

上初一时又把原版《三国》看了一遍。这回看得仔细了，边看边抄好句子："玉可碎而不可改其白，竹可焚而不可毁其节""勇将不怯死以苟免，壮士不毁节而求生"。说得多好！慷慨激昂，大义凛然。抑扬顿挫，掷地有声。构成我精神底色和文章底色的书，固然不止一种，但三国无疑是最要紧的一种。

　　看文字版《三国》的同时，仍到处搜集《三国》连环画。偶然得之，大喜过望，摩挲数日，如醉如痴。这么着，书上画的刘关张等各路豪杰，就定格了我心目中的《三国》人物形象。以致许多许多年后看老版《三国演义》电视剧，便连声叫好。及至到了陈希希的"新《三国》"和香港弄出的《关云长》，便拍案而起，口诛笔伐。无他，盖因后两种毁掉了我心中的《三国》、我心爱的《三国》、之于我的《三国》。

　　也不但我，漫长的人生中，想必任何人都会拥有若干本之于自己的、仿佛专门为自己而存在的书。很多时候那未必同世人的评价相符。无所谓。应该说，正是这种极其个人性的阅读体验促成了自己这一存在，并且化为温馨的个人记忆伴随自己老去。

2016年4月5日

# 宝玉，还是薛蟠：这是个问题

　　山东大学马瑞芳教授在课堂上做实验，问男生女生喜欢《红楼梦》谁做对象。结果始料未及。男生多选宝钗、袭人，觉得宝钗温柔懂事，袭人会好好照顾自己，很少选黛玉。女生则首选薛蟠：有钱；次选北静王：钱权都有。宝玉彻底落选。马教授提醒：宝玉黛玉不入俗流，灵魂非常高贵。小声问一句：你选谁？

　　这是一星期前我在"新浪"发的一则微博，内容来自《齐鲁晚报》一篇报道性文章：《姑娘，薛蟠有钱也不如宝玉》。文章说马教授十二月二十日做客"齐鲁大讲堂"讲古代小说，讲到《红楼梦》时大致说了上面这番话。她进一步指出：宝玉的反叛是对传统道德的抗争，他不屑于同满脑袋功名利禄的人为伍。黛玉不仅容貌如花似玉，而且人格超尘脱俗，宁可像落

花一样被埋葬，也不肯同流合污。是谓灵魂高贵。

那么我通过上面微博做的"微调查"结果如何呢？自十二月二十三日08：25至十二月二十七日01：33，转发37，评论137，点赞27。评论137人中，52人有倾向性，但没有明确选谁，故排除在外。其余态度明确的85人统计结果表明：宝黛仍居首位。男性（包括"假如我是男生"）票比较分散。黛玉、探春各12票，并列第一。往下依次为：袭人10票，史湘云9票，宝钗、平儿各8票，晴雯6票，熙凤、尤三姐、秦可卿各2票，宝琴、尤二姐各1票（可平行选择，下同）。女性（包括"假如我是女生"）票相对集中。宝玉11票，最高。其余依次为：北静王6票，柳湘莲4票，薛蟠、薛蝌、贾政各2票，林如海、甄士隐各1票。

投票结果颠覆了马教授的课堂实验报告。若是这个结果，马教授应该不会意外。宝黛在天之灵有知，也肯定露出欣慰的笑容——死后三百多年仍被作为最理想的婚姻对象在人民心目中居高不下，可见满脑袋功名利禄之徒，即使在改朝换代的当下也终究不占多数，幸甚至哉，歌以咏志——两人没准相对吟诗，举杯庆贺。而另一方面，倘若看到马教授的课堂实验报告，那么会做何感想呢？相拥而泣？

不过也倒是，二者相差何以如此之大呢？马教授所在的山东大学是孔子老家山东境内第一高等学府，在全国也是数得上的响当当"985"，学生自然出类拔萃，尽皆精英一族。莫非精英们率先入了俗流，而置灵魂高贵者于不顾？抑或不巧那天听教授课的学生大多未能好好领会《红楼梦》的精神实质呢？

相比之下，"杂牌军"网友们这回一不小心胜了出来。那么网友们为何绝大多数拒选薛蟠呢？网友A：实施家暴。网友B：拈花惹草还是个大傻子。网友C质问"薛蟠党"：有了钱就可以胡作非为，就可以找几个小三在外面风流？而选择宝玉的理由相对单纯：至圣至贤／非常善良／即使最后落魄，他也会全心全意呵护你，不会娶个小三让你烦心。当然也有不算个别的女生不选宝玉，认为他孩子气，喜怒无常，而且懦弱，关键时候保护不了想保护的人。此外还有心高气傲的女子谁也没看上眼："十年前看过两遍《红楼梦》的表示，印象中《红楼》里大多是不学无术又声色犬马的渣男！"上面说的是女性。

再看男性投票依据。先看关于黛玉的。一位网友态度甚是坚定："我只选黛玉，我永远的林姑娘。孤标傲世偕谁隐，一样花开为底迟。"另一位点赞黛玉温柔缠绵，红书第一，"有病，那就挣钱治好了再娶！"黛玉在天上听了，肯定又捂着胸口哭成泪人儿。其次关于探春。跟黛玉并列第一的探春得到的贴心话绝不亚于黛玉。喏，一位显然才华横溢的男士或男生表态了："探春，有湘云一样的真性情，有宝黛一样的真

才情，少了宝钗的城府，少了黛玉的娇羞，然而这才是她的动人之处。她识大体，顾大局，有抱负，懂世俗但不媚俗……现实中如果得遇这样的女子，三生有幸也！"另一位立马附和："探春其实最符合现代女性标准。"再次关于以两票之差居两人下位的袭人："懂事，善解人意，会照顾人。可能男生心里永远住着一个长不大的男孩，需要她这一份熟悉而亲切的妈妈感觉。"还一位如此直言不讳："绝对袭人，对别人闷，对我骚。"这也太那个了吧？笃定不会是985山东大学的高材生。最后有一位听语气有可能是校学生会主席的男生做总结性发言："选黛玉等于添了个女儿，选宝钗等于请了个家教。秦可卿着实迷人，但草根娶过来过日子，也实在是压力山大呀（微图像：捂嘴窃笑）……我也首选袭人。其实平儿也是极好的（微图像：笑得满脸是牙）"——估计下次改选学生会主席当不成了，品德不够端正，法律意识淡薄，居然想一起娶俩！

怎么样，这场讨论蛮有意味吧？对于高校政治辅导员，可以窥见当今大学生心底隐秘的情思；对于社会学家，可以分析时下男女的择偶取向；对于《红楼》专家，可以研讨当今《红楼》"接受美学"；对于马瑞芳教授，可以转忧为喜。

最后一位雅号"和平善良001"网友并不善良地拿我开心："老师选哪个？倘你年方十八。"哪个？有一点可以奉告：选谁也不会选黛玉。盖因我姓林她姓林。林氏祖训：同姓不婚。小声给你说——从未跟谁说过——当年客居岭南穷困潦倒之际，结识一位宝钗模样的林姓女孩，已经好到差不多可以的地步了，却碍于祖训，叹息作罢。日后每次念及，无不怅然有顷。想必她也情有不舍，前年春节去广州旅游在闹市区十字路口等红灯时，忽然有人从小汽车探出脸来一声接一声大声叫我。愣神之间，"林宝钗"已下车奔到我的面前："不认识、不认识我了？"几十年、几十年了啊！情何以堪、情何以堪……

2015年12月29日

## 13

# 乌镇：木心、茅盾与莫言

浙江嘉兴市辖桐乡县，桐乡县辖乌镇。但如今人们似乎只知乌镇而不知嘉兴，更不知桐乡了。日前我去乌镇的时候，显然同浙江人马云有关的世界电商大会刚在乌镇开过不久，随处可见的广告横幅上面径直标写"中国乌镇"——由国而镇，除了"中国景德镇"，我一时还想不出第三例。

于是人们更多地涌向乌镇。其中有我。去年金秋来过，这次是第二次。不到半年来第二次，一是因为机会好，借作客"嘉兴南湖大讲堂"和嘉兴学院读书节之机而来，不来说不过去；二是因为上次来时匆忙之间没找到木心故居，就连茅盾故居也未能参观。

江南三月，春和景明，莺飞草长，柳绿花红。一切充满春天特有的气势与生机。让我不由得想起萧红《呼兰河传》里的话："花开了，就像花睡醒了似的。鸟飞了，就像鸟上天了似的。一切都活了，都有无限的本领，要做什么，就做什么。要怎么样，就怎么样。"——是啊，要怎么样就怎么样，真好，再没有比这更好的了。作为我，演讲完了，聚会完了，应酬完了，彻底自由了。一大把年纪，像鸟那样一下子上天诚然不可能，忽然间引吭高歌或手舞足蹈也未必正常，但我完全可以坐在河边石凳上吃一个透心香的烤地瓜，可以掀开门帘走进小酒馆叫一声"拿酒来"，可以肆无忌惮地实地考察江南女子有别于北方明显或不明显的形体及气质特征……总之心情极好，好得都好像不是自己的了。

　　木心故居意外出现在眼前。故居并不故。木心是乌镇人，一次从美国回乡，目睹已然破败不堪的小时住过的老屋，一时不胜感慨，提笔写了一篇名叫《乌镇》的短文。精明且有文化情怀的商人于是为他新建一处院落，请他回乌镇安度晚年。木心果然回来了，住在这里送走余生，此即"木心故居"。白墙青瓦，花木扶疏，曲径回廊，别有洞天。展室布置亦极具特色，所有文字说明都录自木心著述原话，以仿宋字体略显拘谨地印在仿佛书页的纯白壁纸上。寂寥，安谧，通透，空灵，而又不失幽玄与深邃——据说陈丹青亲自来指点过——境由心造，是之谓乎？天赋、勤奋、执着、爱，这使得个体生命的能量得到怎样的积淀、拓展和演示啊！生而为人，能在文化上做

出这样的贡献，这才叫不虚此生！走出木心故居，见几个游客对着外墙不大的木匾辨认上面字迹："丁心故居？""冰心故居？"——看来木心的知名度不高。可能也是要预约的关系，里面其实也没几个人。

前行不远即是知名度极高的茅盾故居。"林家铺子"已经看了，来之前我最想看的就是"林家铺子"，盖因我姓林，每以"林家铺子"戏说拙译风格，如"我译的村上终究是林家铺子的村上"云云。也曾以林家铺子为名在报刊上开过若干专栏。而实际身临其境，除了房檐下古色古香的"林家铺子"四字木匾，别的实在让我失望——里边铺面彻底现代化了，花花绿绿，吵吵嚷嚷，同超市无异。罢了罢了，若是这等林家铺子的小老板，我不想当，也当不了。

所幸茅盾故居似乎仍是故居模样，未被现代化。说起来，吴越江浙自古便是出才子佳人的地方，仅就近现代而言，据说全国一百位名人里边，浙江独占四十，而乌镇所在的嘉兴又独占二十有八。其中茅盾显然是乌镇的骄傲。我一个一个房间走着，一件一件展品看着。虽然不是乌镇人，但我也感到骄傲。也很感谢——至少必须感谢这位文学巨匠写出了《林家铺子》。

如此走着看着想着，忽听有人高声说莫言。哦，莫言？转身一看，原来是一位年轻导游面对二三十名游客讲解，振振有词，滔滔不绝。"别看莫言得了诺贝尔文学奖，可他的文学成就怎么能和茅盾相比呢！而且他的作品总是写中国的黑暗面，总是抹黑中国人，总是……"听到这里，我一时按捺不住，紧走几步上前劝阻："姑娘，最好别这么说吧！一来莫言和茅盾不是同代人，不好简单比较；二来中国总算有人得诺贝尔奖了，对这件事还是多少保持一点严肃性和敬意为好。再说他的作品也并不像你说的总是抹黑中国人嘛，比如《红高粱》……"正在兴头上的年轻女导游愣了一下，随即拿出导游特有的唇舌本领："我是在对我的客人说我的个人观点，你不愿意听可以不听——何况你要知道，听导游的解说是要付钱的，你付钱了吗？"我则正在气头上，提高音量告诉眼前这位无论怎么看都不大可能读过莫言的年轻人：你现在是导游，不纯属个人！这里是公共场所不是你家客厅，你不能以导游身份在这里信口开河诱导游客。说罢转身离去。毕竟我是来旅游的，不是来和她讨论莫言的。

也是因为天色晚了，我匆匆离开了茅盾故居。翌日一大早离开了乌镇。但那一丝不悦和不解硬是不肯从我心头离开：莫言和诺贝尔文学奖何以使得那位年轻的女导游如此出言不逊呢？

2015年5月9日

# 14

# 木心与日本文艺

近来有意无意地看了木心。也是因为自己或多或少接触日本文艺，尤其注意看了木心的相关说法。

木心自认为是日本文艺的知音。他在《文学回忆录》关于中世纪日本文学的第三十讲中讲道："我是日本文艺的知音。知音，但不知心——他们没有多大的心。日本对中国文化是一种误解。但这一误解，误解出自己的风格，误解得好。"这里说的心，想必指的是思想。木心在同一讲中说日本有情趣，但"没有思想。有，也深不下去。日本本国一个思想家也没有，都是从中国拿去和欧洲来的思想"。那么"误解"（而且"误解得好"）指的是什么呢？学画出身的木心不仅没有举画为例加以说明，而且断言日本"不出大画家，不过是国门内称大"。相比之下，他举的是文学。为此他举了"从明日起去摘嫩叶，预定的野地，昨天落了雪，今天也落雪"等几首诗，评论道："很浅，浅得有味道，日本气很强。好像和中国的像，但混淆不起来／抱着原谅的心情去看这些诗，很轻，很薄，半透明，纸的木的竹的。日本味。非唐非宋，也非近代中国的白话诗。平静，恬淡。／不见哪儿有力度、深度，或有智慧出现。你要写却写不来。／怪味道。甜不甜，咸不咸，日本腔。"最后举了这样一首："春到，雪融化。雪融化，草就长出来了。"评语仅四个字："傻不可及"！

但不管怎样，"日本独特的美"或日本文艺的独特性在木心那里是得到了认可的："浅""轻""薄""平静""恬淡"以至"怪""傻"……由此构成了别人学不来的"日本气""日本味""日本腔"。这也大概就是所谓误解出自己的风格。但究竟是误解中国文化中的什么而误解出来的，木心却语焉不详。这也不宜苛求木心，毕竟他不是日本文学专家，讲稿也并非专题学术论文。应该说，较之系统性理性思辨，木心口中的更是出于诗性感悟的一得之见。

于是我只好查阅日本文论家、美学家们花大力气归纳出来的三种日本美："物哀""幽玄""寂"。据北师大教授王向远在其论文集《日本之文与日本之美》中考证，这三种美学概念都与中国古典有关。限于篇幅，这里仅以"幽玄"为例。"幽玄"在中国古典文献中是作为宗教哲学词汇使用的。

而被日本拿走之后，则用来表达日本中世上层社会的审美趣味："所谓'幽玄'，就是超越形式、深入内部生命的神圣之美。"诸如含蓄、余情、朦胧、幽深、空灵、神秘、超现实等等，都属于"兴入幽玄"之列。后来逐渐渗透到平民百姓的日常生活层面。例如作为日本女性传统化妆法，每每用白粉把整张脸涂得一片"惨白"，以求幽暗中的欣赏效果；日式传统建筑采光不喜欢明朗的阳光。窗户糊纸并躲在檐廊里仍嫌不够，还要用苇帘遮遮挡挡，以便在若明若暗中弄出"幽玄"之美；甚至饮食也怕光。如喝"大酱汤"（味噌汁）时偏用黑乎乎的漆碗。汤汁黑乎乎的，上面漂浮的裙带菜也黑乎乎的，加上房间光线幽暗，致使喝的人搞不清碗里一晃一闪有什么宝贝。大作家谷崎润一郎为此专门写了一部名为《阴翳礼赞》的书，赞美道："这一瞬间的心情，比起用汤匙在浅陋的白盘里舀出汤来喝的西洋方式，真有天壤之别……颇有禅宗家情趣。"这大约可以理解为木心先生的误解之说——"误解出自己的风格，误解得好"！当然木心那个年纪的人（木心生于一九二七年）对日本的感情尤其复杂，说"好"之余，总忘不了嘴角一撇曳出一丝不屑："怪""傻"！言外之意，不就喝个汤嘛，何必故弄玄虚！

　　如此"考证"下来，不妨认为，"日本美"以至整个日本文化，追根溯源，总要追溯到中国来——再次借用木心的说法，"按说他们的文化历史，不过是唐家废墟"——但日本"误解"得好，至少将"唐家"的若干概念及其内涵推进到了无以复加的极致境地，从而产生自己独特的风格，产生"日本美"。大而言之，有《源氏物语》，有浮世绘，有东山魁夷和川端康成。小而言之，有十七个字（音）的俳句。对了，你看"俳圣"松尾芭蕉写的："可惜哟，买来的面饼，扔在那里干巴了／黄莺啊，飞到屋檐下，往面饼上拉屎哦／鱼铺里，一排死鲷鱼，呲着一口口白牙。"如何，以屎入诗，以丑为美，够独特的吧？换个说法，以美为美，不算本事，以丑为美，才算本事。也可换成那句俏皮话：狗咬人不算新闻，人咬狗才算新闻。

2015年12月15日

# 15

# 木心读罢三不敢

寒假断断续续读了几本木心和关于木心的书。读罢掩卷，长叹一声。回想二十年前，偶读《陈寅恪的最后二十年》，有幸遇到陈寅恪，知道了什么叫学者、什么叫读书人和知识分子；二十年后的今天，阅读当中幸遇木心，知道了什么叫智者、什么叫师尊和贵族。之于我，如果说陈寅恪是冬日远空寒光熠熠孤独的银星，让我感觉到的更是精神格局上的距离；那么，木心则是我在同一田畴低头耕作之间陡然撞见的高人，感觉到的更是学养和见识上的"断崖"，惟再次自叹弗如而已。

是的，读罢木心，作为由衷的实感，我的确不敢写文章，不敢当老师，不敢谈优雅了——木心读罢三不敢。

不敢写文章，是因为木心文章写得太好了，好得自成一体，不折不扣的文体家！小说家、散文家固然比比皆是，而能称为文体家的，窃以为寥寥无几。在我有限的阅读范围内，"五四"以降，除了周氏兄弟、梁实秋、林语堂和钱锺书，能称为文体家的还有谁？王小波、史铁生、余秋雨、莫言，作为作家无不让我心生敬意，而作为文体家，还不足以让我立即脱帽敬礼。诚然，每位作家都有自己的语言风格或文体特色，但是否能在文体上对民族语言，尤其在丰富本民族的文学语言上有所建树则是另一回事。而木心恰恰有这样的建树和贡献。

这点确如木心的外甥王伟先生所概括的：木心的文笔出神入化，典雅风趣，字字珠玑而又兼具诗意与哲理，明白晓畅而又不失委婉与深邃（参阅《木心纪念专号》P96）。若让我冒昧补充一点，那就是洗练或简约。无论论之以富丽深奥的古文，还是书之以娓娓道来的白话，简约都是其共同特点。犹如他在《童年随之而去》中描写的那只"青蓝得十分可爱的"越窑碗，或如宋代影青瓷瓶，别无装饰，通体简约，却分明是火与土剧烈搏斗和巧妙化合的结晶、通透、洒脱、耐看。木心曾说"世界文化的传统中，汉语是最微妙的，汉语可以写出最好的艺术品来"——木心果然用以写出了最好的艺术品。

说极端些，在雅正汉语文体传统百般遭受诋毁和破坏的百年风潮中，木心以一己之力守护了汉语的纯粹、富丽与高贵。在乌镇木心追思会上，人大教授、原鲁迅博物馆馆长孙郁发言说，除了茅盾的传统，"我们还有鲁迅的传统，周作人的传

统，胡适的传统，张爱玲的传统，但是木心跟他们都不一样。木心使我们的艺术、我们的汉语表达，有了另外一种可能……能把汉语表达如此之充沛，木心是一个，张爱玲是一个。"（同上P35）上海作家陈村先生进而认为"木心是中文写作的标高"。他还满怀深情地说："不告诉读书人木心先生的消息，是我的冷血，是对美好中文的亵渎。"陈丹青索性断言："即便是周氏兄弟所建构的文学领域和写作境界，也被木心先生大幅度超越。"（同上P96）

木心之所以取得这样的文学成就，所以成为文体家，除了自小家教和熟读中西经典形成的古文功底和文学修养，还与他对待文字艺术的态度密不可分。木心有文字洁癖、文字操守。木心终身未婚。动笔写作之际，举凡词语都成了他的情人，与之举案齐眉，倾注所有的爱。推崇福楼拜的木心显然如福楼拜所言："宁愿累得像乏力的狗，也不愿把一个不成熟的句子提前一秒钟写出来。"

容我试举几例。

例1，写神游魏晋："如此一路云游访贤，时见荆门昼掩闲庭晏然，或逢高朋满座咏觞风流，每闻空谷长啸声振林木——真是个干戈四起群星灿烂不胜玄妙之至的时代。"（《遗狂篇》）

例2，写民国旗袍："春江水暖女先知，每年总有第一个领头穿短袖旗袍的，露出藏了一冬天的白胳膊，于是全市所有的旗袍都跌掉了袖子似的，千万条白臂膊摇曳上街……领子则高一年低一年，最高高到若有人背后招呼，必得整个身体转过来……作领自毙苦不堪言。申江妖气之为烈于此可见一斑。"（《上海赋》）

例3，谈论智愚："在接触深不可测的智慧之际，乃知愚蠢亦深不可测。智慧深处愚蠢深处都有精彩的剧情，都意料未及，因而都形成景观。我的生涯，便是一辈子爱智若惊与爱蠢若惊的生涯。"（《困于葛蕾》）

例4，关于文化："像一幅倒挂的广毯——人类历代文化的倒影……前人的文化与生命同在，与生命相渗透的文化已随生命的消失而消失，我们仅是得到了它们的倒影。"（《哥伦比亚的倒影》）

例5，形容世界："所谓世界，不过是一条一条的街，街角的寒风比野地的寒风尤为悲凉。"（转引自《木心纪念专号》P104）

如何？或流丽婉转摇曳生姿，或机警俏皮一泻而下。古文今文切换自如相映生辉，用他自己的话说，"焊接古文和白话文的疤非常好看"。即使哲理表达也出之以形象语词或诗性比喻，以简约的文体表达深刻的洞察。

不瞒你说，我也多少算是个有文字洁癖的人。无论读别人

写的还是自己写，最容不得行文草率粗制滥造。自负就文字考究而论，纵使跟若干名家也有得一比。至少在以简约的文体传达丰沛的韵味这点上，自信是村上文体汉译的不二人选，大有舍我其谁也的骄狂。但在拜读木心之后，这种自负感顷刻土崩瓦解。敢不敢翻译另当别论，文章则是不敢写的了。

第二个不敢，是不敢当老师夸夸其谈了。首先是知识面上的不敢。你看木心，从《诗经》到《圣经》，从老子到尼采，从嵇康到拜伦，从曹雪芹到莎士比亚、纪德、福楼拜，古今中外，诗文史哲，信手拈来，举重若轻，如入无人之境。不说别的，一个人就敢包讲世界文学史！每讲之前，一两万字讲稿仅一个下午就一挥而就——作为教师，深知这需要怎样的功力！换成我，休说世界文学史，日本文学史都让我倒吸一口凉气。别说半天写一两万字讲稿，能否抄来一两万字都不敢拍胸脯。不管怎么说，当老师，知识面总是个基础，纵然不才高八斗，也须学富五车。

其次是见识上的不敢。讲学也好，著书也好，都要有创见，要成一家之言。而这对于木心更是拿手好戏。比较而言，较之学者，木心更是智者。演绎旅美学者、作家李劼的比喻，如果说学者——至少部分学院派学者——热衷于以理性思维修剪中规中矩的人工花园，木心则以直觉演示一枚枚花瓣本真的精彩。说得不好听一点，学者、学究们一本正经地仔细观察孔雀的屁股构造，木心让人看的却是孔雀开屏之际绚丽的彩屏——尽管针对的是孔雀同一部位，但用意和效果截然有别。毫无疑问，前者执着于学理、概念、逻辑和体系之类，后者则一举超越了这些劳什子，径自抵达诗意和审美，表现出卓越的悟性和直指人心的洞见。

例如他如此这般以华夏文化史观照"魏晋风度"：

所谓雄汉盛唐，不免臭脏之讥；六朝旧事，但寒烟衰草凝绿而已；韩愈李白，何足与竹林中人论气节。宋元以还，艺文人士大抵骨头都软了，软之又软，虽具须眉，但个个柔若无骨。是故一部华夏文化史，唯魏晋高士列传至今掷地犹作金石声，投江不与水东流。固然多的是巧累于智俊伤其道的千古憾事，而世上每件值得频频回首的壮举，又有哪一件不是憾事。（《遗狂篇》）

多好！想不佩服都难。李劼在《木心论》中评《文学回忆录》的说法完全可以用在这里："木心讲学讲出的不是什么学术体系，而是令人目不暇接的洞见，犹如一片片美丽的花瓣。静观如孔雀开屏，雍容华贵；动察如天女散花，纷纷扬扬。"又或许可以说，洞见超越了概念，而审美又超越了洞见——较之"中文写作的标高"，更是审美的标高——木心是在以审美

表达对"人的诗意存在"的乡愁、对世事的忧患、对人的终极关怀。

身为老师，起始我十分羡慕木心有陈丹青这样的学生。而后，开始羡慕陈丹青有这样的老师（丹青称为"师尊"）。假设让我面对陈丹青那样的学生，我敢当老师吗？即使面对并非假设的学生，读罢木心，我也不敢当老师夸夸其谈了。

最后一个不敢，是不敢谈优雅和自以为优雅了。

读木心让我读出，优雅乃是一种文化上的贵族气质的自然外现。

写到这里，我想还是让我粗略概括一下木心的身世为好。木心本名孙璞，一九二七年出生于浙江嘉兴乌镇世家，即所谓少爷出身，名门之后。师从夏承焘，从小受过良好的国学教育。毕业于上海美术专科学校，师从林风眠学习绘画艺术。当过高中老师。一九五六年，二十九岁的木心入狱半年，母亲因过度焦虑不幸去世。"文革"爆发的一九六六年，木心家被抄，书画文稿悉数丧失。翌年冬，木心唯一在世的亲人姐姐被批斗至死。他本人因言获罪，被打成"现行反革命"关进阴暗潮湿的地牢，为时一年半。入狱期间在纸上画钢琴键弹奏，并写了六十五万言《狱中手稿》。出狱后又被监督劳动多年，七十年代末始获自由。一九八二年，五十六岁的木心只身去国赴美，定居纽约。一九八九年至一九九四年为陈丹青等纽约华人艺术家讲授世界文学史。打过工，借住过朋友家，加之英语口语大概不灵，生活景况未必多好。但始终坚持写作和绘画。大约一九八六年开始在台湾发表作品和出版散文集，二○○六年始得在大陆出书。同年应邀回到故乡乌镇。二○一一年十二月二十一日因病去世，享年八十四岁。

从中不难看出，除了一九二七至一九三七所谓民国黄金十年，木心生涯绝不顺利。两度入狱，尤其"文革"入狱和被迫劳动改造那么多年，其间所受磨难难以想象。然而木心在作品中几乎从不涉及"文革"经历。对于给他带来磨难的当事者和环境，对于浊物和丑类，木心采取的态度不是怀恨和复仇，而大约是出于近乎怜悯的傲慢。他不屑于提及，连提及都是高看他们！依李劼的说法，这可能是他与鲁迅的最大区别所在，又可能是其隐藏在冷漠外表下的善良心地所使然。（参阅《木心论》P79）

我忽然觉得，木心最好看的生命姿态，是他在狱中弹琴，弹琴键画在纸上的钢琴（后来在劳改中伤了一只手指，再也弹不成钢琴了）。那一姿态明显遥接魏晋嵇康的刑场抚琴——一抹夕阳残照下，临刑前的嵇康泰然自若地抚琴长啸。由此也就不难明白木心何以那么心仪嵇康。尤其在二十世纪七十年代的故国大地，那是何等感人的生命姿态啊！不妨说，构成贵族气质的几种要素尽皆集中于此：危难中的操守，宠辱不惊的纯

真，对权势与对手的不屑一顾，对艺术和美的一往情深——对
"人的诗意存在"或审美主体性淋漓尽致的炫示和赞美在此定
格！这是真正的贵族，一种由古希腊知识分子精神和中国魏晋
士人风骨奇妙结合生成的精神贵族、文化贵族，这才是贵族特
有的优雅，大雅，大美！同叽叽歪歪凄凄惶惶蝇营狗苟患得患
失畏首畏尾的"平民"恰成鲜明的对比。

呜呼，吾谁与归？


最后我要向陈丹青致以谢意和敬意，是他精心速记了木
心长达四年的世界文学史讲座内容，我们因之读得《文学回忆
录》；是他为木心作品在大陆的出版和宣传奔走呼号，我们因
之得以邂逅这般美好的中文和缤纷的洞见；是他和乌镇旅游公
司老总陈向宏热情促成和迎接木心归来安度余生，我们因之得
以参观和感受名为晚晴小筑的木心故居和木心美术馆……

想起来了，二〇〇八年夏季我应邀参加香港书展，同台
湾繁体字版村上作品译者赖明珠女士就村上文学对谈。谈完第
二天很晚的时候，赖女士急切切告诉我要去听陈丹青的讲座。
"讲什么不重要，我去看陈丹青的眼睛，你看他那眼睛！"看
赖女士的眼神，仿佛陈丹青的眼睛就在她眼前。不用说，能
打动彼岸一位品位不凡的女士的眼睛，当然不会是凡庸的眼
睛。实际上陈丹青也有一对非凡的眼睛——是这对眼睛看出了

大体默默无闻时期的木心的价值！感谢陈丹青，感谢陈丹青的眼睛。套个近乎，陈丹青和我同属"文革"知青一代，毫无疑问，他是一位优雅的知青，知青中优雅的贵族。

2016年2月12日

# 16

## 我和《齐鲁晚报》，我和"青未了"

至今仍有读报习惯。即使去外地住酒店，早上起来也往往出门找报刊亭买一两份当地报纸。我以为，看一座城市的品格，最简便的做法，就是看那里的报纸和书店。换个哲学式说法，可以说那是一座城市的精神性自我的外现。尤其报纸，看它的报道取向，看它的时评观点和修辞，看它的副刊布局和内涵，品格也罢，精神性自我也罢，大体可以了然于心。这么着，只要一报在手，我就觉得我和那座城市以至那个地域开始有了精神性联系，晓得了自己在其茫茫人海中的位置。

幸运的是，这种联系于我往往是互动的。或者莫如说，大凡报纸无不分外关照其"铁杆"读者。就说晚报吧，全国四大晚报，《羊城晚报》《新民晚报》《今晚报》《齐鲁晚报》，都先后对我投以青睐，都曾约我在上面开专栏或不时约稿。或许因为同在齐鲁，其中持续时间最长的，当属《齐鲁晚报》。

记得大约十年前在崂山海边一个相当空旷的场所参加青岛作协组织的作品评审会，会上初次见到《齐鲁晚报》副刊主笔韩青女士。她当即向我约稿，约我为副刊写点什么。而我当时也不甘心老是名字小一两号跟在人家村上屁股后"鹦鹉学舌"，正琢磨自己另立门户来点儿"自鸣得意"，就一口应允下来，乐颠颠披挂上阵。韩青当即辟出阵角，问以专栏名称。我姓林，遂戏仿茅盾名作《林家铺子》，提议将专栏命名为"林家铺子"，从此当上"林家铺子"的小老板——林老板。从未当过老板，感觉着实不坏。或陈述教育弊端，或揶揄社会陋习，或呼唤文化乡愁，或寄情风花雪月，一时好不快活。由此及彼，索性把拙译村上称为"林家铺子"的村上以示区别。不少读者朋友亦捧场"点赞"，愈发使得我顾盼自雄，颇有舍我其谁也的超级自负。

后来韩青离开报社去学校教书育人，改由孔昕女士和我联系。"林家铺子"小老板当久了，难免觉得自身有了市井气，于是附庸风雅，将专栏更名为"窥海斋"——由"小老板"摇身变为窥海斋主，并为之沾沾自喜。这样，《齐鲁晚报》很快刊出拙文《窥海斋的终结》："曾几何时，看书看困了或写东西写累了，我就往窗外看上一眼——从两座六层公寓楼的红顶之间远窥大海。朝暾初上之际，那里碧波粼粼，粲然生辉；日

上中天之时，但见水天一色，白云悠悠；及至暮色降临，又生出半江残照的诗情画意。偶尔，那三角形海面甚至渺渺呈现孤帆远影或海鸥孤悬的绝妙景观，如梦如幻。于是疲劳顿消，让人思接千载，让人妙笔生花，让人宠辱皆忘。而此刻我看到的却是黑压压的混凝土高层建筑……"于是，我的窥海斋为更多的齐鲁朋友和非齐鲁朋友所知晓，为其因窥不得海而终结感到不胜惋惜，进而怀念被无数混凝土掩埋或屏蔽的曾经的竹篱茅舍炊烟晚霞。换言之，人们得以借助"青未了"副刊版眷恋往日的家园，期待记得起乡愁的故乡山水重新出现。而这正是报纸副刊的意义和价值所在。再吸引眼球的报道也会被抛出记忆的围墙，而副刊带来的某种情思则会久久留在心底，终成"未了"之情。

　　阴阳昏晓，斗转星移，倏忽十载过去。今年六月中旬一个艳阳高照的日子，应《齐鲁晚报》读书会之约前往济南，并应邀参观了报社总部。这才见到孔昕女士和继之同我联系的年轻的吉祥君，同时见了副刊李秀珍主编和总编副总编等报社领导。大家在主管副刊的副总办公室聊了好一阵子。虽是初次见面，却大有一见如故甚至相见恨晚之感。谈笑当中，我深切感受到报社上下融洽和谐的氛围。同时感受到他们的热诚和谦和，他们对文化、对副刊由衷的热爱，以及他们对文字的职业性敏感。当时的我甚至有些为他们打抱不平：多少被人关注的是我等作者，而他们却在幕后、在编辑部一个个"小方格"里埋头"为他人做嫁衣裳"。然而必须说，如果没有他们这样默默做事，一座城市的品格甚至灵魂势必失去有效的凭依和载体，齐鲁大地的人文气场以至神经网络也难免生出许多缺憾。

作为我个人，正因为《齐鲁晚报》编辑们始终如一的关照和鼓励，"林家铺子"才得以开张，"窥海斋"才没有真正终结。看文章序号，散文也好杂文也好小品文什么文也好，已经写出四百九十八篇，这篇是第四百九十九篇。其中相当多一部分受惠于"青未了"——你想，写完放进抽屉和写完就有地方发表相比，肯定是后者让人乐此不疲嘛！

感谢《齐鲁晚报》，感谢"青未了"！衷心祝贺她出刊十万期。无需说，十万是"未了"之数。

2015年10月8日

# 17

# 《青岛早报》，我的第一个专栏

　　《青岛早报》创刊二十年了，我来青岛十七年了。很幸运，"岛龄"比早报小三岁。

　　我虽然祖籍是山东半岛，但悠悠岁月后只身返回的我，在半岛早已没有亲人可寻了。即使在一生只能听到一次的千禧年钟声响起的夜晚，我也一如平日，独自面对一灯一桌一椅，加一份报纸和另一份报纸：《青岛晚报》、《青岛早报》的前身《青岛生活导报》。假如没有这两份青岛本地报纸，我恐怕很难意识到自己身在青岛，意识到自己这片树叶已经落归山东半岛。那样的生活状态，的确是多少需要一点向导的——幸亏有了《青岛生活导报》，幸亏《生活导报》早我三年出现在青岛。

　　此后不出三年，《青岛生活导报》改为《青岛早报》。

《青岛早报》《青岛日报》《青岛晚报》——青岛一天的脉搏便以这样的节奏跳动在三份报纸上。那时网络还不发达，手机尚未完全脱离砖头大小的"大哥大"原型，正是报纸开疆拓土的黄金时代。主流文化、精英文化、大众文化在报纸版面交融互汇，相映生辉。作为我，只要上午头两节没课，早上必定在学校后门报摊买一份《青岛早报》，一边啃着面包一边浏览。一边浏览一边确认自己同青岛这座城市的接点、熔点和疏离点，逐渐调整自己，让自己一步步成为真正意义上的青岛市民，开始同《青岛早报》有了实质性联系。

记得二〇〇二年我去日本作客东京大学远离青岛期间，张彤君仍和我用电子邮件书来信往。翌年十月回国不久，大约刚从大学毕业的周洁即上门采访。我们在书房里谈了很久，谈旅日见闻，谈第一次见村上春树的印象，谈翻译村上新作《海边的卡夫卡》的感触。早报很快以整版篇幅配照片报道出来。那应该是我这个人第一次被青岛媒体如此"大面积"介绍给公众。这让我感到荣幸，感到欣喜。

后来张彤君约我在早报"五月风"开专栏，章芳任责任编辑。每星期的那一天都能以千字文形式在早报上同"自己"见面，感觉上好比一种自我同一性的认证仪式。不安之余的兴奋，兴奋之余的不安，心情相当奇妙。我必须承认，那应该是我从教书匠、翻译匠向半拉子作家出发的第一步——《青岛早

报》以专栏形式慨然提供了一方舞台。或杏花春雨，或月满西楼，或校园昏晓，或浮世云烟，我因之得以逞一时之勇，吐一时之快，得以确认自己身上的另一种可能性。这样，我的名字开始独立出现，而不再总是以小一两号的字体似乎大气不敢出地跟在一个外国作家的后面或下面。什么叫爽？这才叫爽，一种不再依附于人的男人的爽！

尤其值得一提的是，《青岛早报》的作为并不限于"纸上谈兵"，而且将其理念付诸实际行动。仅我参与的，就有二〇一三年春天章芳创办的"春雨讲堂"——邀请青岛的作家和老师走进中小学校园，为孩子们讲读书、讲文学、讲成长的代价和欢欣。我也应邀去了青岛市实验小学。目睹孩子们纯真而专注的笑脸，耳闻孩子们银铃般的笑声，感觉仿佛有一股清泉从心头跳跃着流过，冲洗着自己已然蒙尘和钝化的心灵。童心与书的偎依、大人与童心的偎依，这是人间何等美好的事情啊！

自不待言，和世上绝大多数人一样，我的人生也有种种幸与不幸。不幸且不说了，而一个幸、一个幸运之处，就是自己的文字——印出来的也罢说出来的也罢——似乎为越来越多的人接受和喜欢。除了感谢读者，还要感谢为此提供表达机会的出版社和报社的朋友。值此《青岛早报》创办二十周年之际，抚今追昔，我尤其对《青岛早报》充满了敬佩和感激之情。衷心祝愿她越走越远，走向下一个辉煌的二十年。是的，在这个网络化手机化时代，纸质传媒正面对从未有过的困难——唯其困难，才更有努力的价值，才更有祝福的理由。同时希望在她成立四十周年之际，我还能这么写一篇文章表示我的敬意和谢忱。

2015年1月6日

Chapter Ⅲ

美，离我们有多远

# 美，离我们还有多远

　　终于放暑假了，终于返回乡下老家。虽然生活和工作在中国北方据说最宜居的海滨城市青岛，但我还是归心似箭，放假第二天就飞奔而归。乡下房子围一圈篱笆。篱笆外有几十棵阔叶树：枫树桦树椴树柳树山榆树。篱笆内有几十棵果树：梨树李树杏树海棠树樱桃树。还有无法计算数量的花花草草瓜瓜菜菜。实不相瞒，每当在城里遇到某种不快而情绪低落的时候，我就在自己眼前推出那些树们花们和瓜菜们。尤其东门外那十棵垂柳，一想起它们"月上柳梢头"的窈窕身姿，我就禁不住喜上心头。你想，在这个乱糟糟的世界上居然有整整十棵垂柳完全属于自己，或者有十棵垂柳居然选中我做它们的主人——我是多么幸运多么欢喜，简直不亚于人间某家电影院门口有一个专门等待自己的窈窕淑女！

一切都不让人失望。垂柳迎风摇曳的绵长枝条仿佛自己缕缕乡思的物化。杏树在房后断然展开翠绿的影屏，俨然生机的化身。樱桃树早已在手压井边缀满樱桃，日暮天光，绿叶掩映，含羞带娇，玲珑剔透。如婴儿的小嘴，如少女的眸子，如晶莹的珍珠，如红色的星辰。窗前一排花尤其开得动人：石竹花密匝匝铺满垄头，如哗一下子抖落的五彩银币；百日草扬起一张张娇嫩的小圆脸，红的只管红，黄的只管黄，粉的只管粉，绝不含糊，绝无折中；大波斯菊一条条细细长长的脖颈直挺挺挑起八瓣整齐的花朵，轻盈舒展，无风自摇，率性、机灵，活像写作时喷涌的灵感；一枝枝百合则显得老成持重而又雍容华贵，令人想起款款而来的旗袍少妇。的确，自然美实乃至美、大美、纯美。无需化妆，无需整容，无需题词，无需BGM和掌声，而径直美到人的心里。用日本近代启蒙学者冈仓天心的话说："还有什么比鲜花的无意识的甜美、默默无言的芳香更能使我们想到灵魂的袒露？……鲜花为病人带来多大的安慰？为疲倦的灵魂带来多少喜悦之光？它那宁静的温柔恢复了我们对宇宙的微弱信念，就像漂亮的孩子那热切的注视唤醒了我们忘却的希望一样。"

乐极生悲。我很快体验了一次近乎绝望的失望。

正房西侧同偏房之间有一块近三十平方米的空地。空地上，一棵大山梨树领着两棵小李子树，几丛石竹花配以几株凤仙花。其余地面铺着普通的红砖。南侧紧挨郁郁葱葱的葡萄架。大概因为相对阴凉和年代较久的关系——房子是我买别人的，至少三十年了——红砖早已不红了，挂了一层深深浅浅的青苔，砖隙塞满了毛刷般毛茸茸的细草。坐在葡萄架下看去，正可谓"苔痕上阶绿，草色入帘青"，乃是偶然得之的大自然的小品。不料昨天早上起来，忽然发现苔痕草色荡然无存，地面像过火一样成了一片焦土。我很快断定是被大弟喷了一种名叫"百草枯"或"见绿杀"的农药。失望，近乎绝望的失望。失望继而变成愤怒。当即抄起电话质问大弟为什么干这样的蠢事，大弟辩解说："草有什么用？那玩意儿有什么用？院子里有那玩意儿还像过日子人家的院子吗？扫也不好扫，薅也不好薅……"

我能说什么呢？大弟生在农村住在农村，虽然身份是工人，但早就下岗了，主要靠种地谋生，因此实质上是农民。说起青苔杂草，我当然理解一个农民和一个教授感受上的差异。草是农作物的敌人，因而是农民的敌人，必欲除之而后快。可以说农民的一生就是跟草战斗的一生。况且读书量有限，自然不懂什么"苔痕上阶绿，草色入帘青"，只懂"草有什么用"！

不仅"草有什么用"，在大弟眼里，我极喜爱的牵牛花也没什么用——"喇叭花（即牵牛花）有什么用？结籽结老多

了，来年铲到铲不净！"不光牵牛花，几乎所有花都被大弟归为"有什么用"范畴。也是因为我院里花太密了，我让他拔一些栽到他家院里，而他始终不见行动。这么着，他家院里院外栽种的全是"有用的"：用来长大卖钱的柏树苗，用来下饭的大葱大蒜，用来做菜的辣椒黄瓜豆角。也不光大弟家，进大弟家所在的村庄，即使春夏之交也几乎看不见花，看不见除了农作物绿色以外的颜色，任凭墙边墙角篱笆根闲着或堆放垃圾。一次我实在忍不住了，大声自言自语："好容易过一回夏天，也不弄出点颜色来！"

欧美我没去过，但看图片，那里的乡村是多么美啊，真个到处鲜花盛开。日本我住过五年，有一年差不多住在乡下。毫不夸张地说，那里的农户家家种花，真个是花草拥径。前面引用过的冈仓天心一百多年前就在《茶之书》中说过："我们的村民知道插花，连我们的最卑微的苦力也敬仰山水。"也就是说，日本的村民和苦力都知道美，都会珍惜和欣赏身边自然风物之美、无用之物之美。

美，离大弟有多远？离我们有多远？

2015年7月18日

# 川端康成与东山魁夷眼中的美和"日本美"

　　暑假在乡下译了一本书：《美的交响世界：川端康成与东山魁夷》。

　　这是一本关于美的书。不是美术史，也不是美学专著，是关于美的书简、随想和漫谈。

　　不用说，日本也好中国也好，人们总是谈钱的多，谈美的少，谈艺术之美的更少。而这本书谈的恰恰是艺术之美。而且主要是川端康成这位文学之美的构筑巨匠同东山魁夷这位绘画之美的创造大师之间的私人交谈——二〇〇五年，川端康成致东山魁夷的四十通书简和东山魁夷致川端康成的六十通书简被偶然发现。发现者当即产生了莫大兴趣："总共一百通——代表日本的文坛第一人和画坛第一人究竟互相说的什么呢？"

　　关于这点，东山在川端去世后不久发表的悼念文章中这

样写道:"我同先生得以交往那么长时间,想必是因为我们之间谈论的只限于美,其他几乎概不涉及。而且,除了触及美,我也不能另有话题。我同先生得以傍美而生,这是何等幸福的事啊!"这就是说,书简中透露的几乎全是关于美的信息、关于美的互通心曲。正如书名所示:"美的交响世界"。作为读者,在两人俱已离世的今天,能够通过这些书简、通过这本书的字里行间和精美画图进入"美的交响世界"倾听两位艺术家的心曲,感受两人百般寻觅和品评的美,这同样是"何等幸福的事啊"!

那么,两人关于美究竟说了什么呢?足以让我们从中感受到的东山绘画之美和川端文学之美以至"日本美"具有哪些倾向性、独特性呢?

也是因为东山是画家,而川端又特别喜欢画和懂画的关系,所以川端就东山绘画之美谈得相对多些。概而言之,一是"静谧"(安谧、静寂),二是"纯粹"(纯净、纯朴、清新、清爽),以及由此酿成的无可言喻的灵魂渗透力。"面对东山风景画,人们深切体味出了日本的自然,发现身为日本人的自己的心情,获得静谧恬适的慰藉,沉浸在纯净慈悲的温情中。"川端说他家中所有房间无不挂有东山的画,只要不外出旅行,无日不对之出神。即使住院时也每天与之相对。何以如此呢?上面的话不妨视为主要原因。川端随即断言:"最高艺术——如一切最高艺术所表现的——必须是渗入人们灵魂深处并使之觉醒的东西，而不能终止于短时美感。（中略）当今大部分艺术的寿命都变短了。可我相信，东山风景画有可能成为与世永存的现代绘画。"观看东山北欧系列写生画，川端从中"读取了静谧而遒劲的生之感动"；而《残照》则让这位文学家返回自己青少年时代"心的故乡"。这些说法，既表达了川端对东山绘画的由衷欣赏，又是川端的美学思想，尤其对绘画之美日常感悟和随想的结晶。简言之就是：在纯粹的静默中传达使灵魂得到慰藉和升华的美。

那么东山对川端文学之美是如何看待的呢？

"谈论川端先生，势必触及美的问题。谁都要说先生是美的不懈追求者、美的猎手。能够承受先生那锐利目光凝视的美，实际不可能存在。但先生不仅仅捕捉美，而且热爱美。我想，美是先生的憩园，是其喜悦、安康的源泉，是其生命的映射。"在前面提及的那篇悼念文章中，东山进一步以川端《反桥》《阵雨》《住吉》这三部曲为例，认为是"美到极致"的三部短篇小说。"尤其《反桥》，先生对幽深旷远之美那炉火纯青的感受性化为涌流的联想彩绫从纺织机流淌出来"，进而认为川端"以大跨度的步履从日本的混乱中坚定地支撑日本文化的精髓"，并在川端去世三年后的一九七五年的一次演讲中高度评价川端文学："日本独特的美，由川端先生作为当世罕

见的文学作品结晶并且展示给世界上的人们。"一言以蔽之，川端是日本美的捍卫者和传承者。关于何为日本美或"日本独特的美"，东山引用川端诺贝尔文学奖获奖演讲中的结论：同禅一脉相承的虚无（"虚空""无"）。而这同东山纯粹的静默未尝不可以说是异曲同工。

不过，将两人维系在一起的纽带，并不仅是这种对异曲同工之美的追求，此外还有一点：孤独。川端两岁丧父三岁丧母，十五岁失去了最后亲人祖父，彻底成了孤儿。而东山在日本战败前后相继失去了父母兄弟等所有亲人，只夫妻两人相依为命。东山认为川端之所以对他那般亲切，"抑或是先生和我同样强烈怀有珍惜两颗孤独的心的相遇这样的心情所使然"。

如果说有第三点，那就是战争在两人美之旅程中的作用。

有一种情况可能让不少中国人意外。据川端文学研究会理事平山三男介绍，"以出色的感受性和叙事技巧表现日本人的心灵精髓"之颁奖词获得诺贝尔文学奖的川端康成，战前并不中意日本文学以至日本这个国家。川端一九三六年在《东京新闻》撰文："因为需要，近来散漫地读了一点日本古典文学。（中略）例如王朝和江户的小说，用和读我们今日作品没有多少不同的读法读的结果，总而言之是应该失望的。空虚的凄寂感淹没了我。"并且将贯穿于日本古典文学的日本式抒情斥为"喝自己恶血的苦涩"。

至于日本这个国家，川端在一九三五年连载于《读卖新闻》的文艺随笔中说得甚是明确："日本这个国家很糟糕。没有文学精神，没有文学传统，乃是我们国土的罪孽。"然而战争改变了川端。尤其太平洋战争开始后，"我在战争越来越惨的时候，每每从月夜松影中觉出古老的日本。……我的生命不是我一个人的。我要为日本美的传统活下去。"（《天授之子》）战后一九四七年发表的随笔《哀愁》进一步表示："战败后的我，只能返回日本古来的悲戚中去。我不相信战后的世态人心，不相信所谓风俗，或者也不相信现实那个东西。"就这点而言，确如平山三男在此书附录中所说，川端由于战争这个死亡而得以邂逅永恒，得以追求超越一己肉体生命的永恒。换言之，面对战争的灾难和战后日本混乱的社会现实，川端痛感只有"日本美"、只有回归传统才能使自己得到解脱，进而使日本得到拯救。

　　无独有偶，东山艺术之美也有战争因素。东山于日本已经全面战败的一九四五年七月下旬入伍，八月上旬奉命向熊本城进发。在烈日当头的正午时分，东山大汗淋漓地站在熊本城天守阁遗址远望苍翠的原野和迷蒙的远山，第一次真正感受到了自然风景的美。他在散文集《寻觅日本美》中写道："心眼因风景而开的体验，最初是在战争正吃紧期间获得的。在不能不自觉自己的生命之火即将切切实实熄灭的状况中，自然风景第

一次作为充实的生命体验映入自己的眼帘。"

自不待言，战争是将人置于生死极限的特殊环境，而川端和东山却因此开启了感受风景之美、感受传统"日本美"的心眼。用川端在《临终的眼》中引用芥川龙之介的话说，"自然所以美，是因为映在我临终的眼"。用川端本人接下去的话说，"一切艺术的终极，都是临终的眼"。东山视之为维系两人的又一条纽带。他说："战争即将结束时，我从死亡一侧观望风景，因风景而开眼——纵使这种由死而生的人生之旅具有同先生心心相印的东西，而先生所以对我那般亲切，想必也还是因为我是基于达观的单纯质朴的感受者而非意志性分析者和构筑者，是因为我是从放弃自我的地方出发、将自然中所有的生之现象视为恩宠而一路修炼不才之身的缘故。"

换言之，美是对生死的了悟，亦即对生的救赎和对死的超度。这是回荡在川端和东山"美的交响世界"中主旋律的内核，因而也是我们开启东山绘画之美和川端文学之美的钥匙。

最后，请允许我挪用此前拙译两本书译序中的两段话来结尾。一段是拙译川端康成《雪国》译序中的：

在火车窗玻璃中看见外面的夜景同车厢内少女映在上面的脸庞相互重叠，这是不难发现的寻常场景。但在《雪国》中成为神来之笔，以此点化出了作者所推崇的虚无之美——美如夜行火车窗玻璃上的镜中图像，是不确定的、流移的、瞬间的，随时可能归于寂灭，任何使之复原的努力都是徒劳的。反言之，美因其虚无、因其归于"无"而永恒，而成为永恒的存在、永恒的"有"。

另一段是拙译东山魁夷《青色风景》《橙色风景》《白色风景》之风景三部曲译序中的：

捧读当中，不难看出东山先生作画的过程就是对美，尤其对日本美的寻觅和发掘的过程。他始终在思索：日本美究竟是什么？它同西方美、同中国美的区别究竟何在？其大部分文章都留下了这方面思索的轨迹。综合起来，大致可以得出这样的结论：日本传统审美意识或曰日本美，一般不尚崇高、雄浑、豪放、恣肆、飘逸和洒脱，而更注重简洁、质朴、洗练、静寂、冲淡和优雅。日本人这方面的感受和表现力也分外敏锐细腻。较之西方美的昂扬、凌厉和工致，它显得内敛和朴实；较之中国美的大气、写意和深刻，它显得本分与谦和。表现在绘画构图上，日本风景画很少"从开阔的视野收纳风景，而大多撷取自然的一角"，以便充分表现人与自然的亲和，表现造化的微妙。

2015年12月11日

# "幽玄"之美与"物哀"之美

　　一般认为，日本文化对世界文化的贡献主要在于审美表达。日本文论家、美学家们就此归纳出三种所谓日本美："物哀""幽玄""寂"。据北师大王向远教授在其论文集《日本之文与日本之美》中考证，这三种美学概念都与中国古典有关。先说"幽玄"。"幽玄"在中国古典文献中是作为宗教哲学词汇使用的。而被日本引进之后，则用来表达日本中世上层社会的审美趣味："所谓'幽玄'，就是超越形式、深入内部生命的神圣之美。"诸如含蓄、余情、朦胧、幽深、空灵、神秘、超现实等等，都属于"兴入幽玄"之列。

　　后来逐渐渗透到平民百姓的日常生活层面。例如作为日本女性传统化妆法，每每用白粉把整张脸涂得一片"惨白"，以求幽暗中的欣赏效果；日式传统建筑采光不喜欢明朗的阳光。

窗户糊纸并缩进檐廊仍嫌不够，还要用苇帘遮遮挡挡，以便在若明若暗中营造"幽玄"之美；甚至饮食也怕光。如喝"大酱汤"（味噌汁）时偏用黑乎乎的漆碗。汤汁黑乎乎的，上面漂浮的裙带菜也黑乎乎的，加上房间光线幽暗，致使喝的人搞不清碗里的东西一晃一闪有什么玄机。大作家谷崎润一郎为此专门写了一部名为《阴翳礼赞》的书，赞美道："这一瞬间的心情，比起用汤匙在浅陋的白盘里舀出汤来喝的西洋方式，真有天壤之别……颇有禅宗家情趣。"

作为小说作品，川端康成的《雪国》不妨说是这种审美理想的一个体现。试举开头一段为例："镜底流移着夜色。……人物在透明的虚幻中、风景在夜色的朦胧中互相融合着描绘出超尘脱俗的象征性世界。尤其少女的脸庞正中亮起山野灯火的时候，岛村胸口几乎为这莫可言喻的美丽震颤不已。……映在车窗玻璃镜中的少女轮廓的四周不断有夜景移动，使得少女脸庞也好像变得透明起来。至于是否真的透明，因为脸庞里面不断流移的夜色看上去仿佛从脸庞表面经过，以致无法捕捉确认的时机。"——美如夜行火车窗玻璃上的影像，空灵、朦胧、神秘，充满不确定性和象征性，正可谓"兴入幽玄"，乃是《雪国》广为人知的神来之笔。

再看"物哀"之美。

清少纳言《枕草子》：秋天以黄昏最美。夕阳闪耀，山显

得更近了。鸟儿归巢，或三两只或两三只飞去，自有哀（あわれ）之美。

西行法师《山家集》：黄昏秋风起，胡枝子花飘下来，见之知物哀（もののあわれ）。

黄昏、夕阳、秋风、落花——见了心生哀之美感，即知"物哀"；见也无动于衷，即不知"物哀"。换言之，黄昏、夕阳、秋风、落花，加上触情生"哀"之人，由此构成物哀之美。相反，清晨、朝阳、春风、花开，见之兴高采烈，则很难成为物哀之美。

原本，あわれ（哀）是个感叹词，相当于古语的"噫"和现代语的"啊、哇、哎呀"之类。即使"啊，好漂亮的花呀！"等兴高采烈的兴奋之情也是あわれ（哀）。触景生情，景无非春花秋月，情无分喜怒哀乐，皆为"物哀"，即物哀乃人人皆有的日常性情感。不料到了十八世纪日本"国学"家本居宣长手里，经他专心打造，"物哀"开始上升为一种高雅的诗意审美情绪，进而上升为所谓日本固有的独特的文学理念。因自然触发的宽泛的喜怒哀乐等情绪也逐渐聚敛为"哀"。说绝对些，"物哀"即以伤感为基调的、泪眼蒙眬的唯美主义。

但是，"物哀"在本质上、内容上果真是日本特有的吗？据王向远考证，中国文论早就提出了相关论点。刘勰《文心雕龙》："人禀七情，应物斯感，感物咏志，莫非自然"；钟嵘《诗品序》："气之动物，物之感人，故摇荡性情，形诸歌咏"；陆机《赠弟士龙诗序》："感物兴哀"；《汉书·艺文志》："感于哀乐，缘事而发"（参阅《日本之文与日本之美》P90）。以作品论，柳永的"寒蝉凄切""晓风残月"岂非独步古今的"物哀"杰作！再看西方。雪莱："我们最甜美的诗歌，表达的是最悲哀的思绪。"爱伦·坡："哀愁在所有诗的情调中是最纯正的。"即使非诗歌作品，梭罗的《瓦尔登湖》所表达的人对于自然的情感的清纯、怡静、恻隐，何尝矮于本居宣长心目中的任何标杆！而其情感的健康向上、深刻睿智、恢宏高迈，无疑是对"物哀"大跨度超越。

醉翁之意不在酒。应该指出，本居宣长提出"物哀"论的目的，在于颠覆日本平安时期以来基于儒学的劝善惩恶的文学观，颠覆中国文学的道德主义、合理主义倾向。从而确立日本文学乃至日本文化的独特性、优越性。"在本居宣长看来，日本文学中的'物哀'是对万事万物的一种敏锐的包容、体察、体会、感觉、感动与感受，这是一种美的情绪、美的感觉、感动和感受。"（《日本之文与日本之美》P90）以此区别于并贬低中国文学的理性、理智、教化功能，甚至嘲笑中国文学以天下为己任的家国情怀为"虚伪矫饰之情"，以便给日本文学、日本文化彻底"断奶"。进而证明日本文化天生纯正与不凡的所谓神性，极力推崇神道，催生

出汹涌的复古主义和文化民族主义思潮，最后发展成为所谓"皇国优越"和"大和魂"。

当然，事情总有两个方面。本居宣长"物哀"论的出现，确乎是日本文论观点、文学观的一个转折。但作为文学创作实践，"物哀"早在平安时期的《源氏物语》《枕草子》和《古今和歌集》就已经开始了。而作为文学理论本身，如前所述，也并不具有自成一体的鲜明的原创性和独特性，而主要是丰富和拓展了中国文论中的"感物兴哀"的内涵和外延，将其中的哀感性审美体验推进到唯情、唯哀、唯美的极致。极端说来，由发乎情止乎礼义变成发乎情止乎情，由乐而不淫、哀而不伤变为乐而淫、哀而伤。何况，文学毕竟还有认识和教化两大功能，并不限于审美。基于此，我以为，对于日本的"物哀"论、"物哀"之美，既要认识其细腻温婉的美学特质，又不宜过于强调俨然日本特有的独创性。

2016年8月26日

# "侘寂"之美

　　除了"物哀""幽玄"，表达所谓日本美的还有一个关键词："寂"。"物哀""幽玄""寂"，合称日本三大美学概念。北师大王向远教授就此有一组相当精彩的比喻："物哀"是鲜花，开放于平安王朝文化五彩缤纷的春天；"幽玄"是果实，成熟于武士贵族与僧侣文化盛极一时的夏秋之交；"寂"是落叶，飘零于日本古典文化向近代文化过渡的秋末冬初。

　　秋末冬初典型的风景描写，两字以蔽之，大约就是萧素；一字以蔽之，或可认定为"寂"。秋冬之间，万物由盛而衰，由喧而寂——寂寥、寂寞、寂静、寂然、沉寂、枯寂、空寂、闲寂、孤寂、凄寂、禅寂。其代表性景物，如落叶、荒草、残枝、枯藤、老树、昏鸦……试看日本"寂"之集大成者、被誉为俳圣的松尾芭蕉的三首俳句。其一，"古池啊，青蛙跳进去

了，池水的声音。"其二，"寂静啊，蝉声响起来了，渗入岩石中。"其三，"孤鸟啊，落在枯枝上了，秋日的黄昏。"其一写静中之动，其二写寂中之音。或以动写静，或以静写动。喧中求寂，寂中求喧。物我两忘，万虑洗然，一切归于空寂——"寂"（さび）。"寂"中，孤独、惆怅难免有一点点，但更多的一定是悠然自得，最终只见一只孤鸟在秋日淡淡的夕晖中落于叶落后的空枝。这大概就是所谓"寂"、寂之美学的指向和依归。换言之，"寂"未尝不是对凄清、衰微、没落、凋零、空旷、孤苦、古旧等一般视为负面的、不完美事物及其引起的负面心绪的把玩、欣赏、转化和升华，赋予其一定的积极意义和价值。

不过，这种审美理想从根本上说并非日本所特有的。类似作品在中国古诗中俯拾皆是。王维《秋夜独坐》"雨中山果落，灯下草虫鸣"，韦应物《听嘉陵江水声寄深上人》"水性自云静，石中本无声"，柳宗元《中夜起望西园值月上》"石泉远逾响，山鸟时一喧"，以及孟郊《桐庐山中赠李明府》"千山不隐响，一叶动亦闻"等等，所追求的无不是空寂的境界或平静淡泊的审美趣味，亦即禅意，诗禅一味。

王向远教授特别指出，日本文学，尤其俳句作为根本审美追求的"寂"这一美学概念，在哲学上，同中国老庄哲学返璞归真的自然观、同佛教禅宗简朴洒脱的生活趣味具有深层关联。在审美意识上，同中国文伦中的"冲淡""简淡""枯淡""平淡"等"淡"之追求也一脉相通。日本禅学大师和文化学者铃木大拙也曾明确指出："迄今为止，俳句是日本人的心灵和语言所把握的最得心应手的诗歌形式，而禅在其发展的过程中，尽了自己卓越的天职。"而日本美学的贡献，就在于把这种审美境界推向极致和尝试理论梳理，进而扩展到俳偕以外更广泛的艺术领域并使之生活化，甚至渗透到普通百姓的审美意识和日常生活层面。

是的，在文学领域，"寂"集中体现于俳偕，以松尾芭蕉为宗师。在园林建筑方面，"寂"主要表现于由沙石构成的"枯山水"，以京都龙安寺的石庭闻名。就绘画领域而言，留白堪称"寂"的典型表现。日本现当代大画家安田靫彦尝言："什么也不画的地方反而有深意，整幅的生命往往在其把握之中。"至若茶道方面的表现，即由千利休最后经营完成的抹茶文化"侘（わび）茶"。

"侘"在汉语中是个冷僻字，发音为chà。最早见于屈原《九章》，一般与"傺"连用："惨郁郁而不通兮，蹇侘傺而含戚。"大多用以表达政治上怀才不遇等种种人生遭际造成的失意、凄苦、悲凉、哀怨、郁闷等负面情绪。而被日本用来书写"わび"之后，渐渐在原有意义基础发展成了一种旨在追求空寂、枯淡、低调、内敛、真诚、简朴、清静等心灵处境的审

美理念。体现在茶道上，即为"和、敬、清、寂"四字，乃以"侘茶"为代表的茶道基本法则，以期进入超然物外怡情悦性的禅境——茶禅一味。在此意义上，同追求"寂"之境界的俳句的"诗禅一味"可谓异曲同工。故而，作为美学理念，或可合称为"侘寂"——"侘寂之美"。具体可参阅王向远论文集《日本之文与日本之美》相关部分。

毋庸赘言，"寂"并非把人的心灵导往死寂。"侘寂"同空虚、无聊、颓唐、苟且、矫情、自恋以至附庸风雅、阿Q精神不是同义语。它是对某种缺憾状态的积极接受，是对"欲界"的超越和解脱，是洞悉宇宙人生后的睿智与机趣，是"随缘自在、到处理成"的宗教性达观。而这，非内心充盈强大者不能为也！

"身心尘外远，岁月坐中忘。向晚禅房掩，无人空夕阳"（崔峒《题崇福寺禅院》）——怅惘、落寞之情或许不能完全消除，但归终指向妙不可言的审美愉悦，指向"侘寂"之美。

2016年12月20日

# 看看蓝天白云多好

　　索性实话实说好了：我很难理解甚至不满大弟的生活方式。

　　暑假回乡。相距没有多远的大弟，那天总算来了。睡眼惺忪，无精打采，一看就知他打麻将打过头了。"有那工夫看看蓝天白云看看牵牛花多好！一分钱都不用花。何苦打哪家子麻将，花钱买罪受！你傻不傻啊？"他果真往天上看了一眼，往篱笆上的牵牛花投去一瞥，始而一脸茫然，继而一脸不屑，仿佛说那玩意儿有什么好看的！

　　而我那么说，既是气话，又不是气话。这个想法已经冒出很久了，并据此把世人分为聪明人和蠢人两类：不花钱就能获得快乐的——比如看蓝天白云和牵牛花——聪明人；花钱买快乐的——比如泡酒吧夜总会打高尔夫——蠢人。这上面，古人

苏东坡当然是聪明人。尝言："凡物皆有可观。苟有可观，皆有可乐。"又云："惟江上之清风，与山间之明月，耳得之而为声，目遇之而成色，取之不禁，用之不竭，是造物者之无尽藏也，而吾与子之所共适。"今人如我，诚然没有东坡聪明，但也多少懂得欣赏蓝天白云的超然和牵牛花开的美丽，并希冀与大弟"共适"，所以不能说是蠢人。而大弟不然。须知，东北打麻将，用大弟们的说法，没有白戳手指头的，两毛钱一把是最低价码。即使最低，从早到晚打下来，输赢也在百元上下。而这只是一方面，更糟糕的是有损健康。甭说别的，麻友大多吸烟，加之房间不大，抽得乌烟瘴气，连一口好空气都呼吸不成。所以我问他傻不傻。

可后来细想，大弟果真傻吗？或者说欣赏蓝天白云牵牛花果真无需成本吗？欣赏本身固然一分钱不花，但通往欣赏的过程是要花钱的。这是因为，要从蓝天白云从牵牛花中看出名堂，一般需要相应的文学修养和审美能力，这就需要接受教育。而接受教育不可能一分钱不花。比之两毛钱一把的麻将，肯定教育投资大。弟弟小学没毕业就去生产队干农活了，后来当过几年兵，退伍后在种畜场当过几年所谓工人，再后来下岗"自谋"。前年好歹熬到退休年龄，终于有了退休金。据我所知，他几乎从不看书，不知道文学是怎么回事。这样的大弟和大弟这样的人，即使看天看云，那也大多为了判断明天有没有雨缓解旱情或适不适合晾晒蘑菇。而绝无可能从中领略"漫随天边云卷云舒"的豁达和悟出"行到水穷处，坐看云起时"的禅意。"文革"中曾引吭高歌的"天高云淡，望断南飞雁"，怕也无从记起。至于牵牛花，牵牛花那极强的自播繁殖能力没准让他产生敌意。"尽日问花花不语，为谁零落为谁开？"对于他那可能纯属无病呻吟。"朝颜"这个日语牵牛花说法在他听来也笃定莫名其妙，尽管他的哥哥是搞日语的。

如此说来，大弟打麻将是天经地义的喽？却又未必。毕竟，和大弟经历类似的人也有人不打麻将，而打麻将的人也未必全都对蓝天白云无动于衷对牵牛花熟视无睹。

哲学家把人的生活分为物质生活、精神生活、灵魂生活三个层次。灵魂生活关乎宗教，这个我说不清楚。而作为精神生活，审美无疑是其重要一项。史铁生生前曾建议在奥运口号"更快、更高、更强"之后加上"更美"。言之有理。就这些年我们的社会来说，经济发展速度快了更快，生活水平高了更高，国家实力强了更强。但是不是美了更美呢？是否知道什么是美呢？说得尖刻些，除了钞票之美、脸蛋之美，我们还懂多少美呢？

我总觉得我们的社会——尤其乡村社会——当下最缺少的就是美，就是审美意识和审美能力。近年来我年年暑假回乡，漫步村头村尾，每每心想在村路两旁和房前屋后栽几棵树种几

株花多好啊！只要稍微动一动就能做到的事为什么就不做呢？所有村民都仰望蓝天白云都对着牵牛花如醉如痴，作为状况当然诡异，但栽栽树种种花总可以吧？说实话，去年我曾网购三四百元的花籽背回去请村长分给大家。然而夏天回去一看，仍然只见麻将不见花。花籽撒到火星上去了？

　　常言说爱美之心人皆有之，我不相信。

2016年10月3日

## 06

# 我们的领带哪儿去了？

秋末冬初，我所在的城市举办关于翻译理论的全国性学术研讨会，要我参加。说实话，我一般不参加此类会议。这是因为，我所了解的翻译理论加起来也肯定多不过当年我实验过的高产玉米种植法。再说玉米即使不高产也总能结出棒棒，而翻译理论什么也结不出来。但说归说，参加还是要参加的。毕竟要我上主席台就座，别不识抬举。

台我是上过的，校内讲课也好校外讲学也好，总要上台讲。但讲台不同于主席台。主席台？我在脑海里排出各级人大政协会议全体会议的主席台：一行人西装革履，举止庄重，神情肃然，以及迎宾曲……于是我也决定西装革履。意大利品牌藏青色西装，若干年前为去人民大会堂开会特意购置的——当年我也是风光过的——浅蓝色纯棉免烫衬衫，落叶飘零图案的

书卷气领带，就差左侧小口袋没露出白手帕的尖尖角了。出门前再次对着镜子确认一遍：风流倜傥，无可挑剔，全然看不出是年过花甲之人，作为特命全权大使向金正恩或特朗普递交国书都绰绰有余。若再高调发表演讲，简直可以冒充联合国安理会轮值主席国代表……

然而，人世间果然充满不确定性。步入会务大厅就觉得不对头：前来报到的各路精英们，西装革履者一个也没有！准确说来，穿西装者倒是有，但都没打领带。所有领带都从脖子上不翼而飞。尴尬之余，我问负责筹备会议的一位同事你这西装怎么没打领带啊，"昨天开预备会本来打领带来着，结果发现只我一个人打领带，所以今天就……"同事盯视我的领带，笑笑。我也盯视我的领带，没笑。不知是索性解下来好，还是姑且系着好。最后决定系着不动。一来在人数绝不为少的大厅里忽然解领带反而不自然。二来我不是官员，无需察言观色顾虑多多。

很快进入相当堂皇的会场。四下打量，近一百位来宾中也没人打领带，一个也没有。合谋孤立我不成？女士玉颈的装饰性围巾倒是有的颇像领带，问题是再像也不是领带而是围巾。

刚想找个角落潜伏不动，却被不由分说地拉上主席台。台上算我一排坐了六位，一半是京沪高级别人物。不过我关心的不是级别而是着装。三位穿单件头西装而没打领带，两位穿夹克款式休闲装。总之一身西装且打领带者只我一个。不过奇怪的是，这回我倒没觉得怎么尴尬，俨然级别更高的首长顾盼自雄。集体照相时身旁一位相识的本地女教授颇为认真地看了一眼我的"落叶飘零"领带，善解人意地夸奖说领带跟季节很搭配，身上树上都落叶飘零！还说正规场合还是穿西装打领带好，也是对场合的尊重嘛！

女性到底对着装敏感。我不由得想起去上海一所大学开会时一位女同行口中的一番话来："你看那位男士，水平倒是足够，可一身鲜红鲜红的羽绒服也好意思上台发言？再看人家日本人，西装革履！也不知怎么搞的，你们男人也钱包越来越鼓，可穿得越来越像瘪三。八九十年代穷时候还有不少人西装革履来着……当老师多少总有个着装要求……"

是啊，当老师总有个着装要求。为什么着装越来越随意了呢？我想了想。噢，都怪PPT！以前没PPT，老师上课或上台发言都居于正中讲台的正中，众目睽睽之下，自然注意仪表，注意着装。如今呢？讲台靠边，老师跟着靠边，正中让给PPT一道道闪烁不定的青白色投影。老师几乎躲在角落里一味低头对着电脑界面，不迎面对着学生。而学生也不对着老师，只顾对着PPT。如此这般，老师自然无需注重仪表，无需西装领带了。

不过这只是事情的一个方面，还有另一方面，还有老师个性表达一面。偶尔在《中华读书报》上读得北大曹文轩回忆谢冕先生的文章："做人作文，若无个性，多少是件让人遗憾的事情。谢冕先生做人是有个性的：当人们普遍滑入平庸的现实主义情景时，他却一如既往地徜徉在浪漫主义的情调中。而当人们普遍接受无边的自由主义，一身随意打扮踏入一个庄重会议的会场时，我们却一眼看到他一丝不苟地打着领带、西装笔挺地坐在那儿。"

不过，作为我可不敢和谢冕先生比。索性实话实说好了，我所以时不时西装革履，根本原因是我的人生也已进入落叶飘零时节——难道要我退休后西装革履去农贸市场买菜或歪在小区石凳上打瞌睡不成？

2016年12月25日

## 07

# 我遇见的优雅女子

可曾遇见过优雅的女子？我遇见过，不多。但毕竟度过了大半生，若干次还是有的。

记得最清楚的一次是在飞机上，准确说来是在机舱杂志图片上。当时英国原首相玛格丽特·撒切尔夫人逝世不久，随手翻阅机舱杂志，上面刊出她的照片。我一下子屏住呼吸，看呆了。一般说来，我几乎不曾为西方女子的美貌打动过——哪怕全球仰慕的玛丽莲·梦露——但那时确实看呆了。照片年龄应在六十上下，圆领正装，珍珠项链，微微侧脸。表情凝重，略显伤感。最为打动我的，自然是她的眼神，专注、深邃之中透出深切的忧思之情，仿佛正在凝视什么：英国的前程？欧洲的未来？世界的远景？人所共知，撒切尔素有"铁娘子"之称，但在我的眼里，看不出她"铁"在哪里。看到的感受到的

更是优雅。优雅之美，美的优雅。当时飞机早已穿过云层，在云层上面飞行。而她的美，已然穿越岁月、性感、世俗以至意识形态的云层，化为一种超拔的、洗尽铅华的优雅。优雅的瞬时定格。

另一次同优雅女性的邂逅，也是在照片上，报纸的照片上：著名学者资中筠。记得是《资中筠自选集》书评文章的题图。按年龄，应该是跳"大妈舞"的年龄了。但没有这一字眼所引起的常规性感觉和印象，全然没有。睿智、娴静、洗练、优雅。优雅！凝眸注视之间，脑海里联翩滑过玛格丽特·杜拉斯《情人》（王道乾译）开卷第一段："我已经老了。有一天，在一处公共场所的大厅里，有一个男人向我走来。他主动介绍自己，他对我说：'我认识你，我永远记得你。那时候，你还很年轻，人人都说你美。现在，我是特为来告诉你，对我来说，我觉得现在的你比年轻的时候更美。那时你是年轻女人，与你那时的面貌相比，我更爱你现在备受摧残的面容。'"我更爱你现在备受摧残的面容！一个女人为什么能活到这个份上？优雅！只有优雅才能让女性超越年龄和花容月貌等惯常审美视线而获得永恒。那是一种直指人心的内在之美，一颗强大、丰盈和美丽的心灵的外化。

或许你要说，那么有没有在现实生活中遇上行走着呼吸着的优雅女性呢？对此我想说，当今之世，较之优雅的男士，遇上优雅女子的幸运总要多一些。且不说时间经过较久的，也不说大城市里的，就说暑假在乡下遇见的吧。离我的乡居不远的县一中有两位老师要来访。通过微博私信联系的。实话实说，我基本不接受读者来访。一个原因在于，离开读的世界，我大体是个俗人。何必让对方确认这种落差并为之后悔和失望呢？这次是个例外。两位都是女性：一个是"80后"，语文老师；一个是"90后"，英语老师。两位都颇像萧红，而且是丁玲记忆中的优雅的萧红："我很奇怪，作为一个作家的她为什么会那样少于世故，大概女人都容易保有纯洁和幻想……"是的，交谈当中，我很奇怪，作为在一个城不城乡不乡而又比城比乡都要复杂的县城当中学老师的她俩，为什么会免于世故的浸染而葆有纯洁的情思和文学幻想呢？

两人送我一幅县书协主席赐写并裱装好的书房挂轴："一榻清风书叶舞，半窗明月墨花香"。还送我一本精装《瓦尔登湖》——知道我喜欢乡间生活——自选书签的正面是丰子恺题为"得其所哉得其所哉"的漫画。背面以极工稳的字迹写道："您的全部作品汇成了我们精神上的瓦尔登湖"。瓦尔登湖般的修辞之美让我忽略了其溢美之词的属性。两人告辞后很快发来"私信"："我要在你的影响下坚守自己小小的梦想。认真做一个语文老师，在三尺讲台挥洒我一生的诗情，点燃学生读书的激情。我是一根小小的火柴，擦亮了固然不能点亮整个时

代，但至少可以温暖自己的心。"

多么优雅的文字！无需说，优雅的文字发自优雅的内心——邂逅这样的女性，如今难道不是难得的幸遇吗？岂止幸遇，简直是幸福！

2015年9月3日

## 物也有尊严

　　年纪不饶人。如今坐飞机，很少自己提旅行箱上上下下，而大多托运了事。这样，下了飞机，就要直奔U形或S形传送带那里等取行李，期待的心情大约仅次于当年在电影院等女朋友。但行李当然不同于女朋友，不会打扮得像模像样款款然施施然而来。喏，来了，但见大大小小形形色色的旅行箱在传送带上横躺竖卧人仰马翻。即使贴以高脚葡萄酒杯易碎标签也往往四脚朝天！幸运的，几道擦伤刮痕；倒霉的，提手不翼而飞。说夸张些，行李传送带俨然洪水过后的小镇街道或全线崩溃的海滨战场，抑或说是散伙前的夫妻大战进行中的起居室场景也未必过分。我暗自思忖，这活计既不是高科技又不是文学翻译，只要稍有一点责任心即可做好。为什么做不好？须知，不光人，物是不是也有尊严？我多么希望行李以保持尊严的姿

势有模有样缓缓移到自己跟前啊！

也许你说，人有尊严谁都晓得，物难道也有尊严？物的尊严是什么呢？答案很简单，物的尊严就是其正确的存在状态。如上面说的旅行箱，它的正确存在状态是趴着或脚轮朝下立着，而绝不会像懒猫晒太阳那样忽然来个侧滚翻或亮出肚皮。

记得以前看过一篇散文，作者说他看见一棵拔掉的枯树被靠墙倒置，赶紧走过去矫正，使之树根朝下，树梢朝上。理由是为了树的尊严，即为了使树保持生前的正确存在状态。不知是不是受此暗示的关系——或者莫如说加重了我原本就有的某种心理倾向更为合适——即使花钱住宾馆，我也很注意"矫正"。例如墙上的画如果挂歪了，床头灯和台灯如果脖子歪了——偏巧，我住过的宾馆包括五星级宾馆，画大多挂歪、灯脖子也大多不正——我就非想方设法把它矫正过来不可，否则心里就不安宁。不是灯下看稿走神，就是躺下久久合不上眼，盖因物的不正确的存在状态使得我觉得自己存在于状态不正确的环境中。进一步说，在物有失尊严的环境中，人也似乎很难保持应有的尊严。换个说法，在某种情况下，人的尊严有赖于物的尊严。因此，当我偶尔听宾馆服务员抱怨说一位客人居然用毛巾擦皮鞋的时候，我不禁愕然：人怎么可以这样对待物呢？毛巾的正确存在状态是擦手擦脸而绝非擦鞋。这位损害物的尊严的客人，哪怕皮鞋擦得再亮，尊严感怕也无从谈起——在年轻女服务员鄙夷的目光中走出宾馆房间如果还能觉得有尊严，那可真真无可救药了。同样，一个以正确状态把旅行箱轻轻放在传送带上的装卸工，一个气急败坏似的野蛮装卸的装卸工，你说哪一个更能从中体味工作的尊严感、人的尊严感？何况这里边还有对物的主人即旅行箱持有者的尊重或对其尊严的体察！

不由得想起祖父。已经去世二十二年的祖父是念过私塾的农民。每天清晨起来扫完院子，他都要把竹扫帚尖朝上靠墙角立定或让它安然躺在柴草垛上歇息。每次干完农活回来，他都要把手中的锄头、镐头或铁锹用木片或石块揩去泥土，然后整齐立在仓房固定位置，从不往哪里随手一扔。他当然不会像他的大孙子的我这样咬文嚼字，什么尊严啦什么正确状态啦喋喋不休，他只是打心眼里爱惜他的东西。记得八十年代某年回乡探亲时给他买了一个广州产的"三角牌"电饭煲，一天傍晚我去他那里闲聊，他笑眯眯看着炕桌上的翠绿色电饭煲："啧啧，这东西也长脑袋了？比人脑袋都好使。人都不知道饭什么时候熟，可它知道，熟了就咔一声自个儿弹起！"

祖父穷了一辈子，真正拥有的东西不多，无非两三间草房、前后园子和半山坡上的二三十棵果树，加一间小仓房和仓房里的农具，总共也不值几个钱。但谁都不能把他和它们分

开。祖父晚年被在城里工作的叔父好说歹说接进城里，但住不到一年就独自回来再不进城。他告诉我："城里有什么好？在城里就像断了魂似的。回来侍弄侍弄园子，早上起来看看树又冒出几片叶子，这有多好！要多好有多好！"

如今想来，祖父同物之间应该是有了精神联系的。所以他才有那么淳朴的惜物之情，知道物也有尊严，进而从中觉出人的尊严。事实上，祖父不仅使物的摆放和整个居住环境变得整整齐齐，而且他本人穿戴也在贫穷中保持了起码的整洁。尤其出门上街之前，总要刻意打理一番，头发梳得一丝不乱，始终注意体现一分做人的体面和尊严。

可以说，对待物的态度，实质上也是对待人的态度、对自己的态度。换言之，物的状态是人的心态的物化。由物构成的环境若没有尊严感，人的尊严也很难实现和保全。尤其在当下这个消费主义、享乐主义盛行的时代，我们是不是更应对物保持一分谦恭与怜惜之情？

2015年5月16日

## 09

# 校庆七十周年和六十五岁

一九四六至二○一六，吉林大学七十周年校庆。吉林大学是当今中国办学规模最大、学科最齐全的著名北国学府。不过，对于我，重要的不是这两个"最"，而是"母校"两个字——吉林大学，我的母校。

十年前的六十周年校庆我已经错过了，十年后的八十周年我可能走不动了，所以我特别看重今年九月这次七十周年校庆。也巧，这次是被作为所谓杰出校友邀请回去的，代价是要我为在校的年轻校友们做一场讲座。我正归心似箭，也极乐意讲点什么。正中下怀。

讲座开场白我就相当激动地表达了自己的这种心情。也是因为这三分钟的开场白激起了不止三次掌声三次笑声，所以容我显摆如下：

说实话，讲课也好讲学也好讲座也好或者忽悠也罢，包括北大清华复旦在内，我去过的大学已经不算很少了，但还没有哪一所大学让我这么兴奋、这么动情、这么别有感触。这是因为，吉林大学是我的母校，在座的各位都是我的校友。作为你们的老校友，三十多年前我在这里度过了至关重要的七年人生时光。我的汗水，我的泪水，我的无数个手拿课本单词本朗读或默读的盛夏清晨，无数个咬着被角独自吞声哭泣的寒冬长夜，永远留在了吉林大学，留在了曾经的吉大校园。回忆起来，母校七年最大的收获，是在此实现了人生两次命运性转折；最大的遗憾，是没有谈恋爱。没有碰过任何女生的手，甚至没有正面注视过女生的眼睛。尽管也不是完全没有女生甚至漂亮的女生向我投过别有意味的目光。也许你想问：是不是你自作多情啊？我想不至于。学习且不说，就论长相吧，和同班同学长敏师兄比（此君是吉大外院老师，正在台下看我），自是多少相形见绌；而若和师出同门的久高师弟比（此君亦任教于吉大外院），基本不相上下。然而我硬是没有对女孩子的暗送秋波做出任何积极反应。你说我怎么那么蠢？东北话：怎么那么虎？在这个意义上，母校七年很难说是多么健全和快乐的七年。

这两天返回母校，我最想见的，是读研三年我的导师王长新教授。可是他已经不在了，早已经不在了。刚刚过去的九月十三日我写了这样一则微博，请允许我引用这一百四十个字："当年考研，笔试考得相当好，面试相当不好。主考官环顾左右：要，还是不要？沉默当中，我的导师王长新先生一拍桌子：这个人我要定了！惊心动魄的七个字。我的人生由此柳暗花明。恩师于一九九四年四月乘鹤西去，尔来二十有二年矣！关东夜雨，灯火阑珊，四顾苍茫，音容宛在……"王长新老师铁定要我是一九七九年的事，那年他六十五岁，而今我也正朝六十五接近，即将六十五岁……

庆祝吉林大学建校七十周年大会，在鼎新广场隆重举行。曾任青岛市长的全国政协副主席、吉大校友王家瑞，北大校长哈佛校长，相关两院院士等众多海内外嘉宾出席盛典。念发来贺信的兄弟院校名单时，我意外听到了山东大学和我任职的中国海洋大学。中国海洋大学？中国海洋大学！

翌日我就飞回青岛的中国海洋大学。上课第一天就又遇上了"六十五岁"。只是，这回不是作为开场白的六十五，而可能是作为"尾声"的六十五。为新入学的十名日语硕士生上课，课后有的问我带不带研究生。"我可是冲着您来海大的呀！听说明年您六十五岁不能带了……"望着女孩子眼巴巴的神情，意外之余，颇有些感动，一时不知说什么好。

要，还是不要？"这个人我要定了！"前面写了，说这

七个字时的我的导师六十五岁。我是他的开门弟子，"开场白"。恩师至少带了十届，七十五岁带最后一届，即关门弟子，"尾声"。如此带下来，北上广深，塞北江南，到处都有先生弟子的身影，故有"日语界三十年，前十五年看吉大，后十五年看日研"（北京日本学研究中心）之说。

带，还是不带？"这个人我带定了！"——作为恩师的弟子，而今我能一拍桌子说这七个字吗？纵然狂妄如我，也绝无可能。别说一拍桌子七个字，三拍桌子七十个字七百个字又有何用呢？之于恩师，六十五岁是起点，开门；之于恩师弟子的我，六十五岁是终点，关门。不错，我或可向校方提出相关申请。问题是，若非校方破例延聘五年，我六十岁就该关门大吉了，作为我还好意思得寸进尺吗？

不至于有人怀疑我为稻粱谋，盖因退与不退，稻粱相差无几。何况，我还有那么多虚虚实实的兼职教授要当，有那么多厚厚薄薄的东西要写要译。进可以跑去外校摇唇鼓舌，退可以"宅"在家里专心涂鸦。尤其可以告老还乡看牵牛花。牵牛花的眼神，研究生的眼神——莫非我更留恋研究生的眼神？我不知道。

2016年10月2日

# 10

# 曾昭科：我的曾经的系主任

年前的一天，广州朋友一大早就发来一则消息：广东省人大常委会原副主任、暨南大学教授曾昭科同志逝世，享年九十一岁。国家主席习近平对曾昭科同志的逝世表示悼念。

我的心陡然沉了下来。久久凝视曾昭科先生的遗像。专注、坚毅而友善的眼神，微微向左侧翘起的嘴角，孤峰般拔地而起的鼻梁，花白而并未稀疏的头发，深色的玳瑁框眼镜……一如往日，一如往日！

对于我，较之广东省人大常委会副主任，曾昭科先生更是我的系主任，一位提携和帮助过我的可敬的长者。

山东、广东，黄海岸边、南海之滨，青岛、广州——我的情思缓缓跨过辽远的时空，此刻正萦绕着三十三年前的暨南大学校园，那座"旧貌换新颜"之前的古朴凝重而又轻盈舒展的

老暨南园。

　　时间回流到三十三年前的一九八二年。那年初秋，我从吉林大学研究生院毕业南下，来到暨南大学外语系任教。坦率地说，暨大并非我的首选，首选是中山大学。最主要的原因是当时暨大还没有日语专业。八十年代初，"文革"祸止，国家趋治，改革开放，百废待兴，世道人心远没有今天这般错综复杂。我和多数身穿"地摊货"而志在云天的年轻硕士们一样，摩拳擦掌，一心想在专业上一显身手，没有对口专业的大学自然让人避而远之。但当时是分配制，虽几次找研究生处诉说，但最后一纸报到通知书下来，仍分明写的是"暨南大学"。于是我坐长达四十八个小时的"硬座"火车，差不多从中国的最北端来到差不多中国大陆最南端的广州，走进市郊这座历史悠久而复办才四年的华侨高等学府。曾昭科先生当时正是那里的英语教授兼外语系主任。回想起来，当时的暨南园真是别有天地。高大的棕榈树迎风摇曳，灿烂的紫荆花如霞似锦，湖光潋滟，曲径通幽。学校董事长为时任国务院侨办主任廖承志，校长为时任广东省长梁灵光。我所在的外语系副主任是当时即已知名的翻译家和诗人翁显良教授。系党总支书记是已故广东省府秘书长的夫人、一位慈眉善目的南下干部。日语同事中有翻译风行全国的日本电视连续剧《排球女将》《血疑》的禹昌夏先生。一次在校园路上偶然遇上从我的母校吉林大学调来的著名实验物理学家黄振邦教授……而他们全都那么和颜悦色，平易近人，任何时候想起让人心中平添暖意，感觉上就像躺在春日阳光下的山坡眼望满树杏花。

我就在那样的环境中见到了曾昭科先生。第一次见他应该是全系开会的时候。一切历历如昨。高悬由叶剑英元帅题写的"暨南大学"四个大字的正门进去不远即是教学大楼。那是香港实业家王宽诚先生捐建的五十年代风格建筑，平面呈"工"字形，正面立体呈"品"字形（现已不存）。全系在左端三楼朝北一间教室开会。大家坐在桌椅兼用的拐肘木椅上，年近花甲的曾昭科先生站起来讲话。身材高大，魁梧健壮，举手投足透出一股英风豪气。嗓音约略沙哑低沉而又高亢洪亮，如长风出谷，四野盘桓。我很意外，眼前的他根本不像广东人，完全一副关东出身的将军气度。

更让我意外的是，将军气度的他，办起事来却不动声色。一次我向他讲了自己的专业梦，他听了并未多说什么，但时过不久，他忽然告诉我教育部和国务院侨办批文下来了，同意办日语专业，明年招生，你当教研室主任。记得有一天我在系资料室一张长条桌旁闷头翻阅杂志，他拖一把有些瘸腿的木椅坐过来说："小林，你看办日语专业需要哪些原版书刊，你开个名单，我求香港开书局的朋友从日本买来。朋友年纪大了，有可能是帮我们最后一次了……"写到这里，眼前清楚地浮现

出先生不无伤感的热切的眼神，耳畔响起先生特有的语声和热乎乎的气息。他的确、的的确确是个极有存在感、有"质感"的人。因了他，环绕他的那间光线阴暗、气氛抑郁的资料室大房间里的一切也似乎有了质感，有了生动的表情。长条桌那斑驳的褐色油漆、桌面那隐约现出白色底漆的裂缝，那吱扭作响的木椅和沉默笨重的木头书架，窗外那棵开起花来蒸蒸腾腾真像凤凰似的凤凰树……

尤其让我难以忘怀的，是他通过系总支书记鼓励我申报副教授职称。于是任教不过三年的我，顺利跳过"讲师"而在八五年被破格提拔为副教授。几年后当他再次授意书记劝我破格申报教授的时候，我退却了。非我故作清高，而是因我知道我不够教授水平。我怕辜负了他，也怕辜负教授这个正高职称。

还有，先生把我的家人悄悄调进了暨南大学。本来是作为资料员调进的，但很快转为教员上台讲课。你说，一个年轻教师最在意的是什么呢？无非专业对口、职称和家庭这三样，而曾昭科先生都在不动声色之间为我解决了。而且，除了专业外都没用我主动开口，办的过程甚至最后办成了也没亲自告诉我，见面也没提起，就像没那回事一样。人生难有知遇。应该说，那是我工作极卖力气的几年。毕竟创办一个专业，上课排课，找人进人，忙里忙外，并不抱怨。他被增选为广东省人大委会副主任以后，就更忙了。加之后来不再兼任外语系主任，连见面都不容易了。一九九九年我北上青岛，尔来十五年间，迄未相见。

现在媒体上关于曾昭科先生的"传奇"，我那时就已听同事说了（从未听他本人提及）。最"传奇"的是，由于他从香港及时向大陆通风报信，周恩来总理才免于在出国访问的飞机上失事……

容我概括一下曾昭科先生的简历。先生于一九二三年六月十八日生于广州，祖籍满洲旗人。在广州读完小学后入读香港九龙华仁英文书院，后赴日留学于早稻田大学和京都帝国大学。一九四七年毕业回港，出任九龙刑事侦缉处副处长等要职。一九六○年赴英国剑桥大学进修高级行政课程，回港后升任助理警司、警察训练学校副校长。一九六一年"红色特工"事发后被港英当局驱逐出境，定居广州。一九六二年作为特邀代表登上天安门城楼参加国庆观礼。先后在广州外国语学院、暨南大学任英语系教授、外语系教授兼系主任。一九八四年至二○○一年任广东省人大常委会副主任。历任第五、六届全国政协委员，第七、八、九届全国人大代表。

先生一生波澜壮阔，跌宕起伏，阅人历事，无可胜数。我想先生一般不会记起自己无私关照过的我这个晚辈，但我会永远记住他，记住他提携后学的仁厚长者之风，记住他不顾个人

安危的伟大的爱国情怀和高洁的民族操守，记住他非凡的使命感和历史功绩。黄海夜雪，灯火迷离，天地空茫，音容宛在。愿先生在天之灵安息。

先生千古！

2015年元旦

# 11

# 贵族太少，"农民"太多

外出演讲，我不止一次告诉年轻人：一个没有精英没有精神贵族的民族，哪怕再有票子车子房子，也是永远站不起来的民族。至于贵族的具体标准，却未细想。

也巧，日前同法语同事L教授闲聊时聊到贵族。他告诉我他教过的一个学生来信说他是贵族，"不好意思，我哪里谈得上……"而我感兴趣的更是信上就贵族本身说了什么。经我一再央求，L教授终于把那封信转给了我。容我部分转述如下：

……前些日子听得广播电台对您的采访音频。听后总觉得您的事迹和成就，不能单以学者、师者来论述。我认为，在促成您的因素中，有一个不常被提及却毫不微弱的因素——我想称之为"贵族气度"。这里说的贵族，不是指位高权重或拥

有大量财富的阶层，而是脱离了任何具体的、历史的、社会的概念，是基于最纯粹的道、义、美层面判断的做事做人的精神品格。

首先，贵族"讲究"而不"将就"。贵族天生拒绝使用次品、一般品，更不制造。所以贵族一旦投入某项事业，必然追求品质，追求个性——因为天性使他不接受粗制滥造、品相平庸的东西，这和钱财名利无关。

其次，贵族不从众。贵族的内心是强大的，敢于承担风险，也敢于承担责任。所以面临何去何从的选择时，贵族不会像大多数平民那样表现出观望或从众的态度。

再次，贵族平和不骄躁。贵族不会对德高望重的前辈亦步亦趋，也不会对初出茅庐的后辈趾高气扬。无论处于鼎盛时期，还是暂入衰落之时，贵族总能保持平稳优雅的步态。而且尊重道义，遵循事物本身的规律，绝不会急功近利，置道义于不顾。

我感觉，时下国内社科研究、评价、管理领域，贵族太少，"农民"太多——大家都不追求品质而只追求指标。哪怕指标是滑稽可笑的，农民科研者们也都蜂拥而上。

这些话当然是写给L教授而不是写给我的，更不是指我——其实我死缠活磨讨要人家的信并在此转述就不贵族，贵族绝不至于——但我还是产生了共鸣，明白了贵族、贵族气度、贵族精神的三项"指标"。

应该说，贵族气度也好贵族精神也好，尽管指的是后天教养，但也恐怕多少与出身有关。例如L教授，出身上海书香门第，父亲在一九四九年前就是上海一所大学的教授，同傅雷等文化名人常有往来。也就是说，L教授身上流淌着贵族DNA，贵族气度未尝不是其自然而然的外现。

而我呢？我是农民！农民出身，也实际当过农民。对了，一次我对韩石山这么说时，这位性格爽朗的西北作家却怎么也不相信。于是我补充说自己虽是农民出身，但不是"贫下中农"，母亲家是"地主"。只是因为外祖父和舅舅人缘好，才没有在土改划成分时被划为"地主"，即属于"漏划地主"……听我说到这里，韩石山啪一拍桌子："这就对了这就对了！"为什么这就对了呢？对上什么呢？他没有说，我也没有问。

我父亲这边也并非出身于农民中的"贫下中农"。祖父在世时告诉我，祖辈当年曾凭借大宅院四角的四个炮楼跟"胡子"（马匪）火拼三天三夜。"胡子"见攻不进去，放火烧了大宅院。"幸亏给'胡子'烧了，"祖父强调，"不然土改肯定要给划成地主！"要知道，在改革开放取消"家庭成分"之前，长达几十年时间里地主一直是革命对象啊！也就是说，我

必须感谢"胡子"那把火，必须感谢人缘好而非"恶霸地主"的外祖父和舅舅。

但我终究是农民底子，终究未能成为贵族。一个铁的证据，是我总是"将就"而不"讲究"。例如衣服。家人一再说我穿那么旧的衣服还好意思到处忽悠！于是拉我去商店买新衣服。我却不看衣服而只看衣服标价：衬衫，一千一百九十八元？太贵了！西装，两千九百九十六元？乖乖，更贵，不像话！喏，这就是我——盖因我是农民，喜欢"将就"。

不过，我也有讲究的时候——翻译也好自己写也好，一旦动笔，遣词造句绝不用粗制滥造的次品，不用品相平庸的一般品，绝不"将就"。这时候我就是贵族！"王侯将相，宁有种乎！"

2016年1月25日

**12**

# 我与上海

村上春树小说中一个反复诉说的主题，就是人生充满了不确定性、偶然性以至荒谬性。对此我可是深有体会。或者莫如说，我的人生某个阶段即是如此。

我是在东北一个只有五户人家的小山村长大的。小山村很穷，用韩国已故前总统卢武铉的话说，穷得连乌鸦都会哭着飞走。而从那样的小山村长大的我，后来却同中国第一大都会上海有了越来越多的联系，似乎越来越受上海喜爱和欢迎——不确定性也罢，偶然性荒谬性也罢，是什么不重要，重要的是作为状况实实在在地发生了。四十一本拙译村上是上海一本接一本出的，一次又一次上了上海的报纸和电视，演讲去了上海一所又一所极够档次的大学：复旦大学、上海交通大学、华东师范大学、同济大学、上海大学、上海外国语大

学、上海财经大学、上海师范大学、上海中医药大学……有的不止去了一次。不仅大学校园，还去了面向一般市民的若干文化场所。在上海展览馆，在上海文化广场，在音乐厅，在思南公馆，在书城，在季风书园……多少真诚的笑脸，多少专注的眼睛，多少热烈的掌声，以及鲜花、签名、合影。当然我也很清醒，这些既是给予我的，又不完全是给予我的——更多时候应该是给予某种审美取向、某种精神格调、某种文学魅力以至某种缥缈的夏日梦境。但在那一时刻那一场所，毕竟实际存在的只有我这个人、我这个具有明确轮廓的承受者。这点没有任何不确定性。

说起来，家人不止一次劝我别老往外跑了，年纪不小了，出息到头了，上海又不是没去过，左一次右一次累不累啊？我以不无郑重的语气回答：演讲会场是个特殊的空间，只有置身于那里，我才能倏然忘记日常性烦恼和困扰，才能更多接触人性的纯粹和美好，才能真切感受超越性的爱。是的，大家爱我——未必纯属自作多情——我也爱大家，爱大家所在的上海，爱上了上海这座城市。

除了上海，迄今为止的人生中，至少还有三座城市对于我具有特殊意义。长春，在那里学习了七年；广州，在那里生活工作了十八年；青岛，一九九九年以来居住至今。无须说，广州占的时间段最长。我的汗水，我的泪水，我的无数个失眠的夜晚和许许多多刻骨铭心的记忆，永远留在了广州。唯其如此，我对广州的感情也就格外复杂，一言难尽。青岛这次就不说了。长春不仅是我的母校吉林大学所在地，而且是距那个小山村最近的城市（小山村现已划归长春的一个区）。然而不瞒你说，我同长春几乎没有任何现实性接点，连母校都没回去过。我是真想回去看看啊，但无论如何都没机会。借用村上君的说法，机会就像夏日雨后路面的积水一样蒸发得无影无踪。又一种不确定性？偶然性抑或荒谬性？

2015年12月20日

## 13

## 人生有回程票吗？

"一不小心就老了"——这句话若出自二十五岁文青姑娘之口，自是文青式调侃或幽默；而若出自我这样的男人嘴巴，势必被说成矫情。不过另一方面，这也是我此刻切切实实的困惑和感受。

自不待言，时间似流水，"逝者如斯夫，不舍昼夜"！小心也罢不小心也罢，都要把人冲去"老"这个车站。不管你多么风流倜傥才华横溢，亦无论你何等千娇百媚闭月羞花，"老"都是你必须"到此一游"的站。

我现在就到了这一站。让我觉得不公平的是，以前所经各站乘坐的都是咣咣嘟嘟的绿皮火车，只有这一站是乘动车组，不，乘高铁，忽一下子就进站了。不知是谁替我网购的票，亦不知是将我一把推进车厢的，简直就像个阴谋。

这么着，下了车我面对分明写着老字的站牌发愣。举目四顾，有咔喳喳甩着红绸扇跳"大妈舞"的，有"抱虎归山"打太极拳的，有坐在马扎上哼着"文革"小调钓鱼的，有歪在树下石凳上闭目养神的，与此前各站风景迥然有别。再一看，刚才的高铁已经不知何时不见了——我将留在这里，留在"老"的现场！

　　可我怎么就老了呢？昨晚吃的什么固然时常想不起来，但看书看到第几页大体不会记错。偶尔遭遇的日语生单词也休想从我眼皮底下溜走，日语那玩意儿还能算外语吗？论体力，再爬泰山快到山顶时怕是要举步维艰，但一般坡岭沟坎仍可如履平地。比我年纪大得多的钟南山院士前不久在"南国书香节"上说他现在看见漂亮女孩仍会为之心动。我也心动——为谁心动绝非院士特权——心动即活力的证明。

　　不过细想之下，老的证明也并非没有。例如，当年看女性，眼神如狼似虎地几乎全部扑向漂亮的形体。而今，除了漂亮，还会留意气质；吟诗，当年更喜欢"长风破浪会有时，直挂云帆济沧海"，而今，则更欣赏"行到水穷处，坐看云起时"；诵词，当年更中意"乱石穿空，惊涛拍岸，卷起千堆雪"，而今更醉心于"陌上花开，应缓缓归矣"；读文章，当年更对繁复华丽的排比句情有独钟，而今则对日常性语词渗出的韵味别有心会；看景，当年更为旭日东升霞光万丈的壮观激

情澎湃，而今则为山坡狗尾草丛那一抹夕晖低回流连。还有，当年更对山那边未知的远方浮想联翩，而今则对山这边爬满牵牛花的竹篱农舍依依不舍⋯⋯

如此对比起来，自己还是老了。一不小心老的也罢，处心积虑老的也罢。旋即突发奇想：假如有人给我一张回程票让我返回青春站，那么我会怎样呢？手舞足蹈心花怒放？却又未必。不说别的，青春期特有的种种麻烦就够折磨人的了。读一回没读过的三年高中诚然不坏，但上大学前的高考冲刺和上大学后住上下床的宿舍生活绝不多么令人欢欣鼓舞。再说还要重谈恋爱。如今的女孩子据说可比过去难哄多了，什么房子车子票子啦什么高富帅啦什么宁在"宝马"里哭也不在自行车后座笑啦，自己这个从小山村蹿出来的穷小子如何应对得来？当然喽，凭乡下人的犟脾气和并不特笨的脑袋通过考博忽悠女孩子也不是全无可能，可博士学位本身是那么好忽悠的吗？光看书写论文倒也罢了，问题是还要去财务处排长队帮导师报销课题经费和当下手查资料干杂活。四五年怕是够熬的⋯⋯得得，青春一次足矣，重复不得，麻烦。

但与此同时，我又是多么渴望重复一次啊！果真能倒回青春站，我想首先当一个好儿子，不再只顾忙自己这点事，而用更多的时间回乡探望父母，进而把父母接来自己身边，多陪他们说说话，多留心他们脸上增多的皱纹，多体察他们的心事，多满足他们不多的愿望。其次当一个好父亲，较之望子成龙，更关心其成长途中是否开朗、快乐和健康。再次当一个好丈夫。我要开始做家务，至少在三八妇女节那天做一手好菜端上桌犒劳终日操劳的妻子……

然而，人生如过河的卒子，回程票是没有的啊！怎么一不小心就老了呢？

2015年10月6日

## 14

# 老：被超越的，未被超越的

　　我已经老了。至少，我正在变老。借用我的老伙计村上春树《旋转木马鏖战记》中的表达方式："这是难以撼动的事实。再怎么挣扎，人也是无法抗拒衰老的。和虫牙是一回事。努力可以推迟其恶化。问题是再怎么推迟，衰老也还是要带走它应带走的部分。人的生命便是这样编排的。年龄越大，能够得到的较之付出的就越少，不久变为零。"

　　变为零，人生归零。再往下，OFF，咔嚓，一曲终了。老是不可以超越的。

　　某日转念一想，果真不可以超越不成？返老还童诚然纯属痴心妄想，但某种超越性因素或者存在亦未可知。

　　我已经老了。有一天，在一处公共场所的大厅里，有一个男人向我走来。他主动介绍自己，他对我说："我认识你，永远记得你。那时候，你还年轻，人人都说你美。现在我是特为来告诉你，对我来说，我觉得现在你比年轻的时候更美。那时你是年轻女人，与你那时的面貌相比，我更爱你现在备受摧残的面容。"

这是玛格丽特·杜拉斯《情人》中的一段，开头第一段。王道乾译。实不相瞒，我得遇《情人》，要感谢已经去世多年的王小波。小波说他文学上的"师承"得自查良铮先生译的《青铜骑士》和王道乾先生译的《情人》——"假如没有查先生和王先生这样的人，最好的中国文学语言就无处可学……对于这些先生，我何止是尊敬他们，我爱他们。"实际上"我已经老了"也规定了小波文体的基本走向。只是——令人痛心的是——他没能活到"我已经老了"的老龄，一九五二至一九九七，仅仅活了四十五岁。

说回老，说回《情人》。为了确认是否真有那样一个男人向女主人公走来，我一口气把书看到最后。没有向她走来，只给她打了电话，对她说他依然爱她，不能不爱她，爱她将一直爱到他死。若稍稍推进一步，那分明就是说："与你那时的相貌相比，我更爱你现在备受摧残的面容。"言外之意，美超越了相貌，超越了老。换言之，美可以同外表、同年纪脱离干

系：年轻时美，年老也美，甚至更美。

类似情形，此外至少还有两例：

当你老了，头发白了，睡意昏沉／炉旁打盹，请取下这部诗歌／慢慢读，回想你过去眼神的柔和／回想它们昔日浓重的阴影／多少人爱你青春欢畅的时辰／爱慕你的美丽，假意或真心／但有一个人爱你那朝圣者的灵魂／爱你衰老的脸上痛苦的皱纹……（叶芝《当你老了》，袁可嘉译）

很快你就八十二岁了，身高缩短了六厘米，体重只有四十五公斤。但是你一如既往的美丽、优雅，令我动心。我们已经一起度过了五十八个年头，而我对你的爱愈发浓烈。我的胸口又有了这恼人的空茫，只有你灼热的身体依偎在我怀里时，它才能被填满。（安德烈·高兹《致D情史》，袁筱一译）

不错，女人也好男人也好，年轻时很容易得到也必然得到异性的爱。难得的是老后有人爱——爱你"只有四十五公斤的体重"，爱你"脸上痛苦的皱纹"，爱你"备受摧残的面容"。那是怎样的爱啊！一个女人、一个男人，如果活到这个份儿上，那才真可谓不虚此生，真可谓幸福人生。

那么，作为被爱的主体、作为本人，怎样才能活到这个份

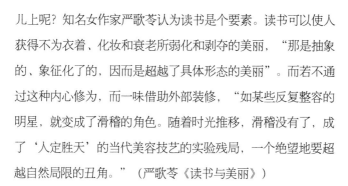

儿上呢？知名女作家严歌苓认为读书是个要素。读书可以使人获得不为衣着、化妆和衰老所弱化和剥夺的美丽，"那是抽象的、象征化了的，因而是超越了具体形态的美丽"。而若不通过这种内心修为，而一味借助外部装修，"如某些反复整容的明星，就变成了滑稽的角色。随着时光推移，滑稽没有了，成了'人定胜天'的当代美容技艺的实验残局，一个绝望地要超越自然局限的丑角。"（严歌苓《读书与美丽》）

不过凡事总有两个方面。另一方面，读书果真可以使人成为超越外表和年龄的美丽存在吗？未必。作为大学老师，我算是在读书人中生活的。温润如玉道骨仙风的长者固然有幸遇得，但相反之人亦非个别。关键取决于读什么书，读书宗旨是什么。倘若读书不是为了精神境界的提升，而始终指向世俗欲望的满足，不是为了接近"朝圣者的灵魂"，而是作为捞取种种个人好处的道具，那么，即使读到老，也无助于物质形象的超越、老的超越。说到底，那并非真正的读书人，而是假读书人、伪读书人。因此，读得再老也不可能返璞归真。老谋深算老奸巨猾倒有可能。

值得庆幸的是，正在变老的我仍中意读书，仍在读书。读书当中，仍会为一个美丽的修辞怦然心动，仍会为一个纯净的情思依依不舍，仍会为一个幽雅的意境久久流连……

2016年6月11日

# 15

# 不做家务错在哪里

恕我动不动就显摆自己：迄今为止，即使往少里说，我也翻译了七八十本书，自己写了七八本书，还为提职称写了不下十七八篇论文。于是演讲"互动"时有人好奇，问我日常生活中如何安排时间，或者索性问我这些所谓成果是怎么来的。"毕竟你的本职工作是大学老师，要上的课，要开的会，要填的表，你也怕是一样都少不得的。一年对谁都是三百六十五天，一天对谁都是二十四小时……"我如实相告：周六周日双休日对我是不存在的，寒假暑假双假期对我也形同虚设。早上起床不迟于六点半，晚上睡觉不早于十一时。不看电视，不玩手机，不吃请，不请吃……回答到这里，堪称无懈可击。只有一次画蛇添足，道出一个"秘密"：基本不做家务！

翌日我又把这个"秘密"写成微博广而告之。结果，完全始料未及的状况发生了：不出两三个小时即有两三千条跟帖。跟帖中大部分显然是女同胞，女同胞中大部分可能是女性主义者（或女权主义者）。她们开始全面围攻。劈雷闪电，风雨交加。态度之激烈，用词之尖刻，手法之决绝，以致我险些以为第二次"文革"风暴正在袭来。电脑界面闪烁最多的字眼是"直男癌"。直男癌？"直男癌"是什么？我全然摸不着头脑。问正在做家务的家人，得知是指不做家务的铁杆大男子主义者。

问题是，不做家务错在哪里？不做家务就是大男子主义者了？我仅仅是说我这个男人不做家务，并不是号召天下所有男人都不做家务，不是鄙视家务、仇视家务。再说又不是她做家务的时间里，我架着二郎腿歪在沙发上打瞌睡或逗猫玩。她吭吭哧哧拖地板，我吭吭哧哧爬格子；她咣咣啷啷洗碟碗，我窸窸窣窣查辞典；她翻箱倒柜晒衣服，我搜肠刮肚写文章——无关乎高低贵贱，不过是家庭分工不同罢了。莫非你想说前者劳累后者轻松？那可未必哟，至少搜肠刮肚未必比翻箱倒柜多么心旷神怡。不信你试试？何况，我们之间原本是有言在先的——这个倒真是个秘密——估计恋爱谈得差不多是火候了，我向对方"摊牌"，明确表示将来可能没时间如数完成百分之五十份额的家务，请还是女孩子的她回去好好想想，"不急，三天三夜后答复不迟。延期三天三夜也不碍事！"

噢，想起来了，招研究生面试的时候，如果成绩相差无几，作为我，的确是优先录取男生的，并且不止一次这么宣布过。但那也和重男轻女的性别歧视没有关联。所以如此，其因有二。一是有单位屡屡向我"订购"男生，无论我怎么强调女生出类拔萃闭月羞花都不为所动；二是好心解决女生终身大事。你想，年年招个"女儿国"，女儿如何嫁得出去？坐等唐僧路过抢婚总不是办法嘛！抢来猪八戒倒有可能。况且，作为男性教师，年龄再大，也不至于歧视女生——面对如花似玉满面笑容的女生讲课，肯定比面对男生舒心惬意的嘛！浮想联翩之下，没准超常发挥。

总之一句话，不做家务同性别歧视了不相干。再说，不做家务只是促成我翻译七八十本书和写七八本书的一个因素，而且不是主要因素，我更没强调二者的必然性和四处推荐。是的，作为泛泛之论，二者未必构成因果关系。举个例子。成了日本大作家的村上春树是做家务的。甚至为没有做好而受到夫人村上阳子的训斥："怎么搞的，抽屉开了也不关上？哼！"中国大作家莫言做不做呢？确凿证据固然没有掌握，但根据常识推断，农村出身的他当年讨个城里媳妇，死活不做家务的可能性微乎其微。也就是说，有人做家务而成了举世闻名的大作家甚至荣获诺贝尔文学奖，有人不做家务而止于不受待见的翻译匠并因此被批得体无完肤。

然而我并没有吸取教训。日前应邀去台湾辅仁大学跨文化研究所摇唇鼓舌，"互动"时同样有人问起开头那个问题，我的回答又差不多如法炮制。晚间"吃请"，邀我去的跨文化研究所教授兼所长杨承淑女士坦言她也不做家务："我是研究学术的人，让我用研究学术的时间做家务，那是多大的浪费啊！"我问：那么是您先生做喽？她说先生有时候做一点儿，更多时候是请人做。同席的外语学院教授兼院长（男）插嘴道："杨教授几乎周六周日都在所里，一门心思搞研究。我们都叫她'学术修女'。"

看来，包括男人在内，没有哪个人对杨承淑教授不做家务有意见。不但没有意见，她的男性同事还一副赞赏有加的语气。相比之下，我不做家务却受到了网上无数女性的抨击。这是怎么回事呢？我究竟错在哪里？

来美国生活，令人佩服的就是对上述男女平等主义（feminism）的强烈关注，或者不如说男女平等这一观点早已牢牢植根于生活之中。比如用英语交谈时，一不小心把anyone（泛指的"人"）换成he（他），必定有人提醒。……Spokesman（"发言人"带有男性色彩）改为spokeperson（中性色彩），chairman（"主席"，带有男性色彩）变成chairperson（中性色彩）——这类事情已经成为常识。

村上春树在《终究悲哀的外国语》中这样写道。中国也将变成这般有趣的社会?

也罢,有备无患,往下我也改邪归正,乖乖做家务就是。翻译之余做家务,家务之余搞翻译。齐头并进,互利双赢,皆大欢喜,不亦可乎?

2016年6月10日

# 16

# 手机与"奴隶社会"

爬山回来，照例在学校后门报摊买报纸。早已熟识的卖报的刘队长（卖报的老汉姓刘，在东北农村当过生产队长）忽悠我比小伙子都厉害，"这么冷，帽子都不戴！"随即问我为什么如今小伙子身体好像不如咱们年轻那阵子。我笑道咱们那时候吃的是泥土里长出的干货，他们吃的是货架上的添加剂！刘队长想了想，说还有一条，咱们那时候一有工夫就打篮球，扬头扣篮，雄赳赳气昂昂，一扣一个准。可他们呢，一有工夫就低头看手机，直勾勾傻呵呵，身体能好吗？脖子都快直不起来了，找对象都成问题，姑娘们能相中吗……

也巧，拿过刘队长递给的报纸，回家打开一看，看到马云正在乌镇世界互联网大会上描绘他的网络王国如何蒸蒸日上，甚至扬言不怕别人说他卖假货——卖假货都不怕？作为跨国公

司一把手，说话怎么可以这般轻薄？我一边心里嘀咕着一边往下翻看。更巧，阅读版书讯报道一位名叫尼古拉斯·卡尔的老外出了一本书：《浅薄：你是互联网的奴隶还是主宰者》。他在书中指出，自动化分担了我们的工作，同时弱化了我们的才智，偷走了我们的生活，限制了我们的视野，甚至将我们整个暴露于监控之下，操纵我们。作者特别提醒，当我们每天翻看手机上的社交平台，刷着那些看似有趣和有深度的文字时，我们恰恰在丧失深度阅读和深度思考的能力。一句话，由于手机，"奴隶社会"开始了！

首先受奴役的是年轻大学生。据《光明日报》十二月十四日报道，天津大学太雷班的学生日前完成一项题为"手机对大学生的影响"的微调查。结果显示：参与调查的本硕博三百八十五名在校生，日均使用手机时长二至六小时的为百分之五十五点零一，六至十二小时的为百分之二十四点一二，十二小时以上的为百分之六点五。其中用来浏览新闻的为百分之五十六点一，"看小说、游戏、视频"百分之四十七点一五，"网购"百分之三十一点一七，"学习"垫底，百分之二十点八七。于是太雷班在图书馆发起"手机，我有话对你说"百人签名活动。当时正好看见李家俊校长陪客人来馆参观，当即围上请校长留言。李校长略一沉思，提笔告诫："用好手机——别让手机滥用了你的时间"。

作为我，诚然没有做过微调查，但曾目击比微调查还要让我惊讶的手机使用场景。上学期期末考试，我偶尔离场往走廊另一端走去。无意中往隔壁教室一看，发现几乎所有学生都低头看手机，仿佛前面讲课的老师是眼睛看不见的暗物质。那位博导模样的男老师倒是没看手机，也没看学生，兀自坐在靠窗角落的铁制电脑台前对着显示屏振振有词，不时变换一下投影仪上的PPT图像——图像也没学生看，学生只看手机图像。于是我以为手机是和电脑PPT联动的，折回来特意扫一眼靠近后门几个学生的手机。得知手机图像和PPT并不一致，闪闪烁烁花哨得多，同上课内容显然风马牛不相及。人手一部手机，人人看手机——阵容整齐一致。

被手机奴役的不单是年轻学生，还有未必年轻的父母们。据《2014年国民家庭亲子关系报告》，父母与孩子共处时，经常看手机的父母占百分之十七点八，偶尔看的占百分之五十一点八。《北京晨报》十二月四日刊文说南京几名小学生呼吁爸爸妈妈："放下手机，抱抱我吧！"常言说孩子总是自己的好，而今总是好的莫非成了手机？心肝宝贝儿不再是孩子而是手机？

这甚至让我怀疑人的天性：人的天性果真是追求自由的吗？为什么情愿接受手机的奴役，甘当它的奴隶？上面天津大学太雷班那项调查还表明：每当手机没电或忘带手机的时

候，超过百分之七十的学生感到焦虑。焦虑什么呢？有什么好焦虑的？太平洋那边的事不知道又怎么样？范冰冰李冰冰和谁好上了关你什么事？就算"白富美"女友或"高富帅"男友失联又有什么大不了的？主体性、定力哪里去了？莫非真应了老外说的"浅薄"？

　　放下手机，抱抱球，抱抱书，"抱抱我"！

2015年12月21日

# 17

# "电视人"和"手机人"

    无意中随手翻开村上短篇集《电视人》，第一篇就是同名短篇。本来没想翻阅什么"电视人"，毕竟现实生活中的男人女人对我重要得多紧迫得多。但我反正翻开了自己译的《电视人》，而且一翻开就被吸引住了。"我不喜欢周日傍晚这一时分，或者说不喜欢它所附带的一切——总之不喜欢带有周日傍晚意味的状况。"行文有些做作，但做作得恰到好处。这就是村上。天赋！接下去的一个比喻也足够村上："空中浮现出半轮崭新的剃刀样的白月，将疑问之根植入黑魆魆的大地。"若是我，肯定要说"镰刀样的"。村上不曾务农，想必没用过镰刀。他的父亲既是中学语文教师又是和尚，家中难免有剃刀。还有一点我和村上（或村上作品的主人公）不同。我喜欢傍晚时分，不唯周日傍晚，周一到周日世界上所有的傍晚我都喜

欢。尤其喜欢窗口最后一缕夕晖渐渐消隐那一状况所附带的缱
绻意味。

电视人"选在周日傍晚来我房间。恰如一场无声降落的抑
郁而不无神秘意味的雨……"电视人不止一个，三个，三个比
正常人小十分之二至十分之三的电视人抱着电视机来"我"房
间安装——"我"喜欢看马尔克斯的小说和听音乐，家里没电
视——第二天晚上电视人又闯入自己的梦境，仍在搬电视机。
睁眼醒来一看，电视人正在荧屏里指着榨汁机形状的巨大机械
装置说"我们正在制造飞机"，并宣布他太太不回来了，"因
为关系破裂"！如此一来二去，"我"恍惚觉得那东西真可能
是飞机，自己的太太真可能不回来了。"妻子已经跑到很远很
远的地方去了，使用所有的交通工具，跑到我追不到的远处去
了。的确，我们的关系或许已经破裂得无法挽回……"

《电视人》不到三十页，很快就看完了。而"电视人"附
带的意味却久久完不了。首先，电视人扰乱"我"的私人生活
秩序：我本来喜欢看马尔克斯和听音乐，而电视人却擅自搬来
电视机。其次，电视人剥离了我的主体性：电视人一再把榨汁
机说成飞机的时间里自己也认同了。甚至自己的老婆下班回家
与否和关系是否破裂竟也相信了电视人的说法。一句话，电视
的入侵。从中不难感受到村上对电视象征的现代社会、现代都
市生活的体察、沉思和警醒。村上总是把触须探入现代都市的

边边角角，捕捉各种诡异而又不无普遍性的生命体验，为被放逐的灵魂、为失落的主体性做出或冷静或残酷的祭奠性表达。

《电视人》是村上一九九〇年在梵蒂冈附近一座公寓里写的。据他自己介绍，一次坐在沙发上看美国音乐电视（MTV），看到荧屏上有两个男人抱着大箱子沿街走来走去的时候，忽然有什么触动了脑袋里的"某个开关"，当即起身走到桌前对着电子文字处理机啪嗒啪嗒敲击键盘，几乎不由自主地一敲而就。是的，他敲的不是如今这种电脑，而是"电子文字处理机"（Wordprocessor）。那时候还没有全面进入网络时代。手机倒是有了，但基本只限于通讯功能，块头也大，砖头似的。在中国被称为"大哥大"，绝对是"阔"的象征。当时我在广州一所大学任教，记忆中最典型的某类阔佬形象是：脖子拴一条手指粗光闪闪的金项链，腰别摇摇欲坠的"大哥大"，骑着日本进口五十铃摩托紧贴身旁呼啸而去……

二三十年转眼过去，现已全面进入网络时代，其代表性尤物就是手机、智能手机。假如再有什么触动村上脑袋里的"某个开关"，这回一敲而就的笃定是"手机人"。"手机人"打败了"电视人"——哪怕电视人再搬来电视，多数人，尤其多数年轻人也难保不看手机。"手机人"打败了教书人——我实在难以忘记一次偶尔经过正上课的大教室时发现几乎所有学生都低头看手机的场面给我带来的视觉震撼。难怪有人说手机是

老师的敌人。手机甚至打败了爱人——即使爱人在身边，妻子或丈夫据说也有不少含情脉脉看手机。"手机人"不会像"电视人"那样宣布你太太不回来了。没有那个必要，因为回来不回来是一回事。而且，"手机人"也不会强调榨汁机是飞机。同样没那个必要，因为在"手机人"话语系统里，手机就是榨汁机，就是飞机，因此榨汁机就是飞机。A即B，B即C，亦即A即C。无须强调，无须解释，无须论证。"手机人"不仅打败了"电视人"、教书人、爱人，作为下一步，还要打败所有人，不，正在打败所有人。不信？喏，据说希拉里被打败了。这回"手机人"倒有可能破例告诉克林顿先生：你太太不回来了！

对了，谁来写《电视人》的续篇"手机人"？等哪位写出来了，我一定译成日语用手机发给村上先生……

2016年12月26日

Chapter Ⅳ

乡愁，诗和远方

# 乡愁，诗和远方

"生活不只眼前的苟且，还有诗和远方"——这样两句看似平常的歌词前不久在微信圈蹿红，人们争相传诵。或许因为我算是搞文学的，长相也能多少冒充诗人，一次在讲座会场，另一次接受媒体采访，我被两次问及"诗和远方"，问及这一蹿红现象的起因和背景。

是啊，在这不妨说是苟且成风和"娱乐至死"的时代，为什么"诗和远方"会蹿红呢？

作为起因也好背景也好，我首先想到的是"物极必反"那句老话。改革开放三四十年来，人们的生活由贫穷而温饱，由温饱而小康，由小康而逐渐富裕——基本是在形而下物质生活追求层面风风火火一路打拼一路狂奔，并且取得了举世公认或举世眼红的成功。一句话，咱们阔了！可问题是，阔就幸福

了么？吃多了，大腹便便；喝多了，头昏脑涨；玩多了，人困马乏。有形之物的占有同幸福指数的提升未必成正比。于是，人们开始把目光投向形而上精神层面——投向美、投向诗、投向远方。不用说，诗大多指向远方，远方大多充满诗意。且看唐诗（唐诗中，远方往往与水相伴）：孤帆远影碧空尽，惟见长江天际流/两岸猿声啼不住，轻舟已过万重山（李白）/桃花尽日随流水，洞在清溪何处边（张旭）/潮落夜江斜月里，两三星火是瓜州（张祜）。再看宋词（宋词里，远方每每写作"何处"）：今宵酒醒何处，杨柳岸，晓风残月（柳永）/何处今宵孤馆里，一声征雁，半窗残月（曹组）/望碧云空暮，佳人何处，梦魂俱远（蔡伸）/故人何处，一夜溪亭雨（张元干）。

有人说，音乐和诗是最接近神的艺术。大约是因为诗总是捕捉和传达远方神秘的信息，而那神秘的信息又总是同心底隐藏的情思相通相连。

"诗和远方"蹿红还有一个原因：我国向有诗歌传统，产生了无数上面那样的名诗佳句，是当之无愧的诗国。而我们乃是诗国子民，是屈原李白杜甫苏东坡嫡系或非嫡系的后代。尽管我们现在不可能背着酒葫芦倒骑毛驴"两句三年得，一吟双泪流"了，或在月下僧门前反复"推敲"了，但那种文化基因、那种诗歌DNA依然流淌在我们的血液中。潮起潮落，现在抬头醒过来了——"生活不只眼前的苟且，还有诗和远方"！

　　何况，即使作为日常谈资，也该谈谈远方、谈谈诗了。总不能老谈票子房子车子、老谈麻将股票减肥吧？老这么谈的人可能也有，毕竟不能要求所有人全都谈诗。一国男女老少人人谈诗，那怕也乱套了。但若完全没有人谈诗，那无疑是一个国家、一个民族的缺憾和悲哀。自不待言，不伴随文化、不伴随诗意的崛起，那不能算是真正的崛起。世界上一掷千金也未必换来一笑的"土豪"国家并非没有。谢天谢地，国人有不算很少的一部分开始谈诗、读诗、写诗了。这大约意味着，我们开始诗意崛起、诗意复兴，诗意地栖居在大地上！

　　作为"诗和远方"蹿红的第三个原因，我想是不是同乡愁有关。乡愁，大而言之，是文化乡愁。历经百年风风雨雨，我们好歹明白过来，只有我们曾百般嘲弄甚至打翻在地的传统文化才是我们的"血统证明书"或自我同一性的凭依。换个说法，只有传统文化，才能让我们重拾文化自信并医治我们的文化焦虑症，才能让我们在所谓全球化中不被"化"掉，才能让我们找到回家的路，从而避免成为西装革履开着"奔驰""宝马"的精神漂泊者。应该说，近年来勃然兴起的国学热或传统文化热即是这种文化乡愁的产物。那么小而言之呢，小而言之，乡愁就是故园之思。由此催生了时下方兴未艾的乡村旅游热。城里人纷纷去乡村寻找石板路、旧民居、老铺子，寻

找辘轳井、石碾石磨和大黄狗、老母鸡。这未尝不可以解读为城里人对中国传统乡居生活方式的确认与回望。日暮乡关何处是,烟波江上使人愁——这大有可能是我们所有人挥之不去的世纪性乡愁。而乡愁总是同时间与空间的远方连在一起,其自然而然的表达方式就是诗。不信,请看台湾诗人余光中的《乡愁》: 小时候 / 乡愁是一枚小小的邮票 / 我在这头 / 母亲在那头 / 长大后 / 乡愁是一张窄窄的船票 / 我在这头 / 新娘在那头……而现在 / 乡愁是一湾浅浅的海峡 / 我在这头 / 大陆在那头。

诗和远方,远方和诗! 人们正从眼前的苟且中抬起头来遥望。望天际的朝霞,望远山的落日,望雨后的彩虹,望夜空的星汉,从中感受自然与人生浩瀚的诗情——作为大国之民,还有比这更庄严更整肃的气象吗?

2016年5月2日

## 回到离诗最近的地方

今年两会期间有政协委员提出建议，建议政府鼓励公务员和知识分子退休后回乡居住，并为其提供方便，以便充实和带动乡村文化教育以及道德建设，促使文化下行。不知是否直接与此相关，其后不久中央专门发了一个关于做好退休人员工作的文件。其中很重要的一点就是这位政协委员建议的内容，要求有关部门鼓励有条件的城市退休人员回乡当"新乡贤"。

其实，我国古代一向有文官告老还乡、武将解甲归田的传统。加上在乡读书人，构成受人尊敬的乡绅阶层，教化乡里，引领民风，催生无数晴耕雨读的动人场景。所谓"礼失求诸野"，并非虚谈。

作为我，旧乡绅也好新乡贤也好，固然愧不敢当，也当不了。但作为心情，我是多么渴望回乡过田园生活啊！假定今天

人事部门通知我退休，明天一早我就一个箭步钻进高铁或一个趔趄爬上飞机奔回乡下。事实上近几年每年一放暑假我就急匆匆打道回府。今年自然也不例外。

此刻我就坐在乡居书房久久注视窗外。迎窗是十架黄瓜、十五架豆角，列五路纵队排成方阵，齐整整任我检阅。豆角早已爬满架了，叶片重重叠叠，绿得呛人。蓝白两色玲珑小花到处躲躲闪闪，而底端已然拎出串串巴掌长的豆角。相邻的黄瓜蔓则较为从容舒展，叶片呈水平状摇摇颤颤，其间不时探出头顶小黄花的"黄瓜妞"。也有的立在绿叶一端，造型仿佛奥运健儿正驾驶帆船追波逐浪。

豆角架黄瓜架前离窗不到两米的地方就全是花了。正对着我的几株锦葵浑身上下缀满条纹清晰的淡紫色五瓣花朵，含羞带娇，楚楚动人，难怪《诗经》中用来赞美心仪的女子（"视尔如荍"。荍，锦葵）。锦葵左边是蜀葵。是否产于蜀地一时无暇查考，但以眼下网上就四川省花投票情形来看，得票遥遥领先。四川人民好眼力！首先，蜀葵个头绝对高挑。拔地而起，卓然特立，倏然间轻松摸高房檐。若组织草本花篮球队，前锋非此花莫属。其次，性格倔强，主根如钻头一般直钻地下，故高而不倒，如玉树临风，摇曳生姿。再次，花期长，朵朵攀援而上，且不断有花蕾自腋下生出，前仆后继，愈开愈勇，直至霜降才勉强鸣金收兵。喏，我窗前的几株，白的，白嫩嫩秀色可餐；红的，红艳艳顾盼生辉；粉的，粉莹莹光彩照人。若以整体观之，各个皆如圆圆的小盾牌贴茎护梗，威风凛凛，虎虎生威，女汉子也！而在老舍笔下，则又多了一番柔情："那粉团儿似的蜀葵，衬着嫩绿的叶儿，迎着风儿一阵一阵抿着嘴笑。"

锦葵右侧是一大丛虎皮百合——东北习惯称卷莲花——未开时形如微型导弹，倒挂枝头。开时哗然炸开，八枚花瓣，枚枚向上翻卷，唯独花蕊凛然向下，状如水鸟直冲水面啄鱼，极具力度之美。再往右就是百日草家族。家乡人习称步步高，取其开花时依序由下而上，"步步登高"。此花原产墨西哥，不知何时登陆吾国大陆，尤以东北居多。房前屋后，院里院外，连同花下老母鸡领着一群小鸡崽咕咕觅食的身影，几乎温暖了我的整个少年时代。也是由于这个缘故，是我每年种得最多和最在意的花。今年仅窗前就有一二十株。大朵红色重瓣，如昔日上海滩雍容华贵的少妇；小朵粉色单瓣，则如邻院情窦初开的村姑。白色的恍若一掬初雪，黄色的宛似半点夕晖。即便同是红粉白黄，亦深深浅浅别具变化之美。基因使然？No，上天的杰作！

此外还有波斯菊、鼠尾草、石竹、凤仙……波斯菊以自动铅笔芯般纤细的长茎毅然挑起八枚锯齿形花瓣。朵朵单挑，枝枝独立，不偏不倚，却又那般协调。而且无风自摇，超凡脱

俗，纯然一缕缕情思一个个灵感的物化。鼠尾草果如鼠尾，相互簇拥，近看如十几只小松鼠齐刷刷翘起紫色的尾巴，远看如一堆紫色的火焰。而若成片横陈野外，恰似彩霞坠地，蔚为壮观。再看石竹花。石竹和康乃馨是本家，但相比之下，我更中意单瓣的石竹。尤其那紫色花眼，对视之间，显得那般机灵、俏皮，含情脉脉，若有所语，极富田野风情。凤仙花则全然另一副风采。枝茎硕壮，如透明的琥珀，花朵如缩微的"马踏飞燕"，参差缀满腰间。有花枝，但绝不招展。

更让人动心的是，这些花大多刚开，格外生机勃勃，平添气势之美。加之彩蝶两两翻飞，蜜蜂依依盘旋，山雀歌晴，青蛙唱晚，鸡鸣野径，落晖炊烟……我就这样久久看着窗外，看着窗前。

我明白了，我的窗前就是诗，至少是最接近诗的地方。

2016年7月23日

# 故乡的诗

有人写故乡的云，故乡的风，我写一下故乡的诗。噢，故乡的诗，你不觉得很妙？

我想——恕我刚开场就直言不讳——可能有人不爱自己的老婆或老公，但没有人不爱自己的故乡。我有三个故乡。祖籍山东蓬莱，第一个故乡或本源故乡；生于吉林九台，第二个故乡或生身故乡；在广州工作了二十余载，衍生故乡或事业故乡。不过一般情况下，说起故乡，我想起的多是自己赖以生长的那座孤独的小山村、身边的亲人、邻院的女孩，以及那里的杏花春雨、炊烟晚霞、井台垂柳、豆角黄瓜。而极少极少想起故乡所在的或行政区划意义上的故乡吉林省九台县。九台由县而市而区（长春市九台区），步步攀升；但作为县城或城区的形象，却在我心中每况愈下，好比由纯朴厚

道的村姑变为油头粉面的山姆大妈。不是么，儿时去过的远房亲戚家一带宁静的青砖小院，早已换成了只见招牌不见窗口的油光光腻乎乎乱哄哄的所谓现代建筑。虽说近年来每到暑假就急忙奔回的地方离县城（城区）不远，但若非迫不得已绝不进城。受不了。何必呢！

说来也怪，一百多年前祖先们生活过的山东蓬莱我都时而想起，也实际去过。几次登上蓬莱阁举目四顾，寻找祖先可能生活过的迷蒙远方某个村落，油然生发出"日暮乡关何处是"的故园之思。然而九台全然让我觉不出归属感或故乡认同感。

究其原因，可能还有一个，那就是我感觉不到九台县城以至整个九台全境有什么历史遗产和文化积淀。没有看得见的名胜古迹，没有讲得出的民间传说，没有听得着的乡绅先贤。作为省城长春所属县区，同广州周边的番禺、花县、佛山根本无法相比。同青岛外围的即墨、胶南、高密也完全不是一回事。一次我去了山东的沂源，县城清溪环绕，绿树成荫，房舍俨然，整洁幽静。漫步之间，作为对比我不期然想起九台，为之喟然长叹。

再一个原因——说出来不好意思，但直言不讳是我不多的优点之一——恐怕就是：一如我不把九台放在眼里，九台也似乎不把我放在眼里。不瞒你说，蓬莱文化局还跟我套过近乎，颇有以为我荣的意思。一两年前在蓬莱成立的中国日记资料馆也热诚向我约稿，且逐期寄赠《日记杂志》。这让我感到亲切，感到自己同祖籍、同原生故里有了精神维系和感情纽带，至少时隔百余年林家后人仍未被遗忘。

相比之下，作为生身故乡的九台可是根本没人理我。那么我主动理一下吧——作为游子，理应主动——若干年前我见居所和镇政府之间那条小河挤满了五颜六色的垃圾，就屁颠屁颠跑去镇政府提环保建议。书记门关着，镇长门锁着，好在"党风办"门不知被什么风吹开一条缝，遂像风一样顺缝进去，自我介绍说自己曾是这里的"土著"，随即提起那条小河。"小河？什么小河？我只管党风不管河，河什么河！"从我进门到我出门，那位中年男公务员始终对着电脑忙于"公务"，真像对待风一样头没抬眼皮没撩。可叹的是我并未乖乖吸取教训就此收敛。某日我对在镇中心校即我的母校当小学老师的妹妹说自己很乐意给那里的孩子们义务讲点什么，比如语文学习啦读书啦什么的。妹妹淡淡地说谁知道校长啥态度呢……此后再无下文。如此两次主动碰一鼻子灰，只好偃旗息鼓。非我夸口，即使大学——甚至211、985大学——请我前去演讲，我都未必一口应允。而故乡的"党风办"和小学母校硬是这么"牛"！也罢，落得清静有何不好。何必呢！

这么着，今年一放暑假我就又回来清静了。刚清静没几

天，忽有联系说九台诗人来访。诗？诗人？九台居然有诗人有诗！惊魂未定之间，诗人到了。四位，三男一女。为了记叙的非虚拟性，容我分别记下四人姓名：聂德祥、刘琦、李伟冬、黄映日（女）。也巧，四位都是公务员，公务员诗人，诗人公务员。前三位任职于城区机关。年长的聂先生一度出任九台市政协副主席。映日是个日光女孩，大学毕业后当了"村官"，同时在镇"党风办"兼职。于是我不知趣地说起几年前那次"党风办"遭遇，女孩但笑不语。笑得极其完美，无懈可击。四人给我带来了三册《九台诗词》（第六至八集）、七册名叫《柳风》的文学杂志（第三至八期）。聂先生单独赠我以个人诗词《虎啸集》、刘琦单独赠我以长篇小说《亲亲柳条边》。

也许你想说——我都想说——关键是诗，不是诗人，诗本身写得怎么样啊？那么就让我随手拈出几例一起研讨。聂德祥《贺新郎·〈试剑集〉编定感怀》："掷笔沉思矣。笑平生、别无他技，仅雕虫耳。弱冠亦曾江海梦，豪气稼轩堪拟。竟一夕、罡风吹坠。瓦釜雷鸣黄钟哑，更生来傲骨终身累。惟搦管，骋单骑。千秋肝胆谁人会？正书亭、阴阳八卦，袒胸裸腿。翻检诗囊寻鸿爪，留取冰心满纸。任世俗、重财薄此。赤子情怀终不改，又醉中拂剑人前试。虽落寞，亦无悔。"刘琦《秋思》："只身提酒上重楼，碧海云天一望收。流水无情多少事，苍山寂寞几分愁。登高未解伤心结，致远常怀天下秋。

何处长歌催叶落，男儿独自对吴钩。"李伟冬《此刻，我是李白》："我出入长安，写诗为业，我信奉老庄／擅长击剑，每逢雨天，便甩出几行草书／我以大地为床，却听不到天空的回响／我狂饮千杯而不倒，在唐朝，作品好坏／主要取决于酒量……""党风办"黄映日《孤灯调酒》："重山叠岭/分道东西／今夜行至何处？／唯念载你远去的故乡秋水返程／捎来已平安抵达的潮汛／画舫丝竹／秋蝉鸣谷／冷风携雨初至檐下／只怕夜梦难再无可消愁处……"

如何，相当不俗吧？或冰心满纸，或独对吴钩，或大地为床，或夜梦难再，均各具面目，自出机杼。是不是艺术冲击力我说不好，但至少让我感受到一种冲击力。

更重要的是，因了诗，因了诗人，因了诗人的诗，我开始对九台这个生身故乡刮目相看，同时瞥见那个近年来被过度"最大化"了的"小我"，为自己的浅薄和孤陋寡闻而羞愧交集。

2015年7月19日

## 04

# 不辞长做农家人

不用说，标题戏仿东坡"日啖荔枝三百颗，不辞长做岭南人"。其实，岭南人我也做过不止二十年，荔枝何止啖过三千颗。但我还是辞了北归——谁的话都能信，唯独诗人的话信不得。盖因诗人说的是心境的真实，而非环境的真实。而心境那东西是此一时彼一时的。今天东坡明天西坡，今天易居乐天，明天谁晓得呢！不仅诗人，举凡文人墨客莫不如此。比如我，北归祖籍山东半岛，且是半岛明珠青岛，但不出十年，就开始觉得居不易不乐天了。进而在东北乡间出生地觅得一处农家院落，每年暑假一到就"闯关东"，颇有不辞长做农家人之感。

暑假再长也短，倏忽一两个月过去。我因研究生开课稍晚，决定一个人再赖在乡下几天。此刻正趴在院子山梨树下石桌上涂抹这篇小稿。几缕夕晖透过树叶，斑斑驳驳播洒在树下的花花草草上。石竹花过了盛期，只有几朵落伍者举起铜钱大小的花。走南闯北，海角天涯，我从未见过表情如此丰富的花。喏，五枚折扇形小花瓣，每瓣各有十几个不规则的小锯齿。颜色以粉为主。那可不是常规性的粉，犹如一滴墨水在宣纸上洇开，由深而浅，极有层次感。有的似乎紫，有的接近红，有的"窑变"为蓝，有的"叛变"为白，却始终对作为基色的粉不舍不弃。而且中间总是有个线条分明的圆圈将花朵分为核心与周边两个区域，俨然古中华帝国与四围属邦。太神奇了，生命的神奇。静静对视之间，我毅然决定抛弃教科书上的进化论，转而投靠造物主——除了造物主，没有什么根据能说服我。

差不多紧贴石桌的，是三四株翠菊。一色紫，单纯，绝对，没有妥协和折中。翠菊个头一般及膝高。但由于今夏东北干旱，正值发育期老天却迟迟不肯下雨。及至秋雨连绵，已经过了发育期，只好赶紧"生儿育女"，完成留下后代这个终极使命。实在太矮了。有的花朵刚刚离开地面。倔犟、悲壮、忠贞，不辱使命。人又有几多能做到？不瞒你说，较之在肥田沃土上长势旺盛的花株，我更中意在贫瘠的边角地块挣扎开出的小花。由此及彼，我甚至不很欣赏牡丹花和与此相仿的芍药花大丽花。她们太美了，太艳了。而且那么娇贵，那么高傲，一副唯我独尊的架势。如知道自己美又懂得炫耀美的贵妇人或女

模特。同我这个泥腿子出身的穷书生之间有着辽远的距离。相比之下，我更喜欢个不高朵不大的、不起眼不醒目的日常性小花、野花。比如上面的石竹、翠菊，以及牵牛花、马兰花、蒲公英、百日草。尤其是开在田头的、路边的、墙角的、仓房一侧的、柴堆近旁的，或楚楚可怜小鸟依人，或自甘寂寞与世无争，很能让我想起小时邻院的村姑和小学操场旁边家境贫寒的美少女。给我一线缱绻的乡愁、一缕缥缈的情思、一个往日的憧憬和梦境。私意以为，花如女性的美，大体可分两种：一种诉诸视觉，可谓走进眼帘的美；一种诉诸感觉，堪称走进心扉的美。

这么看着、想着、写着，夕阳渐渐拾起温婉纤柔的光线。起身望去，远处西山上方仿佛升起了无数堆篝火——火烧云！璀璨、壮观、通透、神秘。俄顷，天地间一片辉煌。明天笃定是个晴天，今宵将有明月照临。附庸风雅也罢自作多情也罢什么也罢，我要烫一壶上好白干，来个举杯邀明月，对影成三人！而后趁着酒意提笔写辞职报告：不回城上课了，就此告老还乡——不辞长做农家人……

*2015年9月1日*

# 05

# 新北市午后的阳台

新北市，和台北连在一起的市，据说是从台北市分出来的，New Taibei City。此时此刻，我坐在新北市一家酒店的阳台上。福格大酒店，1308——第十三层八号房间朝南的阳台。

五月底，五月触底了。这学期过去了三个月。三个月时间里我始终处于忙乱状态，如急流中颠簸的小船，几次触底。触底也没能停下来，总有浪头赶来把小船一个趔趄推向前去。想不到，现在静静停在台湾新北市午后的阳台上。

来新北市开会，淡江大学二○一六第五届村上春树国际学术研讨会。会期两天。作为我，第一天谈"文学翻译的秩序"，第二天即今天上午谈"村上文学的秩序"——虽是老生常谈，但毕竟是国际会议，一二十位日本学者在场，害得我忽而汉语谈忽而日语谈，谈得脑袋全然没了秩序。午后会议总

算不用我谈了，遂向会议主席礼节性打个招呼，赶紧溜走，溜回酒店。溜的权利在我也是有的。偶一溜之，一溜了之，溜之乎也，感觉不赖。难怪学生喜欢溜课。学生溜课，老师溜会。得得！

阳台呈半月形，镂花铁栏杆。我歪在沙发上，甩掉拖鞋，放肆地脚搭软皮凳，喝了口"冻顶"乌龙。乖乖，这才叫舒服，比正襟危坐秩序井然的会场至少舒服十三点零八倍！放眼望去，天上白云悠悠，如某个溜会者一样悠哉游哉。远处江水悠悠，悠然融入天边的大海。眼下是海岸贝壳般毫无秩序可言的低矮房舍。房舍对面树丛间不时有公共大巴悠然驶过。看上去很慢，何苦那么慢呢？

倏然，脑海里闪出上午会场邻座的东京大学教授。十几年前做客东大时有过一面之交，我一眼就认出他来了，但他两眼也没认出我，特意起身递过名片寒暄。作为交换，我也趁机摸出一张。名片那玩意儿我也是有的。十几年寒来暑往，我老了，他的钟摆也没有停在中年不动。落座后窸窸窣窣从偌大公文包里掏出若干药片，直接用桌面现成的茶水吞了下去。会场吃药，看来东大教授的人生也颇不容易。吃药的东大教授和暂且没吃药的非东大教授——我当哪一个好呢？我在阳台想他的此刻，他大概正同样作为Panelist（圆桌讨论发言者）谈村上文学的秩序—— 一如昨天我谈翻译的秩序——问题是，村上或村上文学可以说是日本文坛秩序以至日本文学秩序的挑战者、终结者，就此谈秩序能谈出什么呢？好比在我这个会议秩序违背者身上研发梳理会议秩序……

说到底，较之秩序，村上文学诉求的更是无序之美、参差之美、另类之美，表现在细节营造，表现在想象力放飞，表现在气氛烘托，表现在文体节奏……然而会上没人谈美。我感到孤独，进而气恼：研讨文学，研讨文学翻译，无人谈美算怎么回事呢！思想？村上并非一个成熟的思想者；秩序、order？恕我偏激，村上若谈秩序，村上早死定了。进而言之，文学若谈秩序，文学早死定了！正因忍受不了秩序，才有文学，才有村上。

想到这里，我陡然一惊：自己莫非是在给溜会找理由不成？NO，溜会何需理由。漫长的人生中，偶尔偏离秩序也是不错的选项之一。船不可能总沿着航道行驶，莫如说，"野渡无人舟自横"更有诗意。

继而，我想起昨天下午一起开翻译圆桌会的赖明珠女士。一九四八年出生的赖明珠女士比村上大一岁，她不仅是繁体字版村上作品译者，而且是十分虔诚的村上粉丝。事关村上批评，哪怕再微不足道，都足以让她认真气恼至少五分钟。这么说或许不恭，她的长相颇有些像《挪威的森林》中的玲子：喏，玲子"脸上有很多皱纹……那皱纹宛如与生俱来一般同

她的脸配合默契。她笑，皱纹便随之笑；她愁，皱纹亦随之愁。不笑不愁的时候，皱纹便不无玩世不恭意味地温顺地点缀着她的整个面部"。圆桌会后，赖明珠女士以不笑不愁的中间表情问我："你的汉语怎么学的？听你发言也好看你的译文也好，时不时妙语连珠，古文看了不少吧？可你正该看书的时候大陆正闹'文革'……"我听得出，她这番话并非纯属溢美之词——交往四次了，我深知她即使对逢场作戏的溢美之词也慎之又慎——于是我没有刻意表现谦虚美德，相应认真地回应说，再糟的年代也有人看书，再好的年代也有人不看书。社会好比一扇门，门关得再严也不至于一点儿缝隙也没有；而门开得再大，也未必所有人都愿意出去。她听了，中间表情开始朝一方倾斜。而后喃喃自语："我父亲古文很好，我很小时候父亲就要我学古文，可我更对鲜活的植物感兴趣，后来进了农大学园艺……"

噢，她由园艺转文学，而我正由文学向园艺倾斜，退休后决意回乡种瓜种豆栽树栽花。秩序中的无秩序性？无秩序中的秩序性？

如此东想西想之间，蓦然抬头，太阳早已隐没，浅淡而不失亮丽的夕晖仿佛有无数灯盏从水底大面积透射出来，使得入海口和海湾浩淼的海面生发出迷人的光彩。少顷，海天一色，暮色苍茫。深邃，旷远，缱绻，感伤……对面就是大

陆吗？"而现在 / 乡愁是一湾浅浅的海峡 / 我在这头 / 大陆
在那头。"

明天去辅仁大学演讲，后天飞返那头，飞返大陆。许多许
多年后，关于台湾记忆，最让我怀念的，我想一定是这新北市
午后的阳台，一定。

2016年6月5日

# 很想建一座屋

　　有人说男人存在于世，是为了存在感。如官员标榜政绩，如军人肩扛徽章，如学者著书立说，如教师登台授课……在某种意义上，应该承认是对的。甚至，最不守世俗规矩的孙悟空也难于免俗：即使在如来佛五指山下，也忘不了撒一泡猴尿，以证明俺老孙曾到此一游。

　　原本凡夫俗子如我，更是乐此不疲。并且取得了说大即大说小即小的所谓业绩。作为教师，三四十年教下来，说桃李满天下诚然言过其实，但数量之多足以让我相见不相识绝非虚言；作为翻译匠，以单行本计，八十本至少不多。尽管自家名字比原作者小一两号甚或三四号，但林少华仨字却是本本少不得的；作为半个学者兼半拉子作家，或长篇大论或小品短章，五六百篇总是有的。自不待言，这都是我存在于世的证明，是我这个存在在太阳系第七行星上移行的轨迹。

问题是，之于我，这些存在本身却好像缺乏实实在在的存在感。首先，学生并非自己的作品，而仅仅是从自己这个驿站通过的过客。其次，翻译作为作品也不够完全。比如《挪威的森林》，忽一日译者不再姓林也并非不可能，尤其在一切都有可能的当今社会。纵使具有完全著作权的五六百篇嫡系文字，倏然遁出读者记忆的围墙也只是时间问题。文章乃经国之大业不朽之盛事的经典时光早已一去杳然。

这么着，我就想建一座屋作为存在感的载体。一座屋！砖瓦结构，有柁有梁，有门有窗，堂堂正正，敦敦实实，坐落在苍茫大地与蓝天白云之间——单单这么一想，都想找个角落偷笑片刻。何况大半生都在虚无缥缈的形而上世界里怅然徘徊，往下小半生也该多少造一个形而下物件才是道理，而这最合适的形式就是屋。

或许有读者问：你不是有屋吗？青岛某大学校园那个单元套间不是你的屋吗？问题是，一来那不是我建的，二来严格地说那不是屋，而是公寓或宿舍，屋应该是独立存在的——我要建一座独立存在的屋！

建在哪里呢？建在城里的可能性近乎零。寸土寸金自不说，在金碧辉煌的高楼大厦之间建一座自己住的小屋，众目睽睽之下隐私都成问题。乡村也不大可能，政策上不允许城里人

下乡买地建屋。杜工部如果活着，即使有朋友在成都为官，估计也不敢违纪帮他在郊外野地建造杜甫草堂。或者索性像苏轼那样自愿流放，在黄州东山坡自建五间草房？"有屋五间，果菜十数畦，桑百余本。身耕妻蚕，聊以卒岁"，不坏不坏。没准写出《赤壁赋》再赋亦未可知。惜乎这无疑是痴心妄想。思古想今，较为可行的是把几年前的故乡镇郊买的非农户籍的农舍推倒重来。遗憾的是，这农舍并非政府鼓励改造的茅草土屋，而是颇有现代化派头的砖瓦建筑，当真推倒重来，势必在当地传为笑料——乡村毕竟熟人社会，成为笑料断不可取。

有了！与我的农居一篱之隔的西院无人居住，前后园子蒿草蓬蓬勃勃，时有松鼠出没其间。东西两座农居山墙之间是连在一起的仓房。把这连体仓房一举拆除，原地建一座两层小楼岂不甚好？楼不必高，下层仍做仓房，高矮不碰头即可。上层高度亦无需介意建筑规范，不吊顶，直接利用人字形桁梁房顶。窗扇嘛，倘能淘得昔日外婆家那种老式民居上下对开的木棂窗再好不过，庶几可得乡土效果。南面迎窗栽两棵垂柳两株红杏，正对北窗栽山梨海棠各一。春夏之交垂柳一身新绿，杏花烟雨迷离。后面呢，梨，梨花一枝春带雨；海棠，故烧高烛照红妆。夏秋之间，杏红梨黄，海棠累累，窗外飘香，手到擒来，"聊以卒岁"。屋内南窗前置原木书案，读读写写。北侧横长条坐榻，躺躺歪歪。夜阑风静，忘却营营，岂不快哉！当然，前提是我亲自动手，一砖一石砌上去，一木一瓦搭起来，既当木工又做瓦匠。所需小工，可请附近弟弟充任……

也巧，前院邻居说他认识西院房主，我当即请其牵线搭桥。只买仓房显然不成，须连同正房将西院整个买下。对方乃生意人，见我买房心切，大约以为地下埋有价值连城的秦兵马俑，始而做犹豫状，继而明码加价。我则义无反顾，死缠活磨，终于成交。一时大喜过望，痛饮三杯。此乃去年的事。今年开春我先把树栽了，眼下正茁壮生长。尤其柳树杏树，蹿出的新枝已然高出仓房。整个暑假，我都围前围后想象自己坐在小二楼同柳絮杏花隔窗对视的幸福光景，期待退休后马上开工。

届时唯一的障碍大概是，推倒仓房改建小二楼是否需要报批？报批能否获准？毕竟我不是本地居民。弟弟说不报批也不碍事，因为只是原址重建，又没有另外占地。真不碍事？违章建筑万万不可。作为纯粹的假设，另一种可能性也并非没有——尽管微乎其微——当地官员忽然在我身上发现某种微乎其微的文化价值，特批建造"人境庐"，经费自筹……

我的建屋之梦！

2016年8月22日

## 母亲的煮鸡蛋

翻译了小林多喜二的《为党生活者》（党生活者），正在对照原文看译文。可能有人有违和感：作为"小资"情调典型范本村上小说的译者，怎么忽然对日本无产阶级文学代表人物小林多喜二发生兴趣了呢？不过我本人并没有多少的违和感。较之违和感，有的地方让我涌起的更是同感，感同身受。例如煮鸡蛋，母亲的煮鸡蛋。

"九·一八"事变后的东京，作为日共党员的主人公"我"在白色恐怖中投入反战反政府斗争。为躲避警察追捕，"我"不得不离开年老的母亲，甚至见面都不可能。于是母亲煮了鸡蛋托人捎给"我"。最后在战友一再劝说下，"我"终于决定去一家小餐馆同母亲见面。

母亲坐在桌子对面，离开桌边一点儿孤单单地坐着，神情悒郁。一看，母亲穿着出门时穿的最好的衣服。这让我心里有些难过。

我们没怎么说话。母亲从桌下拿起包袱，取出香蕉、枇杷，还有"煮鸡蛋"……

过了一会儿，母亲一点点讲了起来。"脸好像比在家时多少胖了，我就放心了。"母亲说她近来差不多每天都梦见我又瘦又老，被警察逮住打骂（母亲把拷打说成打骂），睡不好觉。

母亲。"煮鸡蛋"。看到这里，我不由得放下笔，抬起头，叹一口气。偌大的研究室——因和学生谈论文来了研究室——孤单单只我一人。学生走后，长方桌旁的八把椅子空在那里。窗外正在下雪。越下越大，很快变成了鹅毛大雪——这在青岛是极少见的——沸沸扬扬，蒸蒸腾腾，翻江倒海，弥天盈地。时而北风呼啸，把雪花一片片、一团团、一波波吹到窗玻璃上。除了风声，别无所闻。除了雪，别无所见。除了我，别无他人。仿佛整个世界只剩下风、雪和我。不，还有煮鸡蛋。译文里的煮鸡蛋，记忆中的煮鸡蛋，风雪中的煮鸡蛋。

四十年了，时间差不多过去了四十年。一九七五年冬天，我从吉林大学毕业，要去数千里外的广东广州一个单位报到。

记得是十二月下旬的一天，也是一个刮风下雪的日子。尽管风没这么紧，雪没这么大，但毕竟东北的数九隆冬，气温低得多，哈气成霜，滴水成冰。母亲和弟妹们把我送去一两里外的小火车站。雪掩埋了西山坡下的羊肠小道，时间还早，没人走过，我们深一脚浅一脚正一脚歪一脚踩着雪往前走。风雪不时打着旋儿掠过山间白茫茫的沟壑和平地，扑向对面东山坡的枯草尖和柞树梢。我离家的小站叫"上家站"，没有铁栅栏，没有检票口。绿皮车由远而近，"哞"一声从东山脚滑进车站。母亲早哭了。在车厢门前，她把一路搂在怀中的一袋二十个煮鸡蛋塞给我。望着刚过四十岁的母亲那花白的头发、脸上的皱纹、哭红的眼睛、细瘦的脖颈和薄薄的棉袄下支起的瘦削的肩，我一直强忍的泪水一下子涌了出来："妈，我走了，你回去吧！明年夏天、明年夏天回来看你……"

我赶紧上车，哈气擦开车厢玻璃上的霜往外看。车轮开始转动。母亲和弟妹们没有回去，仍往车上看着、张望着、寻找着……

我就那样带着二十个煮鸡蛋离开了家，离开了母亲。一个半小时后到了省城长春，由长春坐十七个小时"硬座车"到北京，转车再坐三十一个小时赶往终点广州。我想起来了，从长春开始，我是和一个同级不同班的女同学同行的。一个相当漂亮的女同学。她父亲是市公安局局长，住在有对开的大门、有院落的双层小楼里。广州有她在市府外事部门当处长的舅舅。因此，同行只意味同坐一列火车——她在卧铺车厢是卧是坐我不清楚，我反正是在硬座车厢硬挺挺地坐着。到底是同学，入夜后她找到我，让我先去她的卧铺睡一会儿，我谢绝了。早上到了吃饭时间，她又过来找我一起去餐车，我又谢绝了。那时的我不是现在的我。我是从穷山沟里侥幸爬出来的，人家是省城高干的千金。我到了广州举目无亲，人家在广州有处长舅舅一家的笑脸。但我所以一再谢绝，主要并非出于自卑。毕竟我学习明显比她好，毕业典礼我是上台发言的学生代表。我只是比较清醒，清醒地认识到那种距离。

但另一方面，我又不孤独。我有母亲的煮鸡蛋，有带着母亲体温的煮鸡蛋一路陪伴着我，温暖着我。我没去餐车，没买盒饭，没买零食。见别人吃什么了，我就小心摸出两个煮鸡蛋，轻轻一磕，悄悄剥壳，放进嘴里咬开稍小的一端。一种香透肺腑的香！蛋黄金灿灿的，像一轮小太阳。蛋白嫩嫩的白白的颤颤的，让人不忍下咽。七十年代，艰苦岁月。鸡蛋是乡下家里仅有的奢侈品。院子里跑的就那么五六只鸡，鸡喂的是谷糠，生不出多少蛋。记忆中，除了"坐月子"，母亲自己平时舍不得吃鸡蛋，从没见过母亲把煮鸡蛋放进自己嘴里。

我就这样沉浸在煮鸡蛋回忆中。二十个煮鸡蛋陪伴我坐着度过了火车上的四十八个小时。没想到四十年后又在这里陪

伴了我。恍惚间，研究室变成了硬座车厢，我正搂着母亲的煮鸡蛋眼望窗外。窗外的雪仍在下。不知何时，雪变小了，越下越小……

　　我知道，对于我，世界上再也没有那样的煮鸡蛋了，没有了。

2015年1月26日

# 二〇一七年：挂历哪儿去了

　　二〇一七年一月一日，元旦。一个星期来我始终在悄悄等一样东西：挂历。没有等到。不可能到了。而二〇一七年的挂历没到，感觉似乎二〇一七年本身没到。因为没有证据。太阳是昨天的太阳，天空是昨天的天空，甚至窗外槐树梢的喜鹊都像是昨天的那只。昨天是去年最后一天——去年最后一天和今年最初一天的区别在哪里呢？今年去年有何不同呢？倘有挂历，立见分晓。淡淡的失望如傍晚时分淡淡的雾霭笼上心头。

　　从八十年代开始，三四十年间每年都有，每年都有挂历从哪里如期而至。近几年虽说少了，但两三本总还是有的。一般是出版社的，本地的，京沪的。我喜欢出版社的挂历。毕竟不像银行挂历诉求直截了当：恭喜发财。发财谁都喜欢，我也喜欢。但把手托金元宝或"孔方兄"的财神老爷请来书房，就好

像酒桌上突然和某位大款坐在了一起，不知是靠近些好，还是离开些好。书房还是出版社挂历合适。书是出版社出的，没有出版社就没有书，就没有书房，甚至没有我这个读书人教书人写书人。但出版社的挂历从不刻意强调这点。含蓄、低调、文雅，心照不宣。

书房挂历我总是挂在书橱旁。一般挂日期数字大些的，以便一抬头就看得"1清2楚"。老了，不比当年在乡下当五好民兵连长，那时再小的准星都能瞄准百米开外的靶心圆点。此刻我又习惯性抬头看了看，因没有新的，旧的还姑且挂在那里。我忽然心想，今年和去年的日期没准碰在一起！果真如此，照用就是。差一天不好办，差一年没关系，二〇一六权当二〇一七可也。于是拿日记本上前比照：去年元旦星期五，今年元旦星期日，差了两天！得得！

或许你说——实际也有人说——看手机不就行了！何苦非看挂历不可？手机上的挂历我自然看过，但手机上的挂历和书桌前的挂历不是一回事。手机上的挂历仅仅是日期，而书桌前的挂历不仅仅是日期，还有别的什么，比如仅我一个人明白的秘密暗号，以及明确标注的"温馨提示"，以及某种幽思……

是的，某种幽思……

无需说，挂历多是月历。以前是没有挂历的，至少上个世纪五六十年代我的生活中是没有的。那年头用的是日历，中学生巴掌大小，三百六十五页厚墩墩订在一起，周日、节日为红色，平日为黑色，固定在彩色硬纸板做的日历牌上。乡下人叫阳历牌。一月一日叫阳历年。不叫新年，元旦就更不叫了。阳历年在乡下是没人当年过的，一如平时。因此挂阳历牌是唯一的新年"庆典"。我们家住的草房冷得瑟瑟发抖似的蜷缩在山旮旯里。父亲在离家几十里外的公社（乡）工作，新年也很少回家。阳历牌就由母亲挂在门房或紧挨炕沿的地柜上端。这么着，糊着旧报纸烟熏火燎的土屋里，只有阳历牌是新的，颇有蓬荜生辉之感，我们贫苦的日子因此有了小小的亮点，有了小小的欢欣。日历自然每天撕一页。那也是日夜操劳的母亲一天当中唯一的"文化"活动。有时一边撕一边小声念叨腊七腊八冻掉下巴，或者打春别欢喜，还有四十冷天气……我和弟妹们都还小，最愿意听的就是还有几天过小年、过大年。有时候母亲还端起煤油灯举到阳历牌前细看，神情似乎分外凄苦，时而发出低微的叹息……

后来长大些了，我猜想那可能是母亲确认父亲回家的时间。没有电话，也没见父亲给母亲写过信。父亲大体每月回家一次，但日期不固定。"文革"期间有时两三个月都不回来一次。父亲不回来，钱就不回来，家中的日子就更难过了，有时买油钱都没有。加上正是兵荒马乱的年月，父亲随时可能遇上

什么，母亲难免牵肠挂肚。日子，日历，日历的一天就是一个日子。而对于母亲，则可能是两个日子，这边家里的日子，那边父亲的日子。日历撕下一张容易，但日子熬过一个绝非易事，何况两个！

若干年后我离家进省城上了大学，大学毕业后我又离省城远走高飞去了广州。父亲来信说，家里的母亲总是想我，总是计算我探亲的日子，时常边撕日历边念叨我的小名，甚至险些哭坏了眼睛。而我那时每隔三年才回去探亲一次。可以想见，母亲要翻一千多次日历、要撕一千多张日历才能等来母子相见的日子。多么漫长的等待啊！对母亲来说，日历、阳历牌是她和儿子之间唯一可以确认、可以触摸的媒介！套用余光中的诗句，亲情像一张日历，母亲在这头，我在那头……

由于这个缘故，多年来我的书房总有一本当年那种老式日历挂在门旁书橱的一端。现在这本是二〇一四年的，也是因为未能及时买到新的，就一直挂在那里——我不是用来看日期，同日期无关。

挂历固然不同于一天撕一页的日历，一个月才撕一张。但撕这一行为和感觉同日历没大区别。此外还有一点，那就是我选择的书房挂历风格大多同过去的阳历牌两相仿佛。因了那缕幽思……

而这，是手机上的挂历功能所无法替代的。世界上总有无法被替代的什么。对于我，就是挂历的感觉、挂历所附带的幽思。那是之于我一个人的挂历。

2017年元旦

## 09

## 我的叔叔，以及我的"亲戚观"

祖父祖母有两个儿子。长子是我的父亲。次子即我的叔叔，我一般叫老叔。

回想起来，我和叔叔的实质性关系应该是从我一九七二年上大学后开始的。我极少对人谈起自己的大学时代，自己写的几百篇文章也极少提及。一个很大原因，是我的大学生活过得并不快乐。成功的欢欣并非没有，但时间都太短了。更多的是苦闷、担忧、困惑、惊悸，以及夜半的叹息和泪水。

上大学前父亲给我订了亲。女方是我的亲戚，大我一岁，舅舅的女儿，即我的表姐。我心里不同意，但面对一向严肃的父亲，未能明确表示反对。强烈反对的是母亲，她不愿意亲上加亲，担心一旦发生什么，原来的亲也不亲了。后来果然如此。我上大学不出一年，父亲突然向我宣布那门亲事已一笔勾销。母亲为此大哭一场。我从未听过母亲哭得那般失态，那般痛楚。哭声彻底冲走了我宽释的心情。加之父母间后来又发生别的事，再后来我得了急性黄疸性肝炎，加上外祖母去世、祖母去世……总之那三年零八个月大学生活，全然快乐不起来，就好像世界上所有的不快乐埋伏在世界所有路口等我走来给我一击。那真是一大段奇妙的岁月。在别人眼里，我肯定幸运得不得了，幸福得不得了。那时不比现在，大学生金贵得很，十里八村甚至整个县城都难得碰上一个。世上谁都不会料想我的心始终在夜幕下的泥沼中苦苦挣扎。

　　整个大学期间，家族中有两个人去看过我：父亲和叔叔。父亲是一九七四年夏天我因肝炎住进传染病院时去看我的。叔叔去看我，应该是在那之前我没住院的时候，和婶婶一起去的。叔叔当兵，空军地勤，一身军装，英姿飒爽。叔侄两人在我住的学生宿舍、在校园路上聊了好一阵子。叔叔关切地问我的学习情况，问我生活有什么困难，说了很多安慰和鼓励我的话。许多年后，叔叔一次回忆说我那时瘦得只剩一颗大脑袋，脑袋只一对大眼珠子。"你太用功了，学习太累人了！"叔叔感叹。

　　虽然叔叔去看我仅此一次，但在那三年零八个月时间里叔叔是"陪"我最多的——刚上大学时叔叔就从部队驻地南京给我寄来一本厚厚的《日汉辞典》，我几乎天天抱着翻来翻去。

此外天天听的昆仑牌收音机也是叔叔买的——本来是买给奶奶听戏解闷儿的，没听几天就被我拿来学校听日语了——放在枕边或被窝里听中央台的日语广播，听偶尔收得的日本原声广播，用来锻炼日语听力。正值"文革"艰苦岁月，我自己是买不起收音机的，学校每个月发的六元钱助学金是我的全部"收入"——考虑到家里生活困难，我从不向父母要钱，给也不要——吃饭买书零花全靠这六元钱。商店门始终是我避而远之的门口，收音机纯属奢侈品。

一九七五年冬天毕业，只身南下广州之前，我去叔叔家告别，顺便把收音机还给了叔叔。叔叔婶婶留我吃饭，送我一双皮鞋、一条军裤和一件空军地勤穿的蓝布夹克。那是我有生以来第一次穿上皮鞋，直接穿去了广州，在广州一连穿了好几年。

我再次深切感受叔叔对我的关爱，是在二〇〇七年冬天母亲去世和翌年夏天父亲去世的时候。毫无疑问，假如没有叔叔一连好几天在现场操劳，安排好每一个细节，我这个书呆长子肯定应付不了局面。记得母亲走的那个滴水成冰的寒冷夜晚，叔叔特意派人注意由于过度悲伤而走去外面的我，生怕我出什么事……那分明是一种爱，一种父辈特有的爱。

不妨说，父母的去世在很大程度上改变了我的人生观甚至世界观。我开始用不同以往的新的眼睛注视自己、注视自己周围的人，也因此看到了过去不曾觉察的各种心理情感表现和相互关系。我自觉不自觉地据此把亲戚们排了个顺序，或者莫如说这一顺序自动在自己脑海中浮现出来，而在这里边，叔叔的表现是最让我感动、感激和感谢的。我庆幸自己有这样一位叔叔，有这样一位在我格外需要帮助的艰难时刻一再给我以真心实意帮助的、关心我的长辈亲人。

顺带说一下我的"亲戚观"。亲戚当然来自血缘，但较之血缘关系，我对待亲戚看重的更是这样两种因素：一是对方在过去艰苦岁月、在自己处境艰难时刻给过自己帮助，哪怕一点一滴我都铭记在心。在自己有条件的时候，力争做到"滴水之恩，当涌泉相报"。二是对方曾对家族、对家庭有过特殊贡献而后来生活遇到困难。对他们，即使自己经济并不很宽裕，也尽可能提供帮助。相反，对于缺少真情和比较自私的人，哪怕血缘关系近也懒得理会——血缘不是一切，重要的是有没有什么打动我。出于这样的"亲戚观"，加上几十年来一直走南闯北远离亲戚圈，所以我不会按照现实中的"往来"规则以"随礼"形式处理亲戚关系。说实话，也不大懂。

与此相关，我最不喜欢的情形是亲戚间相互攀比、猜忌、算计，甚至相互或者单方说三道四惹是生非。遗憾的是，耳闻目睹，这种现象似乎并不罕见。这样下去，小而言之，家族振兴无望，大而言之，国家振兴无望。良可叹矣！

2016年1月25日

## 10

# 我和我的弟妹们

我生于上个世纪五十年代，"50后"。加上"60后"，我这代人有可能是历史上兄弟姐妹最多的一代。多则六七个，少则四五个，仅仅十五六年，全国人口就从四点五亿蹿升到六亿，差不多一年出生一千万。理所当然，计划生育的重任、一对夫妇一个孩儿的重任历史地落在我这代人头上。转眼二三十年过去，做梦也没想到螺丝会开始松动：去年实施"单独二胎"，即双方均为独生子（女）的夫妇可生二胎；今年又进了一步，普遍二胎也将成为可能。当然，几胎都和我这代人没什么关系了，老了。若问对此有何感想，老实说，一下子还真有些讲不出来。拍手称快？惊诧莫名？抑或忧心忡忡？

我是父母的长子，下面依次有两个弟弟、三个妹妹，即父母有六个孩子。国家实施独生子女政策以来，母亲不止一次对我感叹："要是只生你一个该有多好！生一大帮子，吃没吃，穿没穿……"是啊，生我那年母亲自己才二十岁。如今的二十岁女孩，正欢天喜地上大二兴高采烈逛超市，而母亲却在东北一间四面泥巴墙的农舍里生下了我——初冬时节在大灶前的柴草堆上拿剪刀蘸一下大铁锅里烧开的水，亲手剪断婴儿的脐带。母亲的人生也从此进入不断生儿育女日夜操劳的苦难岁月。日子过得最紧的时候母亲甚至冬天没有棉裤穿——做完我们几个小孩儿的，棉花没有了，布没有了。要知道，那可是真正滴水成冰的东北！不仅如此，今年暑假回乡时听大弟说，因为没有吃的，母亲曾就着盐水喝高粱米汤，直喝得反胃，又大口大口吐了出来，而母亲当时正怀着最小的妹妹。时值六十年代初困难时期固然是主要原因，但显然也同子女过多有关。六个子女给母亲带来了什么呢？吃不完的苦，操不尽的心，白天种地喂猪，夜晚补衣缝被，有肉舍不得吃一口，有蛋舍不得吃一个，有衣舍不得穿一件……用母亲的话说，"吃没吃，穿没穿"。

那么作为长兄的我对弟妹们的感觉如何呢？我们之间各差三岁，我上大学离家前三个妹妹都还小，几乎没什么接触，连话都好像没说过几句。真正打交道的只有两个弟弟，尤其大弟。和他一起在山坡灌木丛中捉蝈蝈，一起步行三四十里去看外婆，一起早早爬起摸黑去生产队牵毛驴拉碾子，一起在雪中

拖着爬犁（雪橇）上山砍柴，下山时他在爬犁前"掌舵"，我在爬犁后拖着柴枝梢以免爬犁速度失控……但更多时候是我一个人躲在一边看书。我喜欢这样。若问没有弟妹们我会不会感到孤独，我想基本不至于。而若没有书，我肯定会孤独，这点毫无疑问。

若问我对弟妹们或兄弟、兄妹间有没有感情，那还是有的。至今难忘的是那一瞬间，发生在一九七五年十二月下旬。我是"文革"期间作为由乡亲们（时称贫下中农）推荐上大学的，学制也不正常，十二月份匆匆毕业。毕业后在家没待几天就要匆匆赶去远在广州的单位报到。记得离家那天格外寒冷，西北风卷着雪花从西山头"飕飕"扑向东山头。父母和弟妹们沿着西山脚下的羊肠小道送我去一两里外的火车站。登上绿皮火车，手扶车门一回头，看见二妹眼睛闪着泪花。说实话，那是我第一次明显感觉出兄妹间的感情。准确说来，感觉出了妹妹对我这个哥哥的感情。那一瞬间的泪花，连同母亲那单薄的棉衣下突起的瘦削的双肩，永远留在了我眼底、心底。几年后我当大学老师后看着班上港澳女生花花绿绿说说笑笑的身影，眼前时而浮现出二妹的泪花；十几年后留学日本期间看着日本女孩子手拿雪糕或易拉罐饮料的身影，眼前又倏然闪出那晶莹的泪花，闪出乡下三个妹妹一身寒碜的衣衫，每次我都十分不忍和心酸。同为女孩子，同样的年龄，相差为什么天上地下？

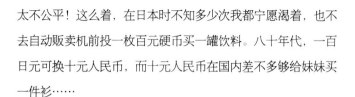

太不公平！这么着，在日本时不知多少次我都宁愿渴着，也不去自动贩卖机前投一枚百元硬币买一罐饮料。八十年代，一百日元可换十元人民币，而十元人民币在国内差不多够给妹妹买一件衫……

在这点上，弟妹们，尤其妹妹们的存在或多或少影响了我的感情生活，进而影响了我的经济生活。即使在每月工资几十元钱的年代，回乡探亲前我也一定要给三个妹妹每人买一件衫。想到她们接过衫时的笑脸和穿上后漂亮的姿影，身在异乡街头的我不由得浮起笑容，胸口泛起一种难以言喻的欣慰和幸福感。

后来她们、他们大了，结婚了，日子好了，兄弟、兄妹间似乎反倒缺了什么，缺了过去那种宝贵的什么。记得去年五一前后我趁去北京讲学之机回乡住了几天。弟妹们跑来看我，话没说几句就凑到另一房间打牌去了，打得热火朝天。剩下我一个人冷清清躲在房间角落里看书。像几十年前的我？像又不像。那时的我躺在一边看书是因为弟妹们还小，大多看不懂书。现在都看得懂了，却仍我一个人看书。那时看书的我全然不觉得孤独；此刻看书的我却油然涌起了孤独感。若说孤独感是弟妹们带给我的，那不公平；而另一方面，如果打牌的不是弟妹们，我同样会感到孤独吗？假如母亲健在，她还会说"要是只生你一个该有多好"吗？我不知道。

　　说回开头说的二胎话题。前不久去南昌，那里一位大学同事看着南昌街头熙来攘往的人流，忽然对我说：不知为什么要放开二胎？你看这街上，没等放开都这么多人！是啊，人是够多的，而南昌又不是多么吸引人的城市。整个江西省人口也才四千万上下，在各省里边算是人口少的。说到人口，河南一位熟悉历史的教授告诉我，三国时期三国加起来总人口才七百八十万！而七百八十万却有那么多人才：文有卧龙凤雏周公瑾，武有孙策吕布关云长，以及神医华佗、建安七子、貂蝉二乔。更不用说曹孟德横槊赋诗、孙仲谋坐断东南、刘皇叔三让徐州……正可谓群雄并起，星月交辉，成就一个彪炳青史声播海外的非凡时代。

　　七百八十万，多乎哉，不多也！

　　十三亿六千七百八十万，多乎哉，不多也！

2015年11月24日

# 11

# 羊年与羊圈及村上的"寻羊冒险"

羊年春节过去一个多月了。却不知何故，一个想为羊写点什么的念头总在脑海里挥之不去。引用某位外国大作家的最新说法，"就好像失去归宿的魂灵始终贴在天花板一角监视自己"。

莫非我跟羊有什么特殊关系不成？

我是在农村长大的，小时候家里养过鸡、养过猪，还养过狗，但没养过羊。也就是说，自己并没有日常性接触过作为具象的、实体的羊。既不曾施惠于羊，又不曾受惠于羊，和羊没什么往来。虽说我也想当官，但羊倌这个官从未让我心驰神往。然而羊总好像在这羊年让我记起它并为它写点什么，仿佛来自遥远宇宙的一个神秘指令。

直觉告诉我，我不能置之不理。于是一个多月来我断断

Solitude of Me

续续检索我的过往岁月。在清晨山麓的小径，在傍晚校园的树丛，在静夜书房的窗前。蓦地，关于羊的什么从记忆底层隐约浮现出来。准确地说，那不是羊，而是羊圈，没有了羊的羊圈——土砌的圈墙，如一座座带院落的小房子，一排一二十座，七八排，在山坡间由下而上整齐排开。远看如棋盘，近看——以现在的眼光看——颇像秦兵马俑坑阵。

那是上个世纪六十年代初，一直居无定所的我们祖孙三代一大家子在羊圈下面一座房子暂且定居下来。羊圈是公社（如今叫镇了）饲养场的，不知什么原因，羊不养了，饲养场不办了，公社领导就照顾在公社当一般干部的父亲，让我们用那里准备用来扩建饲养场的木料石料盖自己的房子。爷爷是半个木匠，几乎自己一个人盖起了草房。四间，东边一间爸爸妈妈带我们三个小孩住，西边两间爷爷奶奶叔叔姑姑住。一间堂屋共用。房子虽小，但我们总算有了自己的房子，不再租人家的北炕住了。感谢谁呢？自然要感谢公社领导的照顾。但现在想来，好像还应该感谢羊。没有羊，就没有羊圈，就没有饲养场，就没有准备用来扩建饲养场的木料和石料，也就没有我们的房子。换句话说，我们的房子是因为羊才有的。羊不仅让我们有了房子，小时候的乐趣也因此增加了好多。那时我上小学三年级，比我小三岁的弟弟刚要上学，正是淘气的年龄。这么着，没有了羊的羊圈就成了我们淘气的地方。夏天秋天，羊圈里长满茂盛的蒿草，我们和邻院后院几个同龄伙伴进去捉迷藏、捉蝈蝈。冬天，模仿小人书里孙悟空大闹天宫的场景，在白雪皑皑的羊圈里耍枪弄棍，上蹿下跳，打打杀杀。有时打到半夜才回家睡觉。

后来随着年龄的增长，我、我们渐渐离开了羊圈。虽然没有羊了，但羊圈终究是羊圈，谁也不能总在羊圈里闹腾下去。

星移斗转。许多许多年后我又和羊有了关系。而且同是没有具象、没有实体的羊——在我翻译的村上春树长篇小说《寻羊冒险记》里遇见了羊。而且不是当年羊圈里的羊，而是全世界哪儿都不可能有的一只背部带有星状斑纹的羊。更离奇的是，这只羊在一九三六年进入日本一个右翼分子体内，使得他一跃成为呼风唤雨走火入魔的右翼首领。二战期间在中国东北"同关东军参谋们打得火热，创建了谍报方面的机构。……在中国大陆兴风作浪之后，赶在苏军出兵前两周乘驱逐舰返回本土，连同多得搬不过来的金银财宝"。回国后构筑了一个强大的地下王国，牢牢控制着政界、财界、舆论界、文化界、广告界。"一个人控制着国家这一巨大轮船的船底。他一拔塞，船就沉没。乘客们肯定在不明所以的时间里葬身鱼腹。"不料到了一九七八年，这个右翼首领脑袋长了一个极大的血瘤，人事不省，奄奄一息。于是其秘书要主人公"我"去北海道，在两个月内"从广袤无边的大地上找出那一只羊"。因为，一旦首

领亡故，"背上有星纹的羊的秘密也就永远埋葬在黑暗中"。而秘书的真正用心在于：找到那只神通广大的羊，以便自己成为那只羊的下一任宿主继续控制日本。于是围绕羊的冒险开始了，是为《寻羊冒险记》。

那么那只神通广大的羊找到了吗？或者说那只羊找到下一任右翼宿主抑或当代日本是否有人因找到那只羊而成为羊的右翼意志的传承者了吗？这点我就不再说了——与其我说，莫如请读者去读那本书并深入思考为好。

说起来，"羊"字通"祥"，旧日瓷瓶上的"吉羊"即"吉祥"之意。所谓"三羊开泰"，意味祥和年月的开始。或许正因如此，几十年前我们一家因了羊而有了属于自己的房子。至于从那座房子走向省城上大学的我在几十年后遇上村上春树和他的《寻羊冒险记》是不是因为羊，这我说不清楚。但作为感觉，我在写完这篇关于羊的文章的此刻，确实产生了一种释然感、通透感。说得玄乎些，没准是羊叫我写的，写在这乙未羊年……

2015年3月23日

（12）

# 博士同学会和小学同学会

可能谁都难免怀旧吧，近几年流行同学会。最流行的是大学同学会。其次诸如高中同学会、初中同学会、小学同学会，甚至硕士同学会、博士同学会。大凡一同学过什么的，似乎都可组织同学会。相比之下，以高端博士同学会和低端小学同学会为少，盖因博士凤毛麟角，小学地老天荒。也巧，前者日前目睹，后者刚刚参加。

准确说来，较之同学会，博士应称同门会才对——师出同门。首届，开门弟子；末届，关门弟子。每届同学者仅一两个，"会"不起来。而若数届累积，则可得一二十或二三十之数，始具会之规模。日前在杭师大，便亲眼见大约二十名同门博士以同学会形式为导师祝寿的感人场景。白天一起开会。导师上台演讲，弟子们端茶送水，殷勤有加；晚间相聚座谈，张

张笑脸，祝贺导师古稀。甚至有弟子为此专程从国外飞来。或高校教授副教授，或院所研究员副研究员，衣冠楚楚，文质彬彬，正可谓谈笑有鸿儒，往来无白丁。导师端坐中间，众星捧月，喜悦之情溢于言表，全然看不出已年届古稀。

因是暑假期间，杭州会后我又返回老家乡下。不出数日，相距不远的一位小学同学约我参加小学同学会。据他介绍，开班之初同学为三十八人，后经转退辍休，毕业时为二十一人，去世十五人，取得联系十八人。说心里话，我是不情愿参加的。我就读的小学虽然名为"九台（县）师范学校第二附属小学"，但距县城三四十里，纯属再简陋不过的山村小学。起初教室都没有，在一家农户的西仓房里上课，大白天都黑得几乎看不清课本上的字。唯一的光点就是年轻女老师手腕时而一闪的手表。同学们大多衣着不整，男生以调皮鬼居多，女生总向老师告状。也难怪女生告状：辫子被调皮鬼偷偷拴在椅背上，班长一声"起立"，她一声"哎哟"，脖子猛地后仰，头发险些薅掉一撮。二十一个好歹混到毕业，初中才考上七人。其余十四人回家喂鸡放猪哄弟妹，中途离开的早已音信断绝——聚在一起，该说什么呢？

问题是再不情愿也不好拒绝。接下来夜深人静时分，我在脑海中试着排出三十八人、二十一人的面容。最清晰的是女生M同学。用我当年从冯德英长篇小说《苦菜花》中抄得的句子形容，两只大眼睛如两泓清澈的沙底小湖。或者莫如说因了她我才把这个句子抄在本本上。M不但是小学同学，还是我的初中同班同学。她作为女生甚至异性给我留下的最鲜活的美，出现在初一夏天下乡支农期间。铲地时她抬脸擦汗，正好和从后面赶上来的我打个照面：草帽下红扑扑的脸挂满亮晶晶的汗珠，水灵灵的眼睛搅动黑亮亮的漩涡，就连每一颗汗珠都闪着迷人的光波。刹那间，看得我倒吸一口凉气：惊鸿照影，顾盼生辉，人世间居然有这般美丽的结晶！这么着，连同那丰盈高挑的身段，在少年时代的我的心间激起了不息的激动和憧憬。不料初一刚读完，"文革"就开始了，男女生转眼各奔东西。其实她家并不远，就在我家一二里外的小火车站附近，却不知何故，偏偏一次也没遇见。怅惘之余，甚至几年后进省城上大学放假回家在那里上下火车时，我都暗暗期盼同她忽然相遇……

小学同学会上终于相遇了。时隔五十年的相约而遇，半个世纪，"岁月不饶人，我亦未饶过岁月"（木心语）——但再未饶过，岁月也还是要留下相应的遗痕。就她来说，即使风韵犹存，也终究是六十多岁的老妪了。草帽下的惊鸿照影？田野间的沙底小湖？当着那么多同学的面，我略一迟疑，坦率地告诉她：那时我心想，将来要是能娶得你这样的女生做媳妇多好！回忆起来，从小学到中学我从未对她说过话。这是我对她

说的第一句话，有可能成为我对她说的唯一的话。

饭后散步，当年和我同座的女班长意外告诉我："你上课时总看小人书，一本接一本看。我借，你不肯。我说再不借我就举手报告老师……"另外一位非同座女生随即补充："你一般不说话，偶尔说一句还莫名其妙……"

看来，小学时代的我实在不怎么样啊！那么早就对女生想入非非，上课不老实听课，开口就莫名其妙……

可那有什么办法呢？那就是我。一个早已被我忘记了的我。那个我因小学同学会而得以确认和复苏。想到这样的小学同学会不大可能有第二次了，我不禁黯然神伤，久久难以自已。

2016年8月23日

# 13

# 生活可以很简单

可能我有点儿"反动"——在消费文化似已成为主导文化的今天，我反对消费文化。

喏，打开电视，翻开报纸，划开手机，不是跟广告打个照面，就是跟广告撞个满怀。或帅哥故作深沉，或靓妹暗抛媚眼，或花言巧语，或五光十色。目的仅此一个：你要消费！捂着钱包干什么？你看人家美国人民，借全世界无产者和有产者的银两消费，多爽！甚至我国权威部门都兴奋地广而告之：国内消费成了拉动经济增长的主力军！你不可能渴望经济衰退吧？所以你得消费，多消费，大把消费！于是消费成了文化，成了消费文化。原来消费似乎跟"土豪"是拜把子兄弟，不知什么时候被贴上了文化标签，一如不知什么时候几乎所有人都被称为"老师"，所有公务员都被称为"领导"，所有女性都

被称为"美女"……

既然消费成了文化，那么反过来说，不消费即没文化。于是，数量并非极少的人房不止一套，车不止一辆，电脑不止一台，手机不止一个，甚至有了个人专用衣帽间专用鞋柜。结果，桃红柳绿的植被被掀开，抽穗互粉的庄稼被铲除，盖楼、建厂、筑路、增加停车位。问题是，你真的需要两套房两辆车两台电脑两个手机吗？套用村上春树的话，你真的需要穿皮尔·卡丹、真的需要戴劳力士吗？你没有被商家忽悠了、没有被商业信息所俘虏吗？换成我的说法，你有没有被消费文化消费掉？

人们似乎忘了一个最基本的事实、忘了自家本来面目：我们只有一个身体，身体只有一双脚、一张嘴、一个胃。因而我们切实需要的，不外乎一室一桌一椅一床、一碗一勺一碟一杯。"贤哉，回也！一箪食，一瓢饮，在陋巷，人不堪其忧，回也不改其乐。"或许你说，那是在两三千年前，如今都什么时候了！那么就说如今这个时候好了。例如今年四月二十九日去世的著名作家陈忠实，中国作协主席铁凝六月六日在"陈忠实的创作道路"研讨会上称赞陈忠实一生自奉甚俭，他对这个世界的生活需求可能只是一碗面、一支烟、一曲秦腔，但他获得了生命对一个作家最丰厚的馈赠。（《中华读书报》二〇一六年六月十五日）换言之，陈忠实所需要的仅是维持生命和创作《白鹿原》的基本物质。莫言也有相似的表达，他说大凡要求维持生命以外的东西都是罪过。

也许你说古之颜回也好今之陈忠实也罢，所以执着于"一"，大概是因为没钱，消费不起。对了，台湾的王永庆你知道吧？生前可以说是台湾首富。但他的生活也很简单，日常吃的无非一碗南瓜粥、几片莲藕和半个鱼头而已，并说吃得越简单越有利于健康。实际上他也足够健康和长寿，仙风道骨，别有一种清癯之美。绝非吃喝玩乐脑满肠肥的消费主义信徒，有可能始终没承认消费是所谓文化。

可别小瞧了"一"。老子《道德经》有言："天得一以清，地得一以宁，神得一以灵，谷得一以盈，万物得一以生，侯王得一以为天下贞。"虽然这里的"一"另有所指，但老子提倡节俭和返璞归真是毋庸置疑的。"吾有三宝，持而宝之：一曰慈，二曰俭，三曰不敢为天下先。"又云"富贵而骄，自遗其咎"——富贵了就骄奢淫逸，必自留隐患。这个隐患，在今天就是资源的过度消耗和自然环境的破坏。另一位大智者、印度圣雄甘地墓碑上的名言可谓异曲同工："自然能够满足人类的需要，但不是他们的贪欲。"

实际上维持一个人生命也无需很多，自然完全可以满足。暑假回乡对此体会尤深。一架黄瓜两架豆角三棵西红柿四株青椒，大可满足一家三口整个夏天基本蔬菜需求。外加两块

大豆腐三个鸡蛋一斤米，以东北乡下集市价计，日常开销不出十元。

总之，生活可以很简单。剩下的时间精力看看书、写写诗、搞搞翻译、干干农活或发发呆，多好！

如何，你不也来试试？

2016年7月25日

## 14

# 被消费的母爱

乡下，暑假。暑假我回到了乡下，乡下的"别墅"。早上开大门时，对面邻居老张也在开大门。我们隔着村路聊了起来。

快七十岁的老张"家庭成分"是地主，地主家庭出身。"文革"前地主是阶级敌人，列"地富反坏右"（地主、富农、反革命、坏分子、右派）五类分子之首，其子女备受歧视。老张因此找不到对象，等到改革开放后取消"家庭成分"了，才有女子敢嫁给他。这么着，老伴至少比他小十岁。老伴是极勤劳的劳动妇女，大门两侧栽满了花，俨然花坛。早上薅草，晚上浇水，寸草不生，生的只有花。不料今年我回来好几天了，一次也没见到。于是我问：老伴呢？怎么一次也没见到？老张说去城里女儿家了。我知道老张两口子只一个女儿，

住在省城。我接着问："看外孙去了？"老张苦笑说外孙还没出生，做饭去了。"如今的年轻人，结了婚也不做饭，尽在外面吃。在外面吃腻了，就让母亲过去做饭。还振振有词说'妈，你闲着也是闲着，来帮我们做饭得了。我俩不在外面吃省下的钱，你俩吃不了地吃！'吃完饭碗也不洗，嘴巴一抹就休闲去了，全让老太太侍候，"老张说，"侍候完女儿还要侍候女儿的儿子女儿。从出生到幼儿园，从幼儿园到上学，差不多要侍候到上初中上高中……"我又问老太太到底愿意在哪里生活呢，城里还是乡下？"当然是乡下！乡下多好啊，菜好花好空气好，宽宽敞敞，安安静静，老两口愿意怎么着就怎么着。何况我在城里没事干更难受，总是跑回乡下。你看你看，老了老了还闹了个两地分居！"我提议是不是这样：暖和时候在乡下，冬天冷了进城帮女儿，一边半年，两相平衡，对谁都说得过去。老张叹口气："哪会那么平衡？现在能走能动不去帮忙，等不能走不能动再进城让人家帮忙，那能行吗？没办法啊！再说老太太到底心疼她的宝贝女儿，就这么一个，从小娇生惯养，含在嘴里怕化了捧在手里怕吓了……"

母爱，被消费被要挟的母爱！

其实，我一个亲戚的情况更严重。去年到退休年龄了，下岗二十多年后好歹等到退休金了，退休金加起来夫妇俩差不多四千元。我心想这回两人可解放了雨过天晴了，岂料每次见面对方仍好像一脸乌云。问之，原来儿子儿媳早就打老两口退休金的主意了：在县城最好地段买了最贵的商品房，首付要老两口出，装修要老两口出，还贷要老两口出……不全出也要出大部分，以致父母日子比拿得退休金前还要紧巴。紧巴归紧巴，但母亲并不抱怨。看情形，为了儿子即使把老命搭上也心甘情愿。

是啊，这就是母爱——无条件的、无私的、无需回报的爱。这也正是母爱的伟大之处。但问题是，子女对父母的爱呢？如果非要榨尽老人最后一滴血才肯放手，那还是爱吗？还是子女吗？说得狠些，那是子女还是仇敌？

我还有一个亲戚，情形有过之而无不及。夫妇俩都是老实巴交的农民，拼一生的积蓄为儿子盖了新房成了家，而儿媳在婆婆生病时却连一个鸡蛋也舍不得。小两口甚至把老两口赶出新房……

"啃老族"这个说法我是知道的，我想那大多是客观上出于生计需要而要父母补贴。而上面的情况远远超过了这个限度，已经触及人品、人格以至人性的底线。我不是社会学者，没有做过相关社会调查和专题研究，但在我如此耳闻目睹的范围内，类似情况绝非个别。昨天甚至有人以斩钉截铁的语气告诉我这在东北农村相当普遍，十家有八家如此。子女——主要是儿子——认为父母付出理所当然，自己索取天经地义，

休说回报，连感激之情都无从谈起。生女儿还好，生儿子简直是一场灾难。如不巧生下男孩双胞胎，那就成了人间地狱！以致——大弟亲口告诉我——眼下农村没人想要第二胎，即使政府为此给补贴都没人要，不敢要。谁敢要？要不起！换言之，爱成了负担，成了苦难。而这在很大程度上是母爱被消费被要挟的结果。

"百善孝为先"。一个连父母都不爱的人，你能相信他会爱朋友、爱师长、爱社会、爱祖国吗？一个连母亲都能消费和要挟的人，还有什么不能消费和要挟的呢？那是多么可怕的人！

记得二〇一四年度诺贝尔文学奖获得者、加拿大女作家爱丽斯·门罗说过：说到底，子女也是他人。这句话出自一个早婚早育多育的年老母亲之口，分外耐人寻味。但另一方面，我相信"他人"不会这样对待父母。

2015年7月17日

## 15

# 人啊，能不能慈悲些

从出租车上下来很久了，而那几幅图像仍在眼前晃来晃去。

那是前面副驾驶座椅背上端的TV显示屏，正对着坐在后排座的我的眼睛。与其说是目击，莫如说击目。显示屏反复播放广告片：一只不断蹬腿的大活蟹被捞出来咔一声砍开，啪一声掰开蟹壳，露出金灿灿的蟹黄。随即闪出一碗快餐面的特写镜头，一个面容姣好的年轻女郎以贪婪得近乎痴迷的表情张大嘴来了一口，瞪起大眼珠子赞道："真好吃！"不久，同样程序又被一个男士用来对付一只手蹬脚刨的活龙虾……"太好吃了！"看得我全然没了心绪。想关，却怎么也关不上，只好一路眼看这血淋淋的场面，耳听真好吃真好吃太好吃太好吃了……

吃吃吃！人活着当然要吃，不吃活不成。我也吃，也吃螃蟹也吃龙虾，毕竟人是杂食动物，加之海里的鱼鳖虾蟹可能较多，偶尔尝食也是人之常情。但我的确不喜欢这种血腥场面。或许你批评我伪善，但我认为这和伪善不同，吃有吃的伦理。在某种意义上，展示这种血腥场面，就意味鼓励暴力、炫耀残忍、夸示人的傲慢与贪婪。再说世界上并不是任何场面都是可以展示的。有的只宜背后进行，不可公开展示。这不是伪善，而是一种文明，一种教养，一种礼节，一种精神取向。此刻坐在车上与之面对的是我这个大体心智成熟和价值观定型的成年人还算好，而若换成儿童，那将是怎样的效果？"妈妈，我要吃蟹黄面要吃活龙虾！"——商家无疑为之欢欣鼓舞，而实际上那是一种多么让人担忧的扭曲性影响啊！

蓦地，眼前浮现出另一幅场景。那是十年前父母住在青岛的时候。一天黄昏时分我从父母住处出来，在靠近集市的路口看见一个十几岁的男孩一把抱起一只大概走失了的花猫。花猫两只前爪搭在男孩领口下抬头看着男孩的脸，男孩低头看着花猫的脸，那四目相对的眼神看得我心头倏然掠过什么——不知是隐痛还是激动——那东西像过电似的一掠而过而又似乎存留下来，留在心底。那的确是一种我几乎从未感受过的新的什么。并不夸张地说，十年来我的情感体验，因之多了一种元素，并且似乎微妙地驱动着我。某个时候——很难预测的什么

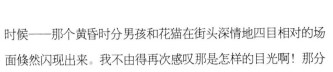

时候——那个黄昏时分男孩和花猫在街头深情地四目相对的场面倏然闪现出来。我不由得再次感叹那是怎样的目光啊！那分明是连冰山都可以融化的目光。

说巧也巧，文章写到这里的时候，从学校回来的家人把一份《中华读书报》放在案头。翻阅之间，人物版一幅人猫相亲的照片顿时拽住了我的目光：一位女士把一只猫紧紧搂在怀里，脸贴着脸，四只眼睛对着我。那正是那个黄昏时分的目光——表面上是对着我，但我知道，那其实不是对着我，而同样是人猫四目相对。于是我心底再次过电似的有什么持续掠过。

版面几乎是整版访谈，标题是《人啊，不能这么残忍——访"动保人"张丹》。北大中文系毕业的张丹任职于美国《财富》杂志，动物保护是她的志愿者行为。二〇〇三年收养第一只猫，现在是三十一只猫咪的"家长"。两年前同清华大学教授蒋劲松、中国青年动物保护联盟发起人周小波共同创办了旨在保护动物的"动物网"（www.dongbaowang.org）。

文章说，张丹相信动物和人类有同样的感受和情感，彼此互为唇齿相依的生命共同体。每年一度的国际皮草交易会和国际渔业博览会期间，张丹和同伴们必去抗议，抗议海豹皮制品兜售商，抗议皮草生产厂家。张丹显然气愤地说：如今人有无数件衣服穿，怎么可以把那些动物身上只有一件的"衣服"

血淋淋地剥下来穿在自己身上呢？人怎么能这么残忍！是啊，若在茹毛饮血无衣可穿的原始社会倒也罢了，而如今纯棉纯毛纯丝化纤混纺等等，衣服已经多得穿不完数不清了，何以非穿以剥夺动物生命为代价的所谓皮草不可？披着人皮的狼固然可恨，披着狼皮的人就可爱不成？莫名其妙！

据张丹介绍，纪录片《月亮熊》记录了黑熊被囚禁在锈迹斑斑的铁笼子里，每天被抽取胆汁二至三次，要活活抽二三十年。一只母熊为了不让小熊重复如此悲惨的一生，把小熊掐死后自杀。中央音乐学院作曲系教授张丽达为此写过一首《小熊之歌》："我不能走路，我不能转身，我的肝胆俱裂，从小就被插进一根针。""人啊，不能这样残忍，人啊，不能涂炭生灵。万物有尊严，不能去冒犯。"

说实话，即使看这样的文字描述，我也觉得身上发冷心在发抖。要知道，每一个生命都携带来自远古、来自宇宙的神秘信息，都隐藏着人类难以破译的大自然密码，都具有人所不及之处，足以让我们不解和敬畏。况且，按科学家的说法，登革热也好埃博拉也好过去的SARS也好现在的MERS也好，无不与动物有关。说是动物对人类的报复未免耸人听闻，但有果在后必有其因在先。

记得梭罗说过："要保证健康，一个人同自然的关系必须接近一种人际关系……我不能设想任何生活都是名副其实的生活，除非人们同自然有某种的温柔的关系。"可以断言，《月亮熊》中人和黑熊的关系和导致这种关系发生的文化系统肯定是病态的。任何熊胆都不可能治好这种病。能治好这种病只能是我们人类自身。人人都像张丹那样固不可能，但多少讲一点动物伦理，尽可能善待它们，对它们慈悲些，至少先撤掉出租车座那类血淋淋的广告，应该不是什么难事。

2015年6月21日

## 16

# 羊年不吃羊

乙未羊年春节过了。过年长一岁，我长了一岁。这是因为，我的生日是以农历记录的。上个世纪五十年代初一个满地银霜的日子，刚满二十岁的母亲在关东平原一座农家院落的西厢房灶前柴草堆生下了我——自己用剪刀蘸一下大铁锅里的开水剪断婴儿的脐带。于是我彻底脱离母体，来到当时仍普遍使用农历的东北乡村。生日自然记以农历。上学报名时也没换算成公历。所有档案尽皆如此，后来的身份证亦然。如今什么都以身份证为准，其实我的身份证本身就是不准的。众所周知，农历与公历之间至少相差一个月。一个月的误差还小吗？也罢，世界上更大更严重的误差多着呢！

言归正传。值此生命年轮开始新一轮之际，我想我总该来点新的举动才是道理。什么举动好呢？以社会影响而论，弄

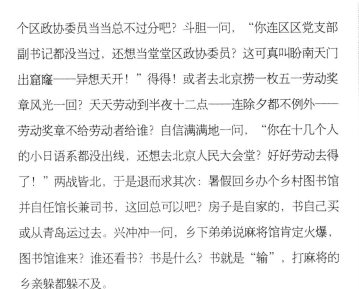

个区政协委员当当总不过分吧？斗胆一问，"你连区区党支部副书记都没当过，还想当堂堂区政协委员？这可真叫盼南天门出窟窿——异想天开！"得得！或者去北京捞一枚五一劳动奖章风光一回？天天劳动到半夜十二点——连除夕都不例外——劳动奖章不给劳动者给谁？自信满满地一问，"你在十几个人的小日语系都没出线，还想去北京人民大会堂？好好劳动去得了！"两战皆北，于是退而求其次：暑假回乡办个乡村图书馆并自任馆长兼司书，这回总可以吧？房子是自家的，书自己买或从青岛运过去。兴冲冲一问，乡下弟弟说麻将馆肯定火爆，图书馆谁来？谁还看书？书是什么？书就是"输"，打麻将的乡亲躲都躲不及。

　　如此这般，只好在自己身上打主意。有了，吃素！不吃肉，从不吃羊肉开始。这回纯属个人行为，不需要任何人举荐和配合。也许你问，何以从不吃羊肉开始呢？原因很简单：乙未是羊年。尽管是羊年，然而羊并没因此得到任何照顾。某日逛露天早市，一只羊被杀了，吊在树枝上任人宰割，血淋淋的，目不忍视。农用车上还有三四只吓得哞哞叫。不像话，路旁当众宰杀。甚至当着羊的同类宰杀！说起来，"羊"字通"祥"，家里一对旧瓷瓶就分别写着"吉羊"二字。而且，羊还同"美"字有关——"美"是由"羊""大"二字叠积而成。我好歹也算个文化人，在这羊年如何忍心吃羊？

对了，青岛作家杨志军也不吃羊。不过起因和我不一样。据杨志军本人介绍，不吃羊是因为他做过一件"需要忏悔的事"。那是他"文革"当兵期间在陕西下农村搞"路线教育"的时候，他所下的生产队（屯）一个民办教师因小孩儿没奶吃而买了一只奶羊。不料部队首长认定这只奶羊是必须坚决割掉的"资本主义尾巴"——须知那是"宁要社会主义的草也不要资本主义的苗"的荒唐年代——下令杨志军带两个民兵在小孩的哭声中拽走了奶羊。后来奶羊在随生产队羊群上山吃草时因乳房被灌木丛划破而发炎死了。杨志军说："熟悉我的人都知道我不吃肉，但我最初只是不吃羊肉，其原因就是这只奶羊的死去和那个孩子的哭声……我觉得一个人做了坏事就应该受到惩罚。如果老天不惩罚，就应该自己惩罚自己。"

杨志军说到做到，始而不吃羊肉，继而什么肉也不吃。不仅飞禽走兽不吃，就连不飞不走的鱼虾也不吃——流亭猪蹄德州扒鸡北京烤鸭意大利鹅肝自不消说，即使面前摆满天价鲍鱼极品海参以至冬虫夏草也全然不屑一顾。

一次我问他老不吃肉身体能吃得消吗，他回答人本来是草食动物啊，喏，人的肠子那么长，消化吸收草食才需要那么长的嘛！言之有理。人的肠子长达七米之多，是身高的四倍，曲曲弯弯，布满环状皱襞。再者，按进化论的说法，人是由猿猴进化而来。不用说，猴是不吃肉的。美猴王孙大圣专偷王母娘娘的蟠桃并不偷别的，回花果山时"小的们"为他设宴接风，石桌上摆的也全是瓜果梨桃。典型的草食族！

或许你还有疑问：毕竟如今人已转基因异化成"肉食动物"了，不吃肉如何保证营养？这个太容易回答了：你瞧刚刚说过的孙猴子孙师兄身体多好，从不感冒吃药，一个筋斗云就翻出十万八千里。再以杨志军为例。年届花甲的他，身无赘肉，健步如飞，运筷如飞，下笔如飞，仅藏獒系列就不知写出多少本赚多少钱了。我甚至怀疑，自己之所以只能抓耳挠腮写一两千字的小品文而写不出长篇巨著，没准是不吃素吃肉造成的。再不信你看看，世界上哪个大作家大科学家大腹便便脑满肠肥一脸横肉？就说咱们山东的莫言吧，要是他小时候"一天吃三顿肥肉馅饺子"，诺贝尔文学奖评审再不靠谱，那顶桂冠也断不会落到他那颗绝不出彩的脑袋瓜子上。

所以，作为乙未羊年新的举动，我决定吃素不吃肉，从不吃羊肉开始。至少羊年不吃羊！你也试试？

2015年3月9日